第三辑

風物凉都

政协六盘水市委员会文化文史与学习委员会 编

黄河出版传媒集团
阳 光 出 版 社

图书在版编目（CIP）数据

风物凉都．第三辑 / 政协六盘水市委员会文化文史

与学习委员会编．-- 银川：阳光出版社，2024. 9.

ISBN 978-7-5525-7502-6

Ⅰ．I267

中国国家版本馆 CIP 数据核字第 2024LX4571 号

风物凉都 第三辑　　　政协六盘水市委员会文化文史与学习委员会 编
FENGWU LIANGDU DI-SAN JI

责任编辑　杨　皎

封面设计　杨智麟

设计制作　圣立文化

责任印制　岳建宁

黄河出版传媒集团
阳 光 出 版 社　出版发行

出 版 人　薛文斌

地　　址　宁夏银川市北京东路139号出版大厦（750001）

网　　址　http://www.ygchbs.com

网上书店　http://shop129132959.taobao.com

电子信箱　yangguangchubanshe@163.com

邮购电话　0951-5014139

经　　销　全国新华书店

印刷装订　四川金邦印务有限公司

印刷委托书号　（宁）0030693

开　　本　710 mm×1000 mm　1/16

印　　张　17

字　　数　260千字

版　　次　2024年9月第1版

印　　次　2024年9月第1次印刷

书　　号　ISBN 978-7-5525-7502-6

定　　价　78.00元

《风物凉都》编委会

打造一张靓丽的地方历史文化名片

——《风物凉都》（第三辑）序

文化是一座城市的灵魂。凉都六盘水丰厚的历史遗存、文物古迹、先贤人物，大至山川风物、人文景观、红色印记，小至一个地名、一个故事或古老传说，无不承载着历史的变迁，人文的色彩，已经转化为城市生命的重要组成部分，沉淀为凉都的独特记忆和精神标识。

近年来，六盘水市政协紧紧围绕中心、服务大局，勇于担当、主动作为，充分发挥文史工作存史、资政、团结、育人功能，锚定历史自信、文化自信，着力打造政协文史工作新特色新亮点。自2022年以来，六盘水市政协由文化文史与学习委员会牵头，以每年一辑的形式，先后组织编辑出版了反映六盘水优秀传统文化、民族民间风情的书籍《风物凉都》（第一、二辑）。《风物凉都》出版后，因其内容丰富多彩、设计大气美观、装帧制作精良，得到了各级领导的充分肯定和社会各界好评，成为凉都一张亮丽的文化名片。

2024年，市政协决定在《风物凉都》（第一、二辑）的基础上，继续编辑出版《风物凉都》（第三辑）。《风物凉都》（第三辑）与前两辑一样，也分为四个板块。所不同的是，为了深入挖掘凉都历史文化，充分展示地域文化特色，将前两辑"胜景凉都""人文凉都""记忆凉都""饮食凉都"调整为"文物史话""桥见凉都""人物掌故""民间故事"，图片穿插在正文中，图文并茂，力求立体展示凉都的文化魅力，更加生动形象地带您走进凉都、感悟凉都、品味凉都。

当今时代政和清明，人文蔚起。以亲历、亲闻的方式搜集、挖掘、整理地域丰富多彩的历史文化资料，既是时代的需要、人民的呼声，更是包括政协在内的广大文化工作者义不容辞的责任。市政协顺应社会和读者要求，《风物凉都》（第三辑）扩大了征稿范围，拓宽了人文视野，凸显了地域特色。记录盘县大洞的发掘历程，能让你感受素有"北有周口店，南有盘县大洞"美誉的古人类遗址的神秘色彩、历史价值，雄奇险峻的高家渡铁索桥等古迹，引人入胜的是积淀下来的文物背后的动人故事；到北盘江大桥，可带您感悟世界第一高桥的魅力和风采，包括那些千姿百态的古老石拱桥、铁索桥、竹竿桥、溜索桥，一样可以让你领会"世界桥梁看贵州，贵州桥梁看凉都"的时代传奇；品读那些遗留或散落在凉都大地上技艺超群的民间艺人、贤达之士的成长经历、非凡成就，品味广泛流传于凉都的民族民间传说、红色故事，可以帮助大家深入了解先民们的生产生活状况、民风民俗以及烈士风采，受到历史文化、人文风情、红色文化的浸润和熏陶。

六盘水市是一个因"三线"建设而生、因改革开放而兴的移民城市，多元文化的交流、碰撞，孕育和形成了今天多姿多彩的地域文化。《风物凉都》（第三辑）的出版发行，能够带动市内外广大文化工作者走进凉都、写好凉都，让市内外广大干部群众更加了解凉都这片土地，传承优秀传统文化，探究凉都历史文化，讲好凉都故事，助推凉都经济社会发展。

我们深信，只要全市上下坚持以文化人、以文惠民、以文润城、以文兴业，推动人文与经济良性互动、相得益彰，就一定能够增强文化自信，提升文化软实力，为推进幸福六盘水高质量发展厚植人文底色提供坚实文化支撑。

是为序。

陈华本

2024年9月

目 录 CONTENTS

文/物/史/话

人/物/掌/故

民/间/故/事

文物史话

WEN WU SHI HUA

盘县大洞遗址纪事

✎ 符　号

盘县大洞遗址是中国南方新发现的古人类遗址，位于贵州省六盘水市盘州市（原盘县）竹海镇十里坪村，东临被称为"十里坪"的坡立谷，洞口宽55米，洞厅纵深220米，洞内平均宽度为35米，高约25米，因主洞长1660米，而被称为"大洞"，总面积近万平方米。盘县大洞遗址所在洞穴原称十里大洞，是一个由十里坪坡立谷西缘厚层灰岩发育而成的巨大溶洞，主要由关牛洞、水洞、阴河洞、主洞厅和消洞5条洞道组成。洞口和主洞厅紧密相连，两者为遗址主要所在。各洞道间有竖井、陡坎相通，上层洞道与最下层洞道垂直高差大约115米。古人类居住在中层，最下层与地下河相通，因干燥，钟乳石和石笋不怎么发育。

一

盘县大洞在清末是当地人躲避兵乱的处所，也是当地人采土熬硝的洞穴。每年端午节，当地人都要到洞穴中游玩，称之为游百病。20世纪70年代，查找水源的部门在洞里开展工作时，无意间采集到一批化石，被权威机构鉴定为大熊猫—剑齿象动物群。20世纪80年代，当地文化站在洞里播放电影，供群众观看。发现盘县大洞虽然带有很大的偶然性，但它的存在则是历

❖ 盘县大洞遗址外景　　　　　　　　　　　　　　　　　斯信强 / 摄

史的必然。1990年6月，时任六盘水市文化局副局长斯信强所带领的旅游资源考察组到盘县大洞考察时，在破开的堆积层里发现化石和石制品。1991年8月，斯信强送其儿子上清华大学，他趁机把在盘县大洞考察所拍的照片和采集到的标本带到了北京。

　　斯信强在北京拜访了他第四纪地层和旧石器考古训练班的老师黄慰文研究员，并将拍片和标本给老师看。没想到，黄慰文看了后，十分兴奋，说石器的打制技术与法国勒瓦娄哇技术有惊人的相似之处。1991年11月，在斯信强的沟通对接下，黄慰文委托其同所的袁振新研究员到实地踏勘。经袁振新仔细观察后确认，盘县大洞是一处规模巨大的旧石器

❖ 1992年发掘盘县大洞遗址现场　　　　　　斯信强 / 摄

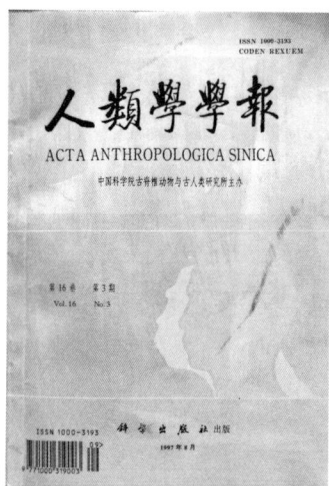

❖ 1997年8月《人类学学报》第16卷第3期封面　斯信强 / 提供

时代遗址，并现场作出了"北有周口店，南有盘县大洞"的评价。1992年，经国家文物局批准，盘县大洞考古发掘工作正式启动。至2000年，前后共发掘6次。

1992年至1996年，中国科学院古脊椎动物与古人类研究所等部门派考古专家，先后对遗址做了3次发掘。1992年4月，中国科学院古脊椎动物与古人类研究所、六盘水市文管所和贵州师范大学联合组队，进行了为期21天的第一次发掘，发掘面积为12平方米，有许多惊人的发现，出土石制品700余件、化石标本500余件，包括人牙化石1枚和数十种哺乳动物及少量鸟类、鱼类等化石。1993年，中国科学院古脊椎动物与古人类研究所等部门联合派考古专家进行了第二次发掘，获得4颗古人类牙化石、2000余件石器制品和近万件动物化石，以及一批灰烬、灰屑、烧骨等古人类文明遗物。考古学家发现的这些大量的古人类化石，包括完整的头骨、牙齿等，经鉴定属于早期智人，距今约30万年—16万年。

1993年，对盘县大洞遗址的考古挖掘震惊了世界。随后，海内外考古学者纷沓而至，盘县大洞成为当年的考古热点，均认为盘县大洞遗址十分珍贵，具有很高的研究价值。5月，由中国科学院古脊椎动物与古人类研究所主办、科学出版社出版的第12卷第2期《人类学学

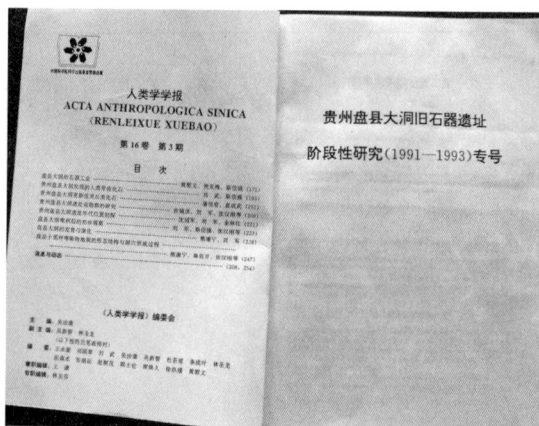

❖ 1997年8月，《人类学学报》杂志第16卷第3期专号，专题刊登了研究盘县大洞的学术文章《贵州盘县大洞旧石器遗址阶段性研究（1991—1993）专号》

斯信强 / 提供

报》杂志，刊载了斯信强、刘军、张汉刚、袁成武合著的学术论文《盘县大洞发掘简报》。凭借盘县大洞古人类活动堆积物的厚重、丰富的内涵以及多学科、高水平研究结果的优势，1994年2月5日，《中国文物报》受国家文物局委托，在北京召开评审会，经过充分讨论，考古学家们依据盘县大洞遗址新发现的价值，"盘县大洞旧石器时代遗址"被评选为"1993年全国十大考古新发现"之一，并名列榜首。

1995年12月，美国《当代人类学》第36卷第5期发表了由中国科学院古脊椎动物与古人类研究所研究员黄慰文、六盘水市文管所工作人员斯信强、中国科学院古脊椎动物与古人类研究所博士生侯亚梅、美国加州大学斯坦尼斯劳斯分校人类学及地理学系博士梅莎莉、美国辛辛那提大学人类学系博士谢莲妮联合撰写的《华南贵州盘县大洞发掘》。1996年，美国辛辛那提大学和加州大学斯坦尼斯劳斯分校的考古学家参与了当年的考古发掘工作。1996年11月20日，盘县大洞遗址被国务院批准公布为第四批全国重点文物保护单位，并列为"国宝"，成为世界上最重要的旧石器时代遗址之一。1997年8月，《人类学学报》杂志第16卷第3期专号，专题刊登了研究盘县大洞的学术文章《贵州盘县大洞旧石器遗址阶段性研究（1991—1993）专号》。

1998—2000年，由中国科学院古脊椎动物与古人类研究所考古学家、六盘水市考古专家组成的盘县大洞工作站与美国辛辛那提大学、加州大学斯坦尼斯劳斯分校再次联合发掘，对遗址进行了3次发掘、6次清理，发掘面积86平方米，共获人牙化石5枚、石器制品3000多件、含43种哺乳动物的化石标本上万件，还有大量的烧骨、炭屑。2012年，科学出版社出版了由黄慰文、侯亚梅和斯信强担任主编的盘县大洞遗址的研究专著《盘县大洞——贵州旧石器初期遗址综合研究》。

二

盘县大洞遗址距今约30万年—16万年，是举世罕见的旧石器时代中期的古人类活动遗址。无论是从文物规模，还是文物品种来说，均具有很高的科研价值，可与北京周口店媲美。盘县大洞遗址大量的古生物及古人类化石，

❖ 考古学者在测量观察盘县大洞遗址发掘出土的石制品
斯信强 / 摄

以及勒瓦娄哇技术应用的发现，世所罕见，是中更新世洞穴堆积和旧石器洞穴堆积遗址的典型代表，故有"北有周口店山顶洞，南有贵州盘县大洞"之说。

清光绪年间修订的《普安直隶厅志》记载："光明宏阔，无幽暗之苦，地平坦，中建佛寺三间，由寺层盘曲而上，一石乳高耸而顶平，上建观音阁。折而下，石壁迫来，侧身而蟹行则大洞在焉。"这一记载陈述的就是盘县大洞遗址。主洞厅为一顺直洞道，平坦干燥，长240米，高、宽各约30米，富含古人类活动信息的堆积物自洞口向大厅缓倾，露头厚度达19.5米，面积达9900平方米，洞口堆积物表面海拔1674米，上面建有一栋面阔5间、大梁题记为民国六年（1917年）重修的木结构建筑物。木屋前有两面清代同治六年修筑的低矮石墙，维护洞口。洞口前为一斜坡，面临十里坪坡立谷，坡立谷平均海拔1640米，平坦开阔，总面积约2平方千米。

盘县大洞遗址考古发掘的石制品，有石核、石片、石叶及工具。工具类型有砍砸器、边刮器、钻具、凹缺器、锯齿刃器、端刮器、雕刻器、琢背石刀、手斧、手镐等。修理台面技术表现突出且比例较大，有勒瓦娄哇

❖ 盘县大洞遗址发掘出土的大熊猫—剑齿象动物群化石
斯信强 / 摄

技术制品出现。出土的动物化石近万件，有哺乳动物6目40种，还有少量鸟类和鱼类化石。其中有东方剑齿象、中国犀、巨貘、鬣狗等灭绝物种，更多的是现在仍然生存的动物，如猩猩、虎、豹、猪、鹿、青羊等。根据古生物判断，其地质年代为"更新世晚期"，这一时期的人类属早期智人，人的智力逐渐发展起来。大量的动物化石印证了这一时期狩猎活动相当兴盛，捕捉动物的范围很广，而且有能力捕捉大动物、猛兽以及天上的飞鸟、水中的游鱼。这个发现填补了东亚地区早期智人化石记录的空白，对于研究人类演化历程具有重大意义。

肉食的扩大与人类用火息息相关，已经不再是生吞活剥，而是用火烧成熟食。在盘县大洞还发现了大量可以碰击出火花的燧石，发现面积较大、较厚的灰烬层，有的骨头被烧焦，有的石块被烧裂。完全可以推断，"大洞人"已发明了人工用火，它不同于通常所说的"钻木取火"，而是"击石取火"。不过，盘县大洞的发掘仅仅是一个良好的开端，不久的将来还会有更多更新的发现。

盘县大洞古人类文化遗址不仅有深厚的历史文化底蕴，还有优美的自然景观。其周边山峰耸峙，连绵起伏。立足山巅，远眺峰峦如屏，近看青山叠翠如缦似锦，俯瞰山脚，盘县大洞对面的一座山峦席地而坐，好似一尊巨大的笑佛，静坐在群山之中。在这尊大佛的后面，又有多座小佛。

三

美国研究院的一位博士说："盘县大洞古人类文化遗址的发现，不仅对中国南方人类起源研究有着重要意义，或许对中国以及全世界人类起源的研究工作也有着重要意义。"盘县

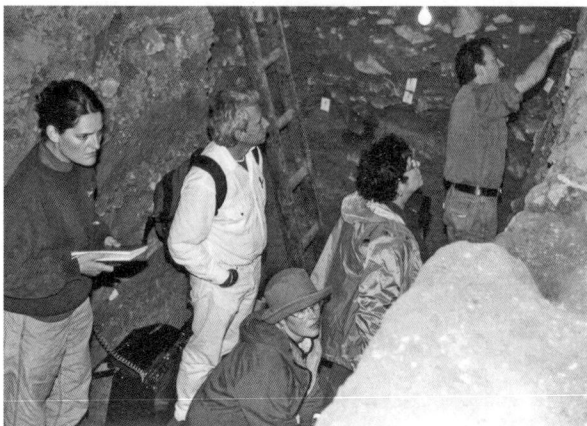

❖ 中外科学家观察盘县大洞地层情况

斯信强／摄

文物史话

大洞遗址的发现有以下历史价值：开创了中国南方贵州高原建立全国重点文物保护单位旧石器遗址的新纪元，成为研究古人类在山区生存发展的文明史，并将得到长足的发展；集古人类居住场所、石器加工场所和屠宰动物场所于一洞，便于集中研究内在联系，成为国外不能具备条件的科研基地；建立了华南第四纪洞穴堆积标准剖面最理想的地点；使建立亚洲甚至世界旧石器考古研究中心的条件日趋成熟；为研究古人类、古脊椎动物、古人类猎获生活、环境生态、埋藏层里、地质年代和喀斯特地貌洞穴等沧桑变化多学科的综合科研场地；能提供内容丰富、意义重大的科研资料。

中国历史学家范同寿在其《贵州历史笔记》中写道："盘县大洞曾一度是当地人的熬硝场所，边远地区的人们，从不懂、不了解而将远古石制品砸碎喂猪肥田，到主动将石制品送到科研部门鉴定，这中间反映出的文化价值观念的进步，却更加令人振奋！"

一直从事大洞研究的中国科学院古脊椎动物与古人类研究所副研究员黄慰文说："盘县大洞真正意义上的考古还未展开，大洞的发掘，比当时的周口店更具备了天时、地利、人和的优势，因此，尽管还有更多的工作要做，我们仍对能充分发掘出大洞的潜力充满信心。"曾多次到过盘县大洞的贵州师范大学地理系熊康宁、秦启万副教授也认为："在贵州发掘了许多洞穴，

❖ 著名旧石器考古学家贾兰坡院士为"盘县大洞古文化遗址"题字　　　　斯信强/摄

但像这样年代古老、文化内涵丰富的遗址还属罕见，相信大洞会有更多的发现，并很有希望列入世界史前考古的教科书中。"

据国外科研机构考察，盘县大洞是目前贵州省境内年代最古老的人类遗址。美国怀俄明大学地质地理系H.L.Jones和麦克玛斯特大学地质地理学院W.J.Rink以及其他几位中美合作者在《考古科学杂志》2004年第31期第956—977页上，发表了题为《电子自旋共振法与铀系法结合测定中国贵州省盘县大洞哺乳动物牙齿珐琅质的年代》的报告，公布他们1998年至2000年对采自盘县大洞6米厚的上部地层的15件哺乳动物牙齿化石的珐琅质进行常规电子自旋共振法（ESR）和电子自旋共振与铀系相结合技术（ESR／U-series）测定的结果。ESR测定出，这6米厚的堆积层的年代范围距今12万年至30万年；ESR／U-series测定结果，表明其上界和下界的年代分别为距今15.6万年和29.4万年左右。

《中国大百科全书》（考古卷）记载："盘县大洞遗址的发现，不仅丰富了中国旧石器时代中期文化的实物资料，而且对探讨亚洲东部早期人类的演化、扩散具有重要意义。"

盘县大洞是中国南方新发现的古人类遗址，充分展示了中华民族作为五千年文明古国，所拥有的源远流长的历史与让人惊叹的文化创造力，同时也充分证明云贵高原是古人类文化的摇篮之一。随着盘县大洞遗址的不断发掘和研究，将会打开一道通向30万年前贵州古人类的记忆之门。

高家渡铁索桥纪略

🌂 符　号

　　高家渡铁索桥亦称"普济桥"，位于贵州省六盘水市水城区西南部北盘江上游的高家渡河段上，地处新街、营盘、龙场三乡交界，横跨险要湍急的北盘江，距六盘水市中心城区80余千米。清光绪元年（1875年），在高家渡拟建石桥未成。高家渡铁索桥始建于清光绪三十一年（1905年），清光绪三十四年（1908年）建成，从拟建石桥至建成铁索桥，历时33年。清宣统元年（1909年），在两岸桥头建桥门、桥亭，气势雄伟，规模宏大，堪称"黔省第一铁索桥"。1985年11月2日，经贵州省人民政府批准，公布为第二批省级文物保护单位。

　　说到高家渡铁索桥，首先得说说高家渡。据1987年11月水城特区史志办公室编印的《水城厅采访册·津梁》记载："……都格渡，过宣威路，用溜筒，系黄河二渡。野翁渡，系黄河三渡……高家渡，过普安路，系黄河八渡……猴昌河渡，过新城路，

❖ 1985年11月2日，经贵州省人民政府批准公布，水城高家渡铁索桥为第二批省级文物保护单位　符号/摄

❖ 清光绪三十四年（1908年）建成投入使用的水城高家渡铁索桥　　　　　　胡小柳／摄

系黄河十三渡。悦来义渡，即高家渡，渡通普安大道。先是渡夫捐勒过甚，水平时，每渡一人，必索钱三四十文不等。若遇水涨，则多至二百文外，行者苦之。清光绪二年（1876年）三月，通判陈昌言剿平匪目姬秉璋，其产业岁入租谷五十余石，才交土目姬秉桐管理。每岁将所入租，全给渡夫，永为义渡。更筹银二百两，分交土目姬秉桐，禄凤翔执掌，生息以作按年造修船只及篙竿、绳索之费，并渺石垂久焉。"可见，高家渡也叫悦来义渡，被称为黄河（北盘江，又称为归集黄河）八渡，是当时沿着古驿道从水城通往盘州、普安的必经之渡。

据以上有关史书记载及当地人世代相传，当地是一个古驿道渡口，马帮经贸往来频繁，过往行人须渡船过江，江边住有高氏人家，常在江上渡船，故称"高家渡"。此后先后发生两次较大的翻船事故。清光绪元年（1875年），陆鸿仪、朱永年、王国全等拟创石桥于高家渡未毕，其墩犹存。

高家渡之险，不一而足。历年失慎，莫可尽述。据建桥序记，建桥前，清光绪三十一年（1905年），秋水涨发，一船漂没40余人。此处的北盘江两岸山高坡陡、路险难行，至今当地还流传下了这些民谣："爬完江坡二台坡，剩点气气也不多；过了铁索桥，命都要丢一条；上了擦耳岩，耳朵掉下来。"等。"蜀道难，难于上青天。"看来，黔道也难啊！水城、普安官亲临勘验，绅士庶民感奋创建铁索桥。

清光绪三十一年（1905年），普安府尹殷永浚（字省卿）首议建桥。清光绪三十二年（1906年），水城、普安（今盘州市）绅商发起募捐，同时得四川总督丁宝桢（贵州织金人）倡修和川盐局宪赵樾村资助，共筹白银5000余两及物资等建此铁索桥。集各行工匠、民夫数百人兴建，加上两岸官绅资助银万两和民众捐献谷子、辣椒等，铁索桥于清光绪三十四年（1908年）竣工并投入使用。

高家渡铁索桥全长79.6米，宽3米，一般水位时，桥面距水面高20米，分桥墩、桥链、桥亭三大部分。正桥身由17根平列铁链、2根铁护链、54块铁拉板和若干铺桥木板构成。故名"高家渡铁索桥"。每根铁链由287环（露出部分）相扣的椭圆形铁环组成；每根铁护链，筑入桥两端石扶手内，由289环（露出部分）相扣的椭圆形铁环组成；由铁链和木板组成桥面，设27副相对的铁拉板和铁护链平衡桥面，稳定桥身，保障安全。铁链和铁护链牢牢锚定入两岩峭壁之内，如腾空长龙，望之惊心动魄。桥建成后，遂排除船渡事故及过河岸而上下跋涉之苦，并沟通水城至普安经此的天堑，成为川、黔、滇道路要冲之一。

据《六盘水市志·交通志》记载："光绪三十二年（1906年）九月，大雨雹为灾，暴风将铁链吹拆一根，桥就势歪斜。行人畏缩，莫可言喻。若欲整修，其款必巨。虽每年提拨有渡夫田租六十二石，本年无灾虽收一半，清光绪三十四年（1908年）虽全收，总而计之，除看伺食费，工匠口粮外，所存无多，乌能有济。况桥成后，良民固属有庆，而奸诡更易通行。所以，桥门又不可不建。清宣统元年（1909年），水城、普安绅民除禀请二主外，并禀明府宪，亦蒙批准，用敢兴工。金木石工云集五月有奇，其工乃就。所有乐输银谷，添助竹木，效用苦力，例得备书。至于经费花账所录，另具清单存案。其有拨归铁桥岁修田亩租石名目，先有碑记在河南岸石壁。炳据爰为序之。宣统元年孟夏月立。"为行人更加安全和休息，清宣统元年五月，在两岸桥头建桥门、桥亭。

1953年，贵州省人民政府拨专款并派工程技术人员指导，进行维修，换铁链6根和部分铁拉板，加固铁链扣入桥的两端洞壁。1968年、1984年、1989年，水城县（特区）人民政府三次拨款维修，换铺桥板。1994年，水盘中线公路高家渡铁索桥两岸施工爆破，使木板受损，后加铺橡胶板，桥面平坦稳固，桥身两侧设有34根铁护条。除桥亭毁坏外，主桥尚保存完整。从江岸眺望，铁索桥凌空飞架，犹如江上腾飞而起的巨龙。漫步桥上，桥身缓缓舞动，鸟瞰滔滔江水，悠然自乐。1998年，水盘中线建成，在高家渡铁索桥下游14千米、野钟与顺场交界处的北盘江上建了一座飞架北盘江大峡谷的宏伟壮观的现代公路大桥——法德公路大桥，高家渡铁索桥正式"退役"。

　　高家渡铁索桥下游百余米处有个关牛洞，依山傍水，宽敞明亮，底部平坦，可容纳近百人。洞内石钟乳和石笋玲珑剔透，琳琅满目。岩溶沉积洞壁，像雄狮、似孔雀、如游鱼，千姿百态，惟妙惟肖。桥岸悬崖峭壁，藤蔓垂阴，群山连绵，重峦叠嶂，蔚为壮观。有一座山状如篾帽（用竹篾编制的帽子，又称斗笠），当地人称之为篾帽山。有关篾帽山，当地世代流传一个美丽动人的爱情故事。传说从前有一位美丽善良的姑娘爱上了江上渡船的船夫，姑娘无论天晴下雨，每天都要戴着一顶篾帽到江边静观船夫渡船。一天，江面上暴风骤起，巨浪翻滚，眼看行船即将被吞噬，姑娘欲救船夫，一时心急，便纵身跃入江中，没想到姑娘头

❖ 2012年，在遗址原位抬升10米修建的高家渡铁索桥

杨茜云/摄

文物史话

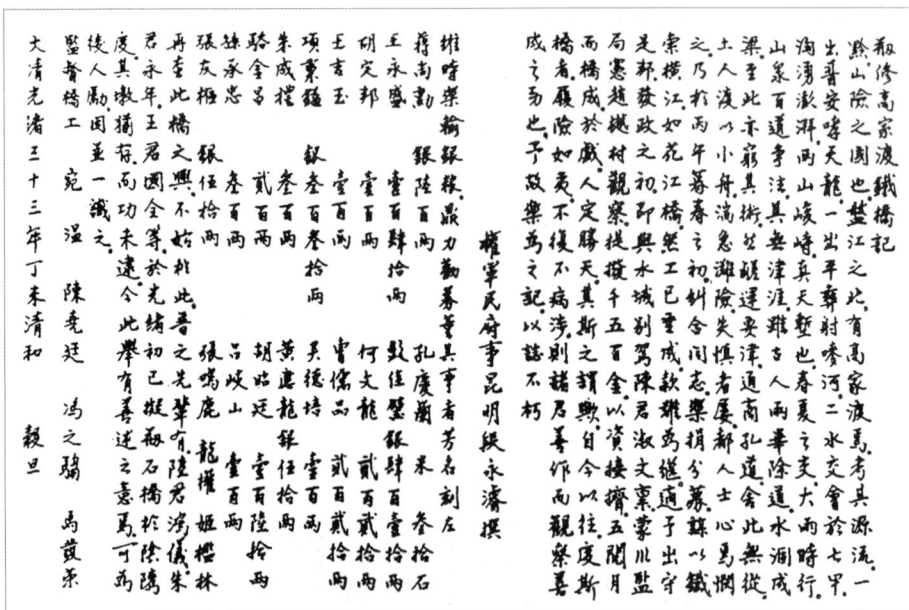

❖ 南端莲叶洞内《创修高家渡铁桥记》　　　　　　　　　　符号／摄

上的篾帽却被大风吹落，立即变成了一座巍峨的大山（篾帽大山），挡住了骤起的暴风。待姑娘上船，江面顿时风平浪静，渡船安然靠岸。

　　2012年，在高家渡铁索桥下游10千米处的北盘江建善泥坡水电站。因善泥坡水电站建成蓄水后，水位上升，将清光绪三十四年（1908年）建成的高家渡铁索桥及桥墩周边的摩崖石刻与碑刻淹没。为此，贵州省文物管理部门耗资百余万元，实施铁索桥的文保工程，将高家渡铁索桥、摩崖石刻、桥亭遗址原位抬升10米，建成了如今的高家渡铁索桥，让"退役"后的铁索桥继续保留。

　　新建成的高家渡铁索桥，也分桥墩、桥链、桥亭三个部分，其规模、所用材料及建桥工序，与清光绪三十四年（1908年）所建桥相差无几。据说建桥时，因每根铁链重达两千斤，工匠用卷扬机一根根将其抬升，就花了半个月时间。桥的两端各新建有一个桥亭。同时，还对两岸碑文加以修复保护。

　　如今，政府在新建的高家渡铁索桥上游不远处建有一座单跨钢筋混凝土公路桥。当地人说，相关部门能把已经"退役"的高家渡铁索桥保护下来，可让当地人记住历史，让记忆不再消失，也是一种情感的留存。

高家渡铁索桥南北两岸共有石碑、摩崖石刻9方，碑文均为正书阴刻，迄今尚存，内容详尽可考，占地面积共计约30平方米。其中，北岸2方，南岸7方。桥南岸的1方石碑，柳体阴文刻"普济桥"3字；桥北岸的1块石碑，柳体阴文刻有"高家渡铁索桥"6个字。另外的7块摩崖石刻是"高家渡铁桥述成在事出力添助功德芳名列左并序""创修高家渡铁桥记""莲叶洞八景俚""修建索桥""功德碑""普济桥规""建桥公文碑"。

　　特别是"高家渡铁桥述成在事出力添助功德芳名列左并序""创修高家渡铁桥记"2方摩崖石刻，有极大的史料研究价值，现将"高家渡铁桥述成在事出力添助功德芳名列左并序""创修高家渡铁桥记"2块摩崖石刻碑文全文及其他5块摩崖石刻简要情况考证如下。

　　"高家渡铁桥述成在事出力添助功德芳名列左并序"刻于桥北端崖壁上，宽1.2米，高1.1米，碑文楷书阴刻。全碑文为：

高家渡铁桥述成在事出力添助功德芳名列左并序

　　高家渡之险，不一而足。历年失慎，莫可尽述。光绪三十一年，岁在乙巳中浣，秋水涨发，一船漂没四十余人。水普官绅士庶感奋创建铁桥，于光绪三十一年举念，三十二年兴工，三十三年工竟。水主陈、普主段亲临勘验。一切苦衷，桥规等事已勒石为记，毋庸赘述。于三十二年九月，大雨雹为灾，暴风将铁链吹折一根，桥就势歪斜。行人畏缩，莫可言喻。若欲整修，其款必巨。虽每年提拨有渡夫田租六十二石，本年无灾虽收一半，三十四年虽全收，总而计之，除看伺食费，工匠口食外，所存无多，乌能有济。况桥成后，良民固属有庆，而奸诡更易通行。所以，桥门又不可不建。于是，水普绅民除禀请二主外，并禀明府宪，亦蒙批准，用敢兴工。金木石工云集五月有奇，其工乃就。所有乐输银谷，添助竹木，效用苦力，例得备书。至于经费花账所录，另具清单存案。其有拨归铁桥岁修田亩租石名目，先有碑记在河南岸石壁。炳据爰为序之。

宣统元年孟夏月立

为时效力芳名（略）

"创修高家渡铁桥记"刻于桥南端莲叶洞内，无风化痕迹，宽1.8米，高1.2米，碑文楷书阴刻。全碑文为：

创修高家渡铁桥记

黔山，险之国也，盘江之北有高家渡焉，考其源流，一出普安哮天龙，一出平彝（今云南富源）射唛河。二水交会于七甲，汹涌澎湃。两山峻岭，真天堑也。春夏之交，大雨行时，山泉百道争注，无其津涯。虽古人雨毕除道，水涸成梁，至此亦穷其术。然醮运要津，通商孔道，舍此无从。土人渡以小舟，湍急滩险，失慎者屡。都人士心焉悯之。乃于丙午暮春之初，纠合同志，乐捐分募，谋以铁索横江，如花江桥。然工已垂成，款难为继，适予出守是邦，发政之初，即与水城别驾陈君淑文，禀蒙川盐局宪赵樾村观察，提拨千五百全，以资接济，五月而桥成。于戏！人定胜天，其斯之谓欤。自今往，渡斯桥者，履险如夷，不复病涉。则诸君善作而观察善成之功也，予为乐为之记。

权军民府事昆明段永濬撰

维时乐输银粮，鼎力功募董其事者芳名列左（略）

再查此桥之兴，不始于此。普之先辈有陆君鸿义、朱君永年、王君国全等，于光绪初已拟创石桥于阴鹭渡，其墩犹存而功未逮，今此举有善述之意焉。可为后人励，因并识之。监督工宛温陈克廷、冯之骏、马发荣。

大清光绪三十三年丁未清和谷旦

"莲叶洞八景俚"刻于桥南岸莲叶洞东侧崖壁上，碑文楷书阴刻，内容为七言俚诗一首："石莲台上阿弥陀，板角牛将道主驼。大圣仙源来献果，灵鱼口吐佛南无。瓶花富贵馨香远，古迹名贤姓字多。硐外飞虹拴铁锁，高车驷马享安乐。"落款：清宣统元年（1909年）三月书，筱藩胡定邦题。

"修建索桥"摩崖石刻位于高家渡铁索桥南岸崖壁上，碑文楷书阴刻，8行，共计100余字。记"主修""侍修"，高家渡铁索桥官员名、职。落款：普安、水城两属绅商公立于清宣统元年（1909年）。

"功德碑"摩崖石刻位于高家渡铁索桥南岸崖壁上，碑文楷书阴刻，42行，满行35字，共计1100余字。记修建高家渡铁索桥时，普安、水城两属绅商捐资人姓名及数额。落款：普安、水城两属绅商公立于清光绪三十三年（1907年）。

"普济桥规"刻于桥南端崖壁上，宽1.28米，高0.78米。于清光绪三十二年（1906年）二月二十一日，署普安直属军民府事段水城理苗府陈共议，额题"永远遵守"4字，碑文楷书阴刻，21行，满行30字，共计400余字。记高家渡铁索桥桥规5条。落款：立于光绪三十三年。"

"建桥公文碑"刻于桥南岸崖壁上，碑文楷书阴刻，共计200余字。记普安、水城两府对修建高家渡铁索桥的批示。落款为"立于光绪三十三年"。

高家渡铁索桥两岸悬崖对峙，高悬江上，气势雄伟，虽历经百年风雨，桥身完好如初，被称为水城桥梁建筑史上的一大创举，成为沟通水城与普安、盘县（今盘州市）间天堑的重要津梁，对研究铁索桥发展及建造技术有极高价值，特别是为研究西南地区铁索桥发展及建造史提供了珍贵的实物例证。同时，高家渡铁索桥是雄奇俊秀的北盘江峡谷自然风光中难得的人文景观，融铁索桥景观和自然风光为一体，具有旅游开发价值，对推动水城、普安、盘县及川、黔、滇经济文化交流发展起重要作用。

盘关红军桥笔记

🕊 孙 雪

盘关红军桥位于盘州市盘关镇机关居委会，地处盘关居委会与长山村之间的拖长江上，右侧为河岸高地，左侧为居民住宅区。民国二十四年（1935年）4月18日，红九军团进入水城以角（现隶属纳雍县）。4月21日，从普古垭口进入盘县境内。4月22日，红九军团经过盘关江上桥到迤铺寨宿营，23日进入云南省富源县栗树坪。后来，为纪念红军长征胜利，盘关人民将江上桥称作"红军桥"。2004年11月，盘关镇"红军桥"被贵州省人民政府公布为省级文物保护单位。

红军桥不仅仅是一座桥，更是一段关于信仰、坚持、胜利的传奇，是红色革命圣地的象征，是六盘水近代历史的见证者。这座桥虽历经风雨沧桑，却依旧屹立不倒，诉说着那段峥嵘岁月里的英勇与传奇。红军桥横跨在碧波荡漾的溪流之上，古朴而坚实。它的桥身由巨石砌成，石块间缝隙紧密，即便经历万千风雨侵蚀，如今依旧稳固如初。红军桥桥面宽敞平整，由青石铺就的道路略显粗糙，但每一块石头仿佛都在诉说着历史的沧桑。它的桥栏上雕刻着简洁的图案，虽无华丽之姿，却透出一种朴素之美。在红军桥的两端，矗立着一块高大的石碑，上面镌刻着红军长征途中的英勇事迹，字迹苍劲有力，仿佛在向世人诉说着那段英勇的历史。

站在红军桥上，我不禁回想起那段峥嵘岁月。1935年4月，红一方面军红九军团在何长工、罗炳辉、王首道等同志的率领下，经过艰苦卓绝的战斗，胜利渡过北盘江，进入盘县境内。他们沿着蜿蜒的山路，穿越茂密的森林，最终来到了这座桥前。长途跋涉的红军战士们，虽然已疲惫不堪，但他们眼中仍然闪烁着坚定的光芒，没有一个人想过放弃与退缩。他们知道，只要穿过这座桥，就能摆脱敌人的围追堵截，保存有限力量，继续北上抗日。

就这样，红军战士们虽然穿着破旧的军装，手持简陋的武器，但迈着一如既往的坚定步伐，踏上了红军桥。他们不畏艰难险阻，不惧敌人的围追堵截，一路南下，为了革命的理想和信仰奋勇前行。

红军桥不仅见证了红军长征的辉煌历程，见证了红军战士们的英勇无畏，也传承了红色革命的精神，传承了为国牺牲一切、不怕苦不怕累的无畏精神。所以，在六盘水这片红色的土地上，红军战士们的英勇事迹被广为传颂，他们的精神也成为六盘水人民心中的宝贵财富。而红军桥作为这段历史的见证者，也成为六盘水人民心中的红色地标。

今天，在红军桥精神的鼓舞下，六盘水涌现出了许多可歌可泣的英雄人物和英雄故事。有五代人接力守护红军墓的邹家英雄；有抓毒贩昼夜奔走，为找线索不惜一切，出差时"音信全无"的缉毒英雄骆开敏；还有偶遇老人跳河，毫不犹豫跳入河中救下落水老人的潘周……他们用自己的鲜血和生

❖ 盘关红军桥

命，谱写了一曲曲感天动地的英雄赞歌。这些英雄人物和英雄故事，如同红军桥一样，成为六盘水人民心中永不磨灭的记忆。

如今的红军桥，已经成为一处红色旅游胜地，成为六盘水的一张特色名片，吸引着许多后人前来瞻仰、缅怀。我也很喜欢来红军桥上转一转，尤其是在遇到困难和挑战，感到迷茫时，我就站在红军桥上看看流淌的溪水，眺望石碑上先烈们的模样。伴着徐徐的风，我想象着几十年前，红军能在面临被围剿的情况下仍然选择长征来摆脱当时的困境，能坚信自己的革命一定成功，于是，我的万千思绪就会被慢慢平复，此刻的难题症结也会被慢慢理清，然后找到解决困难的答案……

遥看红军桥，刹那间，我仿佛被一种革命年代的火种与信仰点燃，听到了几十年前英雄先烈们不畏艰险、英勇斗争的步伐声。红军桥是这座城市的骄傲与自豪。它用坚实的身躯守护着这片红色的土地，用传奇的故事激励着人们不断前行。它让后人明白，无论遇到多大的困难和挑战，只要我们坚定信念、勇往直前，就一定能够战胜一切。所以，它不仅是一座连接两岸的桥梁，更是一座连接历史与未来、精神与力量的桥梁。未来，它将继续见证着这座城市的发展与变迁，将继续传承着红色革命的精神，激励着六盘水人民不断前进、不断奋斗，创造出更加辉煌的未来。

福集厂铅锌冶炼遗址纪略

🖋 吴学良

　　据1987年10月在街上发现的火神庙碑上记载，福集厂为清乾隆十年（1745年）建成。厂区由生产区和生活区组成。生产区主要在福集至火烧坡一带。矿石主要从人和洞、穿岩洞、头塘老琪山观音厂（今校场乡）等处采供，年产锌180万斤，产品均调往毕节和外省钱局制币。据乾隆《毕节县志》记载，设于毕节的宝黔局，"每年用白铅（锌）四十万斤，自水城之福集厂拨运供铸"。生活区主要在街上，此处系福集厂核心，厂管、管事等均

❖ 福集厂铅锌冶炼遗址

何酉食 / 摄

文物史话

❖ 木桥村发现的铅块

肖雯稹 / 摄

居于此。清咸丰年间，街上四周筑有城墙，厚1.7米，高4米，长1000余米。福集厂停办后，城墙内外两侧石料被拆毁，只余中部夯筑的土心，故又称"土城"。城中有一条街道，宽5米，长300米许，连接东西两道城门，仅此二门可通城内。城内原建有官房、花厅、东西库房、火神庙、龙王庙及其他建筑设施，西门外还建有一座孤老院，收养年老体弱、无家可归的劳工。还在附近辟有一个300余亩的大菜园，以保证厂内蔬菜之需。是时驻有护厂兵丁，辟有数亩宽校场。

福集厂由水城通判代管厂务，较有名的管事（管理厂务官员）有清嘉庆、道光年间的何学彦，清咸丰年间的肖必明（肖万全）等，肖必明创有"万全商号"。福集厂停办时间，据《咸同贵州军事史·七十六章熟苗之役》载，清咸丰十年（1860年）十一月"威宁苗掠至水城……苗据福集厂"。据肖必明子孙述说，福集厂陷落时，其祖事先得讯，逃到水城，护厂兵头领杨喜贵战死，可推此次战事系停厂的直接原因。

福集厂为当时贵州少数几个大厂之一，系贵州为数不多的著名铅锌冶炼遗址之一，对省、市矿业史及社会生活发展研究具有重要价值。1989年6月3日，水城县人民政府批准公布为县级文物保护单位。1990年11月9日，六盘水市人民政府批准公布为市级文物保护单位。

当年，福集厂在水西故地是除莲花厂（妈姑厂）之外的第二大厂。据

《钦定户部则例》"贵州福集、莲花等厂采办白铅,委员运赴湖北汉口,以供直隶、山西、江苏、江西、福建、浙江、湖北、陕西、广东等省采买"和清乾隆四十一年(1776年)贵州巡抚裴宗锡奏"(贵州)其铅矿出产白铅,供运京楚者,现止莲花、福集两处……"所述,该厂所产铅锌主供京楚之运。

旧志言其"在城东北三十五里。产铅",与"在城东北三十里,二区夹山乡,原办过福集厂,山形后顶尖,口下垂,如饮啄状,左右张翼欲飞"的闹(老)鹰山相邻,包括福集、街上、水营及火烧坡一带,所遗煤灰、矿渣、倭铅罐残片等堆积物面积达1.2平方千米,有的地方厚达15米。又据福集厂火神庙碑文记载,该厂始建于清乾隆十一年(1746年),初由水城厅管理(1814年后归贵西道管理)。

福集厂建厂当年就开始生产白铅,至清乾隆十六年四月初七(1751年5月2日)封停,后又续办。在"清嘉庆十七年(1812年)以后,贵州铅厂仅有莲花、福集、柞子、水洞帕等数处而已"的背景下,道光《大定府志》将福集厂与兴发、妈姑、柞子定位为大定府四大铅厂,并非空穴来风。

铅有"黑铅""白铅"之分。在清代,金属铅被称为"黑铅",金属锌被称为"白铅"或"倭铅",白铅供鼓铸制钱,黑铅供火器弹丸制造使用。以蒸馏之法冶炼铅锌,明代宋应星《天工开物》早有记载:"凡倭铅(锌)古书本无之,乃近世所立名色。其质用炉甘石熬炼而成。""每炉甘石十斤,装载入一泥罐内,封裹泥固,以渐砑干,勿使见火拆裂。然后逐层用煤炭饼垫盛,其底铺薪,发火煅红,罐中炉甘石熔化成团,冷定毁罐取出,每十耗其二,即倭铅。"福集厂也沿用此法,所生产铅锌有三种处理方式,即奉拨、调拨、楚铅。

据有关资料记载,福集厂乾隆时期产量定额每年180万斤,实际每年奉拨京铅150万斤,调毕节宝黔局铅40万斤,运楚铅(自厂运至永宁,交委员转运汉口出售)无常额。清乾隆二十四年(1759年),产量曾高达255.9万斤。"据清乾隆四十二年(1777年)统计,该年额办京、楚者,就从威宁、水城两地运出之铅已达700万斤。由于运输困难,产铅常有停滞待运,其次积压待运的就已达900余万斤。"(《贵州古代史》第356页)。水城运出的

❖ 冶炼铅锌的倭盐罐　　　　　　　　　　　　　　　　　吴学良/摄

铅锌，除奉拨、调拨数额之外，运到汉口的楚铅是可以自由交易的，这是福集厂的自支经费。

作为水城厅境内铅锌冶炼第一大厂，其兴盛与厂管雷礼禄有着非常密切的关系。"地卜牛眠，点应楚湘世德；封崇马鬣，永为黔水名家"。雷礼禄墓碑上的墓联，透露出一些与他有关的生平信息。其人祖籍湖南郴州嘉禾县塘里村，清乾隆三十九年（1774年）十二月初二生于郎岱厅（今六枝特区）落别官寨，清道光十一年（1831年）十月初二卒于水城厅老城场坝菜园子，葬于本宅后崇文山麓。雷礼禄少时随父经营矿厂，清嘉庆至道光年间，根据矿厂"于通省佐杂班内派委一员管理厂务"（《毕节志》）的惯例，以厅属职员身份由贵西道署承领国帑办福集厂成为厂管，并将福集厂办得风生水起，人称"雷大管事"。比照莲花厂的管理模式，福集厂有厂员、书巡各1名，另设课长4名、巡役10名、家丁1名、水火夫3名，从而形成一套分工明确的官府矿厂管理体系，推动了该厂的兴旺发展。

此时的雷礼禄"获利颇巨"，"富甲一方，享誉黔省五属"的他，"事亲以孝闻，慷慨好义。清道光元年（1821年），通判张步虚置文武生童卷结田，倡捐银二百五十两，事遂立成。凡修建庙宇、桥梁、道路，所乐输银两恒多人数倍"（光绪《水城厅采访·人物门·潜德》）。清嘉庆十三年（1808年）为水城观音阁助银15两，清嘉庆二十四年（1819年）为重建火神庙捐银50两，所置文武生童卷田分别位于水城坝子大北门外山脚、土桥、偏坡寨、滴水岩等地，共19石5斗，其公租收入成为水城厅教育经费的重要来源之一。其继任者贵州息烽人肖万全（原名肖必明）在清咸丰初年接管后，于厂内兴办蔬菜地和食堂，开办"大兴栈"客栈、"万全号"商店和书店，并出资拓宽厂区内道路，使福集厂出现了一派欣欣向荣的景象。

辉煌与式微相伴而行。清《高宗实录》第247卷所载清乾隆十年（1745年）八月二十七日户部议准贵州总督兼巡抚张广泗疏称："黔省每年办运京局及川、黔两省铅斤，为数甚多。各处铅厂开采日久，出铅不敷。"福集厂也不例外，清嘉庆三年（1798年）产铅约为181万斤；清嘉庆十三年（1808年）顺延，年产量保持在120万斤左右。时运不济，兵祸盛行。民国《威宁县志》称：咸丰时"……威宁苗'贼'掠至水城大布寨，武生杨芳翠击贼阵没，贼据福集厂（厅东三十余里）"。《咸同贵州军事史·七十六章熟苗之役》也有"咸丰十年（1860年）十一月威宁苗掠自水城……苗据福集厂"的记载。

另据《大定县志》记载："水城属，有苗女曰仙姑者，设坛洞中，书符请神以渔利，令入教者出资为敬神费，约功成日，报以万金。"苗仙姑即后来的何仙姑，系水城厅月照乡发拉嘎村人，本姓罗，以奉"观世音菩萨之命，下凡普渡众生"惑众，在水城的白议（白腻乡）设教堂成为堂主后，与祝万春、何玉堂、何五斤等堂官带领苗民起义，于清咸丰十年（1860

❖ 福集厂古驿道残段　　　斯信强／摄

文物史话

年）十一月初三占据该厂，砂丁逃散，肖万全带领护厂卫兵战死，毁于一旦的福集厂在生产时间前后延续115年后停止运转，而对于这一方的历史工业来说，或许是一出悲剧。

一业兴而百业兴。115年的岁月说长不长，说短不短，可在厅属铅锌采矿和冶炼兴盛的这段时光里，水城厅古道的交通情况得到了进一步的改善和发展。

雍正十一年（1733年）水城设厅时，仅辖大定府所划的永顺、常平二里。随着朝廷设局毕节，又及京铅、楚铅之别；随着采铅、运铅规模不断扩大，厅属交通匮乏已显疲惫之态。清乾隆四十一年（1776年），厅通判管理的福集厂铅运量每年已达220余万斤。鉴于本处夫马不敷，吏部奏准，再拨平远州（今织金县）离州城很远的时丰、崇信、岁稔三里归水城厅管辖，这才在一定程度上缓解了铅锌外运的燃眉之急。

古道入夜多风雨，人见亲赶蹄马来。福集厂作为贵州省第二大铅锌矿厂，法都洞、人和洞、观音山矿洞、茨冲矿洞的矿料此时成为其主要矿源，交互联通的古驿道是保证完成朝廷规定限额、助推计划外份额的必备条件。在当年从法都、双水运铅往厅城转威宁至毕节，或从厅城经南开往大定府毕节的古道残段上，光阴讲述着沉默的历史，讲述着当年马帮最淳厚的爱。

"进"和"出"是一对相互依存的概念。马帮在那些岁月，把铅锌矿料运到福集厂，待冶炼成白铅或黑铅之后，又从福集厂把铅块和锌块沿进城古驿道运往厅城，经西向古驿道运往威宁转永宁，然后走水路，下重庆、武汉，或通过运河运送到京。威宁在这个历史时段成为滇铜和黔铅运输的集散地。大规模的矿产运输，使

❖ 木桥村发现的福集厂火神庙碑
吴学良／摄

得威宁交通运输负担太重。为了缓解这一突出矛盾，水城厅的铅锌，尤其是作为贵州第二大铅厂福集厂的铅锌改道，走南开入纳雍，至毕节，然后再到永宁，这就让厅城"菁华之地"的场坝热闹非凡。

道光后期，福集厂领办肖必明在场坝黑神庙隔壁修设大兴栈，集住宿和马栈为一体，规模宏大，为往来客商提供餐饮、住宿之便，是当时水城最大的旅馆饭店，及"数十年后（其他旅栈）莫能比"。清咸丰年间，水城厅附近福集厂、穿岩洞、巴都厂等地采矿、冶炼业云集数万名工人，经久不衰，以致场坝集市马店、客栈遍布林立，其中最有名的便是周家马店。此店能容纳上百匹马，长期雇用若干人在水井巷挑水供人使用或喂马。水井巷井口距离周家马店约1里，巷内铺路石块被挑夫和行人们踏得油光锃亮。直到20世纪70年代中期，马店还存在，还有挑夫挑水供主人家饮用。如今，当年的情形已经如梦如烟……

现在，地处木桥村的福集厂在群山环绕之下静谧而安详，可它时不时还会透露一些鲜为人知的往事。2018年（也有2019年之说），一位村民在街上组（因当年厂区街上得名）半山上犁地时，犁出了一块上书"永垂万古"的石碑。明灭碑面记载了当年为福集厂捐资人的姓名等，正文大部分难以一一识别，碑末留有"嘉庆己卯仲月"字样，显见该碑立于1819年，这应该与当年重建火神庙捐银一事有关。那时雷礼禄还是厂管，他带头捐献50两银子。故而，当该碑被发现后，其后人便将碑拉往所居石板河村。而当年福集厂三大管事的老张家、老刘家、老何家后人不同意该碑留存石板河，经木桥村几度调解，此碑被拉回木桥村，由村委会保管，至今静静地躺在村委办公楼一隅。

福集厂留给后人太多的记忆。在境内铅锌冶炼业兴旺的清代，为了解决福集厂、万福厂之间交通运输的需要，万福厂的雷礼禄、福集厂的肖万全等人出资修建境内驿道数条，主要有水城经大丫口至小河边驿道、老鹰山至石板河驿道、下马坎至玉舍关门山驿道、石龙至岔河驿道等。也许是贤人功德无量之故，水城濫坝曾有一个乡叫万全乡，而这个乡名就是以当年继雷礼禄任厂管并因护厂身亡的肖万全之名而命名的。行文至此，突然想起已故诗人陈月枢的《福集厂》一诗："废址荒城雨后春，高楼新柳倍精神。只今唯有残碑在，犹向乾皇报好音。"

虎跳石竹竿桥遗址走笔

🕊 符　号

　　红九军团北盘江渡口虎跳石竹竿桥遗址地处贵州省六盘水市水城区野钟乡和顺场乡交界处北盘江（水城段又称归集黄河）的河谷地段，不但具有雄奇险峻的自然景观，还留下了鲜为人知的红军足迹，诠释了红军顽强的革命意志和能战胜一切困难的长征精神，蕴含着光荣的革命历史意义。2014年，笔者在采写虎跳石的地名故事时，曾呼吁并希望虎跳石能引起相关部门的高度重视。同时，也希望有关部门能将虎跳石评定为重要的革命历史遗址。最终得到相关部门的重视，为纪念这一红色历史，2019年9月，六盘水市人民政府批准公布虎跳石为第三批六盘水市文物保护单位，并为虎跳石遗址立碑。2021年6月，虎跳石被贵州省委宣传部以新闻发布会的方式公布为贵州省第一批革命文物名录，让它成为重要的革命历史遗址。

　　虎跳石一带，上有炭山谷峡谷，下有野钟峡谷。峡谷两岸，悬崖绝壁，重峦叠嶂，山似刀削斧劈。其地形似被刀截分为两瓣，形成一绝壁对峙的狭小峡谷。北盘江水从峡谷中奔腾而过，涛声如雷，汹涌澎湃，素有"小黄河"的美誉。虎跳石一段的河床是一片乱石滩，无数大小不一的石头，间杂列布于水中，将河水分割得支离破碎。

　　虎跳石处的江水流于高峡底部，河段或静静流淌，或跌落咆哮，水势变化无常。枯水季节，碧水巨石穿流，梳出条条波纹，仍显平静；河水稍涨，巨石迎波，冲起朵朵细碎的浪花，也呈现出温驯的景象；丰水季节，河水暴涨，虎跳石便一改常态，巍然屹立江心，抵挡道道惊涛骇浪，激起高高水柱，卷起阵阵水花，发出隆隆吼声，甚为险奇壮美。

虎跳石处河床为宽约60米的狭窄江面，水势在此段稍缓。有三座巨石静卧江中，任凭惊涛拍岸，风吹雨打，岿然不动。三座巨石呈三角形状，其中，两座由江的南北两岸向江中延伸，最高最大的一座如中流砥柱般稳插江心。这三座巨石彼此相距两三米，将河水分成几支。虎跳石一带属亚热带气候，湿热多雨，昔日森林茂密，野兽众多，虎豹成群。据1987年11月水城特区史志办公室编印的《水城厅采访册·山川》记载："虎跳石，在小里寨对岸。两石，一巨石在黄河（笔者注：归集黄河）中，人谓虎，渡河必跃于此。"虎跳石河段河床稍宽一些，河中卧着几块巨石，往昔曾有老虎从石上跳跃过江，故而得名虎跳石。

❖ 虎跳石竹竿桥遗址

❖ 20世纪30年代，两岸住户用竹竿扎成竹筏搭建在虎跳石上架成桥　符号／提供

虎跳石是当地通往水城、盘县（现为盘州）的必经之道。两岸人民为了方便往来，先是在距虎跳石上游14千米处设渡口（北盘江高家渡铁索桥，也称为普济桥）通行过江。直到20世纪30年代，当地百姓才在虎跳石上搭建了一座简易的竹竿桥。1935年4月20日，红九军团2000余人，长征西进到达北盘江。当时，红军原本准备从虎跳石上游的北盘江高家渡铁索桥过江，因了解到高家渡铁索桥已被国民党保安团和地方民兵团严密设卡把守，通盘考虑后，按当地群众提供的路线，改道由高家渡铁索桥下游的虎跳石过江。红军将竹筏搭在巨石上，越过北盘江而去盘县，从而又给虎跳石增添了一抹革命历史色彩。

据了解，当天红军派了一支300人左右的小分队，在当地群众的引导下，经野钟、白牛到营街，做出要从发耳大渡口过江的态势，以迷惑敌人，掩护主力从虎跳石巧渡北盘江。主力部队渡过北盘江后，小分队巧妙地从大渡口下游的一过江点偷渡北盘江，与主力会合，跳出了敌军的包围圈，继续西进云南。

1966年，政府在距虎跳石下游约400米处建了一座铁索桥，铁索桥与虎跳石相互映衬，更突出北盘江的险峻雄奇。1990年，修建水城至盘县东线公路时，在距虎跳石下游200余米处，建了一座飞架北盘江大峡谷的宏伟壮观的现代公路大桥——法德公路大桥。

说到修建水城至盘县东线公路上的法德公路大桥，至今，当地的人民还常常提起一个人的名字，这个人就是杨安学。1992年撤区并乡之前，杨安学是法德乡的书记。据说这条公路原本是经野钟发射由付木山跨北盘江到花夏底母，然后往南而去的。若是这样，比现在要近十来千米，且工程难度相对较小。可后来怎么改走现在的路线呢？那就是杨安学的功劳了。杨安学认为，前者虽然较为直接，但没有后者有意义。后者是红军经过的地方，而且有村民帮助红军渡船过江和带路，算是为革命作出过贡献。既是民族地区，也是革命老区。当时的县领导为此专门召开会议后，才决定把线路改从虎跳石经过。

　　虎跳石曾是北盘江两岸重要通道，也是红军长征途中一个重要的革命历史之地，对研究当地的交通发展史和红军长征历史有重要的意义。同时，虎跳石引起了相关部门的高度重视，将虎跳石竹竿桥评定为重要的革命历史遗址。

❖ 1990年，修建水城至盘县东线公路时，在距虎跳石下游200余米处修建的法德公路大桥
符号／提供

钱家印楼笔记

🖋 符 号

钱家印楼亦称"钱家碉",位于贵州省六盘水市水城区玉舍镇玉舍街上,距六盘水市中心城南15千米,紧靠水盘公路西线东侧,是当地乡绅钱闻达于民国二十三年(1934年)开建,民国二十五年(1936年)竣工投入使用。钱家印楼建于一人工水池之中,坐西向东,总占地8亩。沿中轴线上,依次为朝门、水上长廊、前印楼、过桥、后印楼。中间有过道相连,四周围水,前印楼、后印楼恰似两枚倒置水中的方印,故名"钱家印楼",当地人称"钱家碉"。1987年12月28日,经水城特区人民政府批准公布为特区文物保护单位。1990年11月9日,经六盘水市人民政府批准公布为市级文物保护单位。

说到钱家印楼,钱闻达是一位绕不开的人物。钱闻达系水城的土目之一,彝族,水城玉舍人,自幼好学,少时师从水城名流李择三,后考入政法学校,毕业后回家协助其父管理事务。钱闻达将家业、权势不断扩展,在威宁、赫章、水城三县,声名显赫一时。管辖庄子26个、田地2800余亩,年收租千余石,有仓库27间、枪百余支。

水城的土目几乎人人过着不劳而获的生活。他们穿的是绫罗绸缎,吃的是大鱼大肉,住的是高房瓦屋,用的是丫头娃子,出门前呼后拥,在家三妻四妾,与当地人民生活的贫困和痛苦形成鲜明的对比。钱闻达是最讲究享受的一个土目。民国十九年(1930年),钱闻达当上威水联防指挥官,拥有千多担租子，可以说是家大业大。民国二十九年（1940年），钱闻达任国民党县党部委员。其后，他又任织、普、郎、纳、水"剿匪"指挥官，支持土豪亲友倾轧火拼，交锋之地民受殃及。民国三十七年（1948年），钱闻达任水城归集区署长，在马龙屯囤粮草"应变"。钱闻达见识广，有文才，善交际，为彝族颇有影响的上层人士之一。佃民到其家，可与其平起平坐。

❖ 1990年11月9日，钱家印楼经六盘水市人民政府批准公布为市级文物保护单位　　符号／摄

钱闻达家原有"三火头"官房一座，但他嫌不舒服，就另建一座海岛式小别墅。小别墅以碉的形式建成，既舒适，又牢固。钱家印楼周有壕沟，下有水牢，均有过桥、过道相连。钱家印楼集西方建筑艺术与中国彝族建筑风格为一体，集居住、休闲、防御于一体，是20世纪30年代水城建筑的代表作。

钱闻达先是用20亩水田挖成一个大水塘，然后在塘中心修建一座五层楼的大石碉，即前印楼。前印楼高13.1米，单檐歇山顶穿斗式、砖木混合结构，内壁为板壁，外壁为砖墙。楼下还修有一个土牢，由于土牢深入水下，塘水浸入，实际成了水牢，从碉的一楼至水牢仅有可容一人上下的楼口进出。碉的一二楼是守卫的武装居住，以便上护官家，下守人犯。一二楼四周有砖砌廊柱12根，二楼四面都有木走廊及美人靠。三四楼有圆木廊柱12根，四周均有木栏。三楼空间高3米，宽敞舒适，是钱闻达的卧房及会客室，屋内布置华丽，安有价值昂贵的车柱雕花乌木架子床和乌木太师椅、八仙桌。在三楼墙外，围有四柱悬吊新式栏杆的转角走廊。栏杆上相间排列各式花钵，植有各类名花，清香四溢，幽静淡雅。凭栏远眺，周围景致可尽收眼底。四楼是他的书房，空间低矮，高仅2.3米。五楼低矮接房顶，屋面盖小青瓦，正脊两端和垂脊四角均起翘。碉顶更是飞檐翘角，游

文物史话

龙走凤，十分壮观。

大碉后隔丈余水面，另建有四层楼的小石碉，即后印楼。后印楼为单檐悬山顶穿斗式、砖木混合结构。背面、南北两侧为砖墙，从底楼到三楼有廊柱。一楼是厨房，由外面进入，通过板桥可达大碉。此楼内部还安有木框相接的厕所，十分讲究。二三楼有木栏，三楼与大碉三楼走廊有飞桥相连，由此而上通四楼、下达二楼。二三楼均是钱妻住所及贮藏财物之处，四楼住丫头。两楼外表装饰都很漂亮，钱闻达还特意从昆明买来花玻璃（当时水城还无玻璃），四面镶嵌，显得金碧辉煌，时人赞其为水城独一无二的"洋楼"。

两印楼之间，底楼和三楼均有过桥连通，两侧装有栏杆。过桥长5.5米，建有屋顶，盖小青瓦，以遮风雨日晒。由过桥将两印楼连接而一脉相通。印楼四面开窗，采光尤佳，四周装有回廊，配有坐板，凭栏即可观赏湖光山色。池中有游鱼、睡莲、浮萍，池塘四周遍植垂柳松柏。现朝门与原水上长廊已不存在，今水上长廊为20世纪70年代初期将印楼改为老干部疗养院时所建。

从大碉前至塘坎约50米，安桥墩20余个，上铺木板搭成"洋桥"。桥上装有精致栏杆，上盖瓦面。塘坎边建有单独的小碉一座，即所谓的朝门。朝

❖ 钱家印楼全貌

杨茜云／摄

门两层，两端是圆拱门洞，上下层都有外窄内宽的枪眼。一层为通道，二层住护院武装。朝门、前印楼、后印楼三座不大的楼房一字排开，之间有水上百米长廊和过桥连接。从朝门进入大碉，需从小碉下通过，跨上洋桥方能进入，可谓防卫周密，警卫森严。钱家印楼是绅士钱闻达故居，据说钱闻达长期居住在小碉二楼。

钱家印楼为中西结合式造型，不同于传统住宅，自成一格，与周围环境相融，和谐而自然，秀丽而雅致，活泼而富于变化，选材比较讲究，做工精湛，为研究水城区乡经济发展的一处实物，具有较高的文物价值。2007年，钱家印楼是水城县文管所重点抢救性维修工程。

两印楼均四面围水，水深约2米，系由塘外挖沟引水灌入，清澈如镜。在塘内还专制有画舫一艘，盛夏之时，满塘荷花盛开，周围柳荫覆盖，荡舟泛游其间，真可令人消夏解暑，清心荡神，实不愧其自称为"消夏养怡"的胜地。然而这一切，官家们的确享受够了，可是成千上万的佃民却不知要付出多少血汗。仅以挖塘、砌碉、修沟三项工程所花数万人工都从佃户中无偿征用来说，就可充分说明一切。因此，水城民间流传有以下三首歌谣：

❖ 钱家印楼中前印楼和后印楼　汪龙舞 / 摄

其一

重重叠叠三座碉，一座更比一座高。

楼上就像阎王殿，水牢就像一把刀。

其二

重重叠叠三座碉，挖沟修塘代价高。

多少人家血和汗，筑成官家安乐巢。

其三

重重叠叠三座碉，四面荷花水上漂。

四面荷花漂水面，船游花间好逍遥。

从这些民间歌谣里可见百姓积怨之深。但无论怎么说，这座代表彝族建筑文化和智慧的印楼，在经历时代风雨后，现在已经成为一处文化遗产。

钱闻达热心地方教育文化事业，讲求文士气派，家藏有《万有文库》等书，培育子女深造；参与筹建水城初中，任第一任校长。民国二十一年（1932年），吴老蛮招安团驻水城，撤走时欲洗劫水城。钱闻达即召集威宁土目带领精锐人丁开进水城，又将水城土目及部分汉族豪强集中，邀吴老蛮到上帝庙饯行，摆出精良武器。吴老蛮见势不敢妄动，只得提出要开发费5000元小洋（后只得3000元），悄声撤走。作为"剿匪"指挥官，钱闻达和当时水城县县长阮略密谋，用计杀害了红军尹自勇（杨连长）。

新中国成立初期，钱闻达听闻水城即将解放，曾叫家人分派田土给佃户，但深知自己犯下了杀害尹自勇等罪行，担心被清算，遂吞烟土自尽。

时任中共水城县委书记的陈月枢参观钱家印楼后，即兴作诗一首："玉池空映小楼双，蝙蝠无端入画梁。唯有多情山上月，又移花影过残墙。"钱家印楼作为水城保存不多的古建筑，工艺独特、造型优美，具有很高的历史文化研究价值和鉴赏价值。

屯口古战场遗址纪略

🖋 吴学良

　　屯口古战场遗址地处阿嘎盐井村屯口。屯口为盐井屯北大门。屯口古战场遗址今尚遗有一石砌券洞门，高2.3米，宽2米，尚存少许残墙和一单拱石桥。1988年，专家还考察发现一方已风化的摩崖石刻及三个有碗口大的垛口"炮子眼"。券洞门后悬崖上，原刻有"凌云第一关"五字，可惜1975年修公路时被炸毁。此遗址具有重要军事史研究价值，1989年6月3日，被水城县人民政府批准公布为县级文物保护单位，并被列入《中国文物图册贵州卷》；2009年1月28日，被六盘水市人民政府批准公布为市级文物保护单位。

　　阿嘎亦名阿扎。"嘎"在彝语里意为地势险要的村寨，阿嘎则意为"打仗要像追鸟一样"。旧志记载，四面绝壁的阿扎屯，"在城东六十里，屯险而宽，南北三十余里，东西八十余里。屯上层峦叠嶂，吉壤颇多，土田丰腴，通计屯中，年约收田谷杂粮数万石……"（《水城县志稿》）其地形"扼滇楚之喉，当粤蜀之要"，"其地山川险隘，林密箐深，行若登天，一夫防守，万人难进"（《平远州志》），其南面有米箩巴浪河过岩脚寨，北面有通仲河沿牛场和券洞门前蜿蜒，两条河流就像两道屏障，牢固地锚泊着阿扎屯这艘万古不沉的巨轮。

　　阿扎屯是吴三桂进入水西之后发生第三次会战的主战场。据《大定府志·平水西逸事》载"兵至水西境，坤、熊于阿嘎屯以待。三桂至归集，命马三保率三千兵先进。夷目归集、阿得以五千人迎战，三保射杀夷目野钟，中归集左目，战交绥而退。明日，又战于米俫，战数交，三桂以大炮轰之，夷人败走。明日，进逼阿嘎屯，别将刘秀领兵三千，与夷目阿五、法沙五千兵战于屯下，夷兵为绣所困，皮熊出兵救之，乃解。绣中流矢，阿五法沙亦为我所中，遂收兵入营。居三日，别将王洪领兵三千至屯下"，讲述的就是这段往事。

《黔书·水西乌蒙马》云："叉戛那率兵三万来战，中流矢，为洪所窘，阿五出兵救之，乃免。坤遂收众入屯，分守要害，据屯不出，不克。"安坤于这场战争，无疑是一个英雄末路似的人物，关于他的命运，有两种不同说法。一是据《大定府志》记载："坤至阿札，惟二人从，急追不得免，乃相与投岩，二人成死。坤冒于半壁不死，奇擒之以献，遂戮之。"这段文字没有明确指出安坤跳岩的具体地点，但在《水西传全集》中，该地当是阿扎屯的另一个重要卡口——严家卡子。

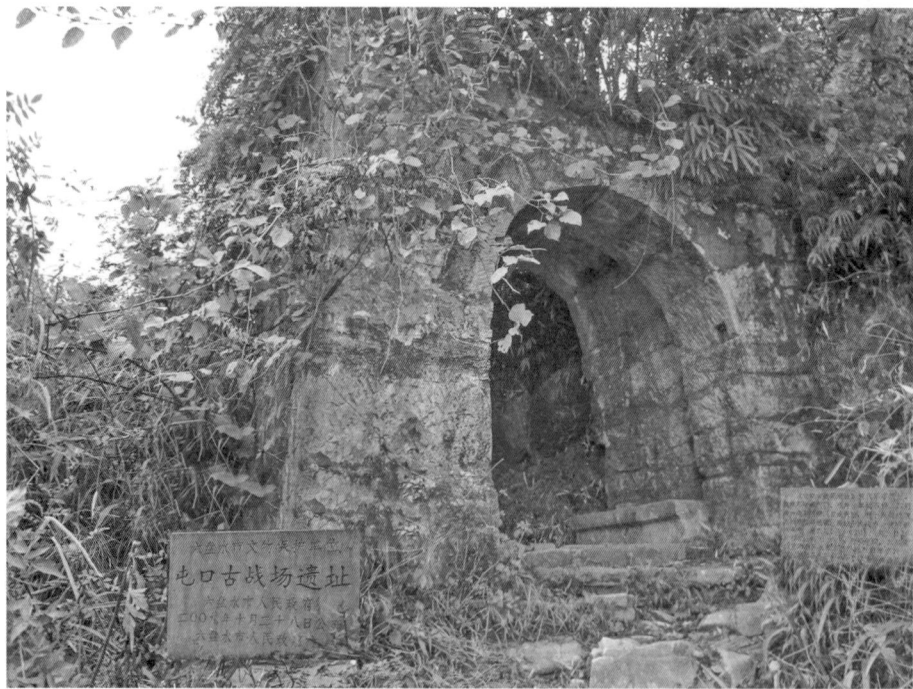

❖ 屯口古战场遗址

胡小柳／摄

另一种说法是，清康熙五年（1666年）九月，安坤与妻禄氏退守木弄箐。十二月，吴军展开进攻，安坤死守。吴军兵分两路，一路从正面佯攻，一路从背后偷袭。安坤败走乌蒙，不被接纳，遂退回大方杓里箐，禄氏走乌撒。后吴军在杓里箐搜获安坤和皮熊。跟随安坤走霉运的从者，在民间同样有两种说法：一是在《水西传全集》里，言兵帅慕火劝安坤对换坐骑和衣服，由他代替安坤发号施令，掩护安坤出逃，一行共有三人。其中，慕火和安坤在比里岩头来回走了几圈，紧急之际，"二人无法只得举足往岩下跳"，落到半岩被葛藤缠住，最终被俘，慕火遭用美人计探寻皮熊下落不屈而被处死，安坤则被押解到贵阳后被处决；另一种说法是安坤、皮熊同时被捕遭处决。

古战场留下的斑驳遗迹，是战争难愈的伤疤。阿扎屯北部主战场屯口下，至今还留存着高2.3米、宽2米的石砌门洞及关卡、箭头、马道、残墙。据说这道券洞门上方岩壁上原有三个碗口大小的炮眼遗迹（《水城县志稿·古迹》："永顺里阿扎屯券洞门，石壁上有炮眼三，传闻为吴三桂围攻安坤时，轰击而成。"），卡子右岩上，传言有巨大石磨一座，为早年安坤屯兵守屯时所用，曾一度静静地躺在官道旁（《水城县志稿》记："屯口有号石一，又有石磨一，悬于屯腰，民国三年飞去，不知何往。"）；而清代杜林为方便行人修建的单拱龙虎石桥，后虽经咸同年间以苗仙姑、黄金印为首的苗族等众抗暴斗争的烽火，但依然尚与券洞门连成一片。如今，锈损戈矛箭羽等还不时在这片土地上被翻耕出来，屯上遗存的营盘、双营、小营上、大营脚、金家营、薄刀营等地名，仍然见证着这段岁月，丰富着这方土地上的人文历史。

阿嘎屯因四面绝壁，当年能上屯的卡口为数不多。东面严家卡子、东南面阿嘎卡子、南面二道岩卡子、北面屯口卡子均为明时的重要大卡，皆有关楼和重兵驻守；其他的如小卡（小水塘卡子）、手扒岩卡等驻兵虽不像大卡那样多，然而传讯设施和手段同样齐备。出于对这段历史的浓厚兴趣与人际交往上的便利，我曾先后走过一些相关卡口。在严家卡子下的三块田，当地长者眉飞色舞地给我讲述，早些年很多人是不敢夜深时经过这里的，军队操练之声和鼓鸣之声时常会隐隐约约、时断时续地传来，空寂得让人恐惧；更说得迷信的是，经过这里的人往往会被泥巴塞住口、耳、鼻，找不到回来的路。

为攀爬这道关口，我前后经历两次后才成功。第一次爬到半山腰，因为做伴的是几位同行中的长者，为了照顾他们的情绪，只得半途而废；第二次是在一个年初，因为做好了要看一个究竟的准备，一是去朋友家做客时就去得很早，二是另一位同伴也是同龄人。趁着春光，沿着高低不平、1米多宽的"之"字形盘山驿路蹒跚前行，听着朋友指点传说中安坤跳岩的地方，回首来时的路和远方的景致，虽然累，情绪却十分高涨。爬上关口，右面高山依然耸立，左面小山的缓平山顶，让我们产生了阵阵征服感，而官道在两山之间依然蜿蜒着伸向前方的群山深处。关口巨石面上，有錾出的方形石窝，我猜想这是当年建造关口时留下的，而另一些不成图案的几何形符号，就不知道其用途了。

这时，满身淋漓的汗水已被山风褪尽，陡长的情绪像一台无法停止的发动机，催生着我们继续前行。沿着古官道过去，山的那边究竟是什么样子呢？爬上缓缓的山梁，有大坝横亘眼前，稀疏人户散落其间，向导说："这是中坝村，古驿道到此就没有了。"此时，我心里空落落的，站在灌木丛中，仿佛一瞬间跌落于水西的迷雾和烟云里，好生茫然。

去二道岩，出于一种偶然。曾听表兄说，舅公的坟埋在此处卡口边。就是这个缘故，我一直想找机会去看看当年的卡口现在是什么样子，顺便到舅公坟前谒拜，以尽心意。故朋友邀约去米箩摘杨梅时，不管时间怎样紧张，我还是坚持想趁机一游。大家都知道我没太多的兴趣爱好，无非是对地方文史兴趣浓一点，就满足了我的无理要求，把轿车换成面包车，冒着崎岖山路，把我送到了半山腰。远方在我心里，从来都充满神秘。沿着新开凿的不成形公路，我在时间紧迫里气喘吁吁地爬到了关口。

关口如今没有任何一点痕迹，站在这里，往西我在大山皱褶深处寻觅到了表兄家居住村寨的大体位置，往东我看到了来时山下的田野和村庄，可能这是我这次急行军的唯一收获。在盐井小卡，我看到了当年山垭口边垒石砌成的关楼石壁，在楼口边坐在地上，目视着从山下延伸而来的石铺小道，想象着当年人们负重时匍匐而上的情景，心中生出了无穷的感慨。

在这些关卡中，我来得最多的自然是北面的屯口卡子，因为这里自古以来都是交通要道，保留的残迹最多，而且现今公路从其上方而过，极其便利。我到券洞门的时候，一条1米宽的古栈道，在两旁灌木和杂草的衬托下，蜿蜒着从山下爬上来。券洞门上茅草一人多高，一棵老树根在其上有气无力地盘坐着，据说券洞门上原有一株马桑树，粗三人围，后来被雷击起火而毁，不知现在看到的树根是不是它留下的。

当年这棵马桑树要三个人才能围得完，细细想来，我还是不敢相信这不大不小的券洞门能支撑得住它的重量，能固牢它的根系，这正如我不太相信券洞门上方有三个碗口大的炮眼一样。无论怎么说，吴三桂攻打阿扎屯时，大炮架在苦李树垭口，怎么也不可能留下碗口大小、深及手臂的炮眼。在那个年代，红衣大炮的射程，绝对是不可能从对面山上打到这里来的。纵使确有炮眼，我也相信一定是另有缘由，世代的口传肯定是在以讹传讹，被民间化了，看来民间口传的力量确实不可忽视。

龙桥烈士陵园散记

🦅 李万军

　　电影《云雾山中》播放的片头，呈现给观众的是一个绝壁悬崖，其中间有一个黑黝黝的大门洞，随着大门洞镜头的视角走近，就像一个大怪兽正张着凶残待食的大"嘴"迎面而来，这个"嘴"就是取材于贵州省六枝特区牛场乡黔中村境内的窗子洞。

　　窗子洞的上方是一个新建的龙桥烈士陵园，园内迁葬有攻打窗子洞而牺牲的革命烈士。2005年1月，龙桥烈士陵园被列为六盘水市爱国主义教育基地。2008年8月，龙桥烈士陵园被六枝特区人民政府批准公布为县级文物保护单位。

　　窗子洞虽历经了1个多世纪的沧桑，但洞外仍弥漫着历史的烟尘，洞下方寂静无声的河流，默默地向人们诉说着这里半个多世纪前剿匪和如今翻天覆地变化的故事……60多岁的刘发光是六枝特区牛场乡武装部原部长，家住窗子洞上方的大箐村，他对牛场乡黔中村的那段剿匪历史非常清楚。因此，不管哪个单位有需要，即使身在城中，他也会赶到黔中村为大家解说。

　　一个晴朗的周末，他应我们之约一起来到黔中村。在剿匪现场——新场乡戛纳村窗子洞的对面，他站在临懒龙河的观景台上，指着对面若隐若现的窗子洞告诉我们一个鲜为人知的剿匪细节：1950年4月27日，解放军四十五师一三五团的两个连与一四六团的一个连从两个方向而来，准备围剿盘踞在天险窗子洞的土匪。在解放军对窗子洞发起总攻前夕，从窗子洞上方来的一四六团，有一名解放军战士奉命从洞的上面用绳子吊下悬崖，准备对洞突袭。但当解放军战士临近洞口时，被守洞的土匪乱刀割断绳索，掉下了山崖，不幸壮烈牺牲。

在窗子洞对面的一三五团见突袭不成，眼睁睁看着白白牺牲了一名解放军战士，愤怒之火骤燃，提前发起了总攻。战士们在火力的掩护下，抬着准备好的长梯筏渡过河，进攻窗子洞。不料，刚一搭上长梯，就被匪徒从洞内推出大量石块，砸断了梯子，伤了不少战士。

见洞下方进攻受挫，一四六团的另一名解放军战士张科勇急红了眼，立即腰系绳索、怀抱机枪，从崖顶悬空而下。这次他汲取了第一次那个解放军战士袭洞失败的经验，不直接向洞口奔去，而是从侧面迂回，经过几个弹跳，快到洞口处，就开始朝洞口和洞口侧边猛烈扫射。与此同时，一三五团另外一队战士借机从侧面接近洞口，迅速向洞内投入大量的手榴弹。随着烟雾四起，解放军迅速冲进洞内，土匪瞬间崩溃，四处逃窜……在攻克窗子洞的剿匪战斗中，解放军共牺牲了7名战士，他们被埋葬在懒龙河岸，后被修

❖ 六枝特区龙桥烈士陵园

罗潜阳／摄

成懒龙桥烈士陵园。

攻克窗子洞后，上官即现在黔中村一带的群众获得了解放，他们在党的领导下，日子一天天好过起来。20世纪90年代，上官曾成为六枝特区制种基地，千亩上官坝子制出的玉米种销往全国各地，大多数村民通过制种逐渐摆脱了贫困。黔中村在1992年建并撤之前叫上官乡，辖上寨村、大寨村、埃冲村。2009年，黔中水利枢纽工程在上寨村上寨组开工建设，撤上寨村、大寨村、埃冲村，合并成黔中村。

2021年，经历脱贫攻坚全部迈出贫困的黔中村，迎来了贵州省红色美丽村庄示范点建设。在区委的组织推动下，该村按照规划逐步实施"一线一陵一馆一洞一寨一基地"建设，最终形成一条红色游览环线、修缮龙桥烈士陵园、改扩建剿匪胜利纪念馆、恢复安家窗子洞剿匪作战旧址风貌和复原跑马道、打造一个红色文化主体村寨和一个国防教育拓展基地。

通过近两年的努力建设，黔中村建成了六枝特区红色文化陈列馆和龙桥烈士陵园，将长眠于懒龙河岸攻克窗子洞时牺牲的7名烈士和六枝特区其他地方牺牲的35名烈士搬迁到龙桥烈士陵园安葬。往事如烟，青山不老，英魂长存。红色黔中村，悠悠窗子洞。相信黔中村在红色美丽乡村建设的推动下，在党员先锋队的带动下，日子将会越过越红火。

❖ 白岩处为窗子洞所在地　　　　　　　　　　　　　　　　　罗潜阳／摄

万福厂冶炼铅锌遗址散记

🖋 吴学良

　　万福厂地处勺米镇笔架乡关门山村，系附近冶炼铅锌厂群的主厂。遗址占地约0.5平方千米，当年炼铅锌所遗煤灰、废渣及铅罐残片到处皆是，有的厚达5米以上。分厂较多，均分布在万福厂周围的税上、夹沟一带。创办年代，据现有资料分析，始于清乾隆年间，原称巴都厂，雷礼禄经营时更名福集厂，故厂内有老厂、新厂之分。老厂在万福厂西1千米处，新厂即万福厂。万福厂所产铅锌，全调往省内外钱局铸钱，生产规模仅次于福集厂，具有矿业史研究价值。1989年6月3日，万福厂被水城县人民政府批准公布为县级文物保护单位。

　　万福厂因煤水方便，距穿岩洞、青山黄洞、双龙井琪山坡等处铅锌矿较近，且水城到盘县大道从税上经过，给养运输方便。开办后曾一度兴旺，从厂区至各矿山石阶路上，每日有上千匹驮马往返其间。是时冶炼情景，民间称"黑烟直冲霄汉，乌鸦也飞不过"。当年万福厂街上甚是繁华，厂官房四合院、戏楼、客栈、饭店、百货店比比皆是。有48张案桌，日销肥猪70多头。

　　万福厂原名叫赫明湖。《水城厅采访册·卷之二·山川》曰："在城南二十里即万福厂，一名巴都厂。道光间厂极盛，洞内忽出水汇为湖，不能泄，厂遂废。"道光《大定府志》云："万福厂在永顺里二甲。"即今勺米镇银田村万福厂村民小组的老厂一带。具体说来，地处现今双龙、夹沟、税上、鱼塘、关门山、青山（穿岩洞）之间，因行政区划不断更替，以上地点前后分属勺米、盐井、笔架（旧时小乡），才导致该厂在位置表述上出现不同说法，于扑朔迷离里一度让人知其然而不知其所以然。诚然，这也与关门山系盐井（今属阿戛）、勺米分界线有关，因为关门山在办厂期间也是厂区组成部分之一。

兴办万福厂，与此地发现铅锌有关。相传，有一个叫彭少华的人去赶场，经过岩头上时，从山上滚落一坨像锤草棒似的白色石头，飞嗒嗒地在地面蹦蹦跳跳乱跑。出于好奇和好玩，彭少华按住了它，并把它带到街上。一个来赶集的湖南人眼见此石，就向彭少华提出给他点晌午钱，要买回去玩，后被用万元票买走。关于铅锌矿，水城民间普遍流传一种说法：一是在山间看见的白色之物，大多是银矿化身，故出现白马、白色骡子、白兔等，并就此发现、开采铅锌矿。二是买走或开矿大多与湖南人有关，这在一定程度上说明湖南人对铅锌矿的识别、开采、冶炼技术拥有很高的水平。

至于万福厂为什么取这个名，当地有民众说源自"集万人之福"一意。然而，2023年5月16日下午，我们在勺米镇范家坝老街上采访88岁高龄的彭

❖ 万福厂冶炼铅锌遗址 　　　　　　　　　　　　　　　　　　杨茜云 / 摄

银昌时，他拿出了2004年刊印的《彭氏家谱》，声称万福厂之名源自其祖上彭万福。在这部家谱上，我们查看了附图上的文字。研读图中内容可知：一是文中对万福厂位置定位及周边地名与变化等，是符合当前行政区划的。二是其十五世祖彭显倍（号万福）曾经继承祖上办厂之业，在水城有过与雷、萧、张、王、刘、许、谭、何等十大家族出资办厂的历史。依照其说法，万福厂是以其十五世祖彭显倍的号——"万福"命名的。

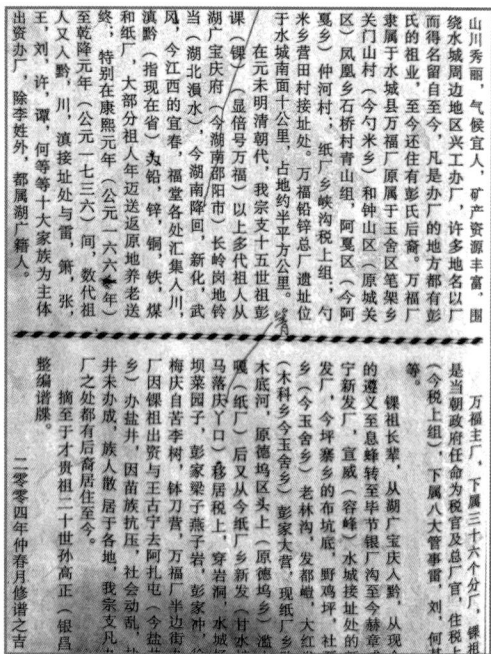

❖ 《彭氏家谱》关于万福厂的相关记载　吴学良／摄

　　2023年8月23日，笔者在南开小鱼塘采访何诗亮时，在其家族2014年编撰的《何氏族谱》里，有"生于清乾隆三十八年六月二十四日辰时"的"何公世盛"于"贵州水城万福厂办厂"的相关记载。是真是假，的确有些难辨。毕竟家谱也会出现一些粉饰成分，这也是考察家谱、族谱时特别需要注意的问题。相比之下，我更相信该厂系因此地巴都河而得名之说。

　　据有关资料记载，万福厂清乾隆十四年（1749年）以前就已经开始烧铅，在从勺米鱼塘到纸厂簸箕寨长12千米、宽1千米的山冲里，占地十余方里，矿工曾达数万人；"炉火熊熊，烟雾缭绕直冲霄汉，飞鸟不得过""日有千匹驮马往返其间"（旧志载），厂区内街市繁华，戏楼、客栈、酒家、百货店一应俱设，厂棚、库房、厂官房四合院布局规整，由此亦可窥其繁荣气象。相传正街上有48张案桌，每天早晨杀70多头大肥猪，未到晌午全部售罄。关门山关炉下曾是万福厂的一部分，起初这里没有几户人家，后来者大多是办厂时从威宁街上搬来的。

　　那时，这里小街上有人每天杀一头猪，从关炉下推到关炉上就卖完了，这是2023年5月16日上午，在关门山关炉下组采访78岁的訾正忠（关门山原村支书）老人时，他所转述的上辈老人流传下来的说法。在他的口述里，万福厂的路分大路和小路，大路从双龙井经大垭口→税上→夹沟→夹岩→马尾河→小拱桥→夸都→范家寨至勺米，供运送矿料和铅锌所用，其中，大垭口一带石阶路是当年雷礼禄用料石修筑的；小路从夸都箐经口聋→观音岩→岩口至勺米，供人行走。关门山关炉下曾用七节炉子烧倭盐罐，当年立有一块石碑，碑上有明确不准把厂区范围扩展到仲河的内容。1965年修建公房时，这块碑被拆除并用于修建，如今不知所终。

万福厂和福集厂开办与停产时间接近，除双龙井珙山坡铅锌矿洞和"鬼斧神工惊玉宇，丰功伟业耀简竹"（陈月枢《满江红·穿岩洞铅锌矿遗址》）的穿岩洞（今青山矿）铅锌矿洞系其矿料供应点之外，"尚有大夹沟、燕子硐、火龙硐、福禄硐等，就中以燕子硐之规模为最大，高约五十英尺，宽三十英尺，深百余英尺，其间尚有支巷口数处"（《民国〈矿产纪要〉》）。

訾正忠老人在采访中说，万福厂老厂周围的矿洞不止这些。老人们还世代相传，关炉下小山周围的矿洞开采和陆姓大户人家的兴衰紧密相连。当年，关炉下的陆姓，粮食多得堆积如山。湖南人在周围开矿，左一年右一年都不见成效，眼见无力再支撑下去。这时，有人出主意说去找陆家借粮食，坚持打矿。湖南人找到陆家提出借粮，承诺等打出铅锌矿后再来结算。陆家慷慨地说："不用还，不够你们尽管来取。"直到事后第三年，湖南人打出了铅锌矿大发其财后，就来陆家用钱还债，可陆家坚持不收。怎么办呢？待到陆家家主过寿时，湖南人面对其不设账簿收礼之

❖ 吴学良在勺米后街采访彭银昌　　　　肖雯稹／摄

举，直接把银子放进堂屋内两个空置的大簸箕里，装得满满的。陆家银子多得没用处，事后就雇人到处埋藏，为了保密不惜杀死被雇用者。

"积善之家，必有余庆；积不善之家，必有余殃。"因为缺德，陆家就此走向衰败。而小山周围的矿洞，在有一年腊月间不幸坍塌（1952年，这里以改造罪犯为目的还办起了锌盐厂，后移交给区里招工续办）。上辈老人们还讲，正因为矿洞多，石桥有一个叫李六头的人，长期买米草（稻草）打草鞋，用来与周边挖矿、背矿者交换旧鞋，晚上在家架起小克蚂（青蛙）炉，扯起风箱，用夹在草鞋里的矿料炼铅锌，并因此发财，后被土匪抢过多次。

官厂也好，私炼也罢，总之水城厅管辖范围扩大，是与万福厂等铅厂分不开的。据清乾隆四十一年六月初二（1776年7月16日）吏部议准裴宗锡上奏称："大定府属水城通判官吏万福厂铅运，每年解额220万斤，该厅管辖地方仅常平、永顺二里，本处夫马不敷，请将平远州之时丰、岁稔、崇信三里就近拨归水城通判管辖。"事实证明，万福厂为水城厅有5里之辖立下汗马功劳。

矿洞与炼炉支撑着万福厂的历史天空。如今，站在这片天空之下，我们无法复原熊熊炉火当初燎原的景象，无法复原炉火如同燃烧的晚霞透彻天宇的胜景，更无法复原冲霄浓烟连天接地的盛况，然而，我们却可以想象出正是那些熊熊的炉火和吐着的蓝焰般的火舌养活了这方水土上的仁慈民众！

万福厂与福集厂相距不甚太远，曾同以福集厂名义按二八定例向朝廷奏销抽课及工食银。清嘉庆、道光时期因办"银厂"而声名显赫的雷大管事——雷礼禄，接手父亲（显爵公葬于巴都厂鱼塘边，墓呈亥山己向）创办的万福厂时是在道光年间，并大多数时候都驻留该厂。正是因为有《黔南识略》卷二十四《水城通判》"（水城厅）所属福集、万福二铅厂，均系于嘉庆十九年详归西道管理"和水城《档册》"万福厂在永顺里二甲，福集厂在常平里八甲，皆经署通判张宝鉴请归巡道管理。凡此皆水城铅厂之颠末也"的铺垫，才有迁居"城东场坝崇文街菜园子"，于"城南二十里许厂矿穴，名大岩洞。自明时开采，清道光间，邑人雷礼禄由道属承领国币开办，获利颇巨"的记载。

万福厂开办以来，经历了很多磨难。据光绪《水城厅采访册》所载：

"赫明湖，在城南二十里，即万福厂，一名巴都，道光间厂极盛，洞内忽出水，汇为湖，不能泄，厂遂废。"民国《矿产纪要》亦载："万福厂去水城县城南二十五里，矿区面积十余方里，有高二百余英尺之山二，昔年采矿最盛之处也。……万福银矿在前清乾隆年间开采极盛，闻当时矿坑多至百余处，矿工数万人，取附近夹沟之煤从事冶炼……闻乾隆时火龙硐中石壁崩塌，压毙矿工二千余人，继遭苗乱，附近村落焚掠一空，而万福厂之矿业遂一蹶不振。"由此可以肯定，天灾人祸使该厂于清咸丰十年（1860年）停滞，时间上几乎与福集厂共始终。

万福厂和福集厂的关系，犹似家族企业，故应视为福集厂子厂。它们就像《红楼梦》之一荣俱荣，一损俱损，实可哀也！

接办万福厂的雷礼禄死后安葬在崇文山麓之侧的教场后山，其功德被后世敬仰；陈月枢《忆王孙·过雷礼禄墓感赋》词很能代表水城人的心声，兹录于后作结："浑塘古矿旧知闻，今日飘然过此坟。黄土高坡万木春，是何情？不爱潇湘爱水城！"

北门桥散记

孙　雪

　　漫步于盘县老城的大街小巷上，历史的厚重与岁月的积淀不经意间交织在一起。一步一步，仿佛每次踏脚都能踏出一串古老的故事。而在这众多的故事里，有一座桥格外古朴与庄重，它静静地横卧在碧波荡漾的河面上，静静地诉说着属于它的过往与今朝。虽然历经百年沧桑，但它的底蕴依旧。它，就是北门桥。

　　北门桥位于城关古城的北门外，与那座沧桑的古城门遥遥相对，被当地人俗称为"城门洞"。我常常觉得，北门桥的存在仿佛就是为了连接过去与现在，为了将古人的智慧与今人的情感紧密相连。所以，虽然北门桥已经历经百年风雨，但至今依旧屹立不倒。2004年11月26日，北门桥被盘县人民政府批准公布为县级文物保护单位。

　　北门桥，这个名字在盘县人口中，总是带着一丝亲切与怀旧。它不仅是盘县第一文物保护单位，更承载着厚重的历史与文化，是六盘水过去光阴岁月的见证。所以，每当人们提起北门桥，总会不经意间露出一抹怀旧的笑容，思绪瞬间飘向很远。

　　据《六盘水市志·交通志》记载："北门桥，桥长9米，宽8.9米，跨径6.7米，高2.6米，为圆孔石拱桥。圆孔分水上半圆和水下半圆，两半圆合为一体，形似月亮，故又名'月亮桥'。在盘县城关古城北门前百余米处，建于清嘉庆二十五年（1820年），至今已有近两百年的历史。南北走向。桥面两侧有石栏，现尚存。桥北端原有范姓诰封牌坊，南端有谢姓百岁坊已毁。桥两端原有石阶，各九级，早被填平。现桥完好坚固，但水下半圆已被淤埋。为郡人谢伦魁、范兴荣、范兴惠等监修。"

　　每当夜幕降临时，柔和的月光洒在青旧的石板上，桥下的水面倒映着月光，相映成趣，仿佛一幅美丽的水墨画，静谧极了。从桥的各个构造来看，它造型优美，线条流畅。石栏两侧雕刻着精美的图案，虽经岁月侵蚀，但仍能依稀辨认出其中的花鸟鱼虫，展现出了古人精湛的雕刻技艺。此外，它的桥身由青石砌成，每一块石头都仿佛经过岁月的打磨，散发出古朴的光泽。站在北门桥上，俯瞰脚下的河水，我的心中涌起一股莫名的情感。这条河见证了北门桥的沧桑岁月，也见证了盘县古城的兴衰变迁。河水潺潺，仿佛在诉说着一个又一个古老的故事。而北门桥就像一位守望者，静静地守护着这片土地，守护着那些已经远去但永远不会被遗忘的记忆。

　　回溯北门桥的历史，我仿佛能听到当年工匠们锤打石块、砌筑桥身的声音，感受到他们倾注的心血与智慧。清嘉庆二十五年，谢伦魁、范兴荣、

❖ 北门桥

孙雪／摄

范兴惠等监修此桥，他们为了连接平街与古城北门的繁华街道，不辞辛劳，日夜赶工。终于，在北门桥建成之日，两条街道的繁华景象得以延续，商贾云集，人声鼎沸。当时桥的北端，有一座范姓诰封牌坊，南端则有一座谢姓百岁坊，这两座牌坊见证了盘县人民的家族兴衰更替。然而，时光无情，如今，这两座牌坊已经消失在历史的长河中，只留下桥两端被填平的九级石阶，似乎在诉说着过去的辉煌与现在的变迁。

我总在想，这桥上，或许曾有过才子佳人的浪漫邂逅，或许曾有过商贾行旅的匆匆过客。那些曾经的欢声笑语，那些曾经的繁华景象，如今被一一埋在历史长河里，被潜藏在这北门桥上。但无论如何，这里的每一块石板都承载着不同的故事，每一道石缝都流淌着岁月的痕迹。这些不仅仅是一种记忆，更是一种情感的传承。它们使我们更好地理解这座城市的过去，也让我们更加珍惜现在的时光……

北门桥用坚实的身躯守护着这片土地，用古老的故事诉说着六盘水的历史与文化；它见证了盘县古城的兴衰变迁，也见证了这座城市的成长与发展。所以，它是这座城市的灵魂与记忆，也是人们心中永远的美好与留念。在未来的日子里，它将继续见证六盘水的发展与变迁，成为这座城市中不可或缺的一部分。站在北门桥上，仿佛能听到古代商贾的喧嚣和马蹄声，那是两百多年前六盘水悠久商业历史的回响。

以勒河石拱桥笔记

🐦 施 昱

以勒河石拱桥位于六盘水市钟山区大河镇大桥社区以勒河上。据《水城县（特区）志》记载："以勒河石拱桥距中心城区15千米，横跨于大河区以德乡三岔河河段上。清光绪年间，原建一座石礅木板桥。民国二十八年，在原桥基础上改建石拱桥。全长54.3米，宽5.4米，正常水位时，桥面距水面8.6米。桥面两侧立有石栏，石栏中心装饰有圆雕石龙，龙头迎河上流，龙尾顺下流，古朴生动。桥身分3孔，南孔跨距10米，中孔跨距11.8米，北孔跨距8.4米，桥高于两端路面。南岸桥头有踏垛15级，北岸桥头有踏垛10级。全桥由长方形石块镶砌，工艺精细，石拱坚固，雄伟壮观，工整坚固，雄伟壮观。"

以勒河石拱桥是连通水城、威宁必经之道，对促进两县经济文化交流有重要作用，对研究水城交通发展提供了实物依据。1987年12月28日，以勒河石拱桥被水城县人民政府批准公布为县级文物保护单位。

以勒河石拱桥是一块福地。三岔河上的以勒桥上游，约5里处，有一"碧滩"，本地名曰大龙井，滩深水绿，土人多以猪、羊祀之，祈免冰雹。此滩如一颗跌落大山中的碧玉，印在那条通向亥仲的驿道上。但龙井只有土人祭祀时，方可用之。群山中穿行的马帮驮队、商贾旅人，平常是不会轻易靠近龙井的，久而久之，人们对龙井产生后怕，至而敬畏。当然，也有不信

❖ 以勒河石拱桥   郭君海 / 摄

邪者，非要去碰碰，近旁乱摸了井泉，做了不干净的举动，触犯"神泉"者，居然生病疯癫，这给驿道"碧滩"多少蒙上一层神秘的色彩。背盐粮者还有赶马人路过时，一般是不会大声地吆喝的，也许是人对自然的敬畏罢了。

无独有偶，龙井下游，以勒河石拱桥修建之前，有一位游来此间的萧二先生，赶着自己心爱的高头大马，从遥远的驿道逶迤而来。行至石拱桥北面的陆氏水族人家时，坐骑突然拉粪便在其干净的院子里，这晦气自然玷污了水族同胞的忌讳。为了能顺利通过，避免与水族同胞发生不必要的纠纷，或许萧二先生本就是播种善行和文化之人，他不但把院子冲洗干净，而且出巨资兴修了以勒河石拱桥，连通了南北两岸。

又有人传，他是为发展那方土地，经营盐粮而兴建。不管怎样，桥的通行，扩大了两岸商贸、经济、文化等的交往，连通了人与人之间的情谊。尤其是两岸的有情人，终于在桥上牵上了双手，不再为过河淹死人的事而哀伤。爱情的花朵，被雨露滋养，在稻香中，像银月一样，恒久而又温馨。阿各仲的官方头目（土目的后裔），马帮的吆喝，一茬一茬从北面桥头迎来，在两岸响起，走过风雨，摆渡疼痛的不仅仅是爱情，还有酸甜苦辣的日子。

不断涌来的行人，或者马蹄，当然，还有那软体的蛇，把石板磨亮，把锋锐削平，把人生的躁动扫光，把阅历之书尽力读透，人们慢慢悟透"黄金非宝书为宝，万事皆空善不空"的朴素理念，桥自然成了一种隐喻和象征。

有关以勒河石拱桥的前世今生，有幸在肖俊良先生的散文《乌蒙山中小江南》中读到《以勒河大桥桥碑记》，全文如下：

以勒河大桥是方圆百里之内较古老的石拱桥，已有百年以上的历史。该桥始建于清光绪年间，是石礅木板桥。民国五年即1916年，桥面木料被洪水冲毁，十年之后一个住水城的四川籍人叫董国民，领头组织百姓集资修建，因集资数额不多，匠人工钱兑现不及时，整座桥的工程只差关键的"龙口"未合龙，工匠就撤走了，桥未修建完工。相隔数年后，由当地较有名的李、曹、洪姓三位绅士再次组织数百人集资，由宣威石匠承建，于民国二十八年即1939年全部修建完工。该桥的修建不仅方便了两岸人民的往来，还是当时从水城到毕节的主要通道。石拱桥建成后，经长期的日晒雨淋，从未有人维修过，功德碑等有文字记载的标志被人为毁坏，1991年7月3日的一场特大洪水将桥面石栏、梯步等大面积冲毁。到2011年7月前还是面目全非，究竟有多少人捐款献粮，历经多少时间修建完工等无法考证。以勒河大桥被列为县级文物保护单位。经多方努力，得到钟山区人民政府、钟山区民政局的大力支持，拨款10万元，要求仿照原来修复，由现任的大桥社区村民委员会具体负责，村民委员会责无旁贷地承担起修复大桥的担子。派人多处考察选材料，找工匠，几经挑选，最后由六盘水市泰艺石材有限公司实施该工程，于2011年7月2日动工，2012年5月上旬完工。照原来的模样圆满修复，百年前的那座石拱桥又崭新呈现在人们的眼前。

2012年5月

前途遥远，当以厚托。那座桥，那条驿路，像桥岸的一树柏花，犹如清明时节纷纷的雨水，洒满妈陇胯的石级驿路，在黄色的土壤里，寄托念想。

黑蜂洞古铅锌矿遗址

🌂 胡小柳

　　北盘江畔，群山连绵，绿意盎然。在这片神秘的土地上，隐藏着一处鲜为人知的古铅锌矿遗址——黑蜂洞。这里曾经繁荣一时的矿业景象，如今已成为历史的见证，诉说着那段辉煌与落寞交织的过往。

❖ 黑蜂洞古铅锌矿遗址

胡小柳 / 摄

黑蜂洞位于雄奇险峻的北盘江大峡谷畔的悬崖峭壁之上，洞口隐蔽在茂密的林木之中，不易被发现。相传，在古代，这里曾是野蜂的巢穴，故得名"黑蜂洞"。洞内宽敞幽深，曾经轰鸣的机器声已沉寂多年，但洞壁上斑驳的矿痕和洞底散落的矿石，仍在默默诉说着往日的繁华。

据史书记载，黑蜂洞的开采始于明清时期，那时的人们发现了这里丰富的铅锌矿藏，于是纷纷前来开矿。随着时间的推移，黑蜂洞逐渐发展成为当地重要的矿产基地，吸引了众多矿工前来劳作。他们在洞内挖掘矿石，经过简单的加工后，通过江边的码头运往各地。

在那个时代，黑蜂洞不仅为当地经济带来了繁荣，也促进了文化的交流。矿工们来自四面八方，带来了各自地区的文化和习俗，使这里成为一个多元文化交融的地方。每逢休息日，洞内会举行各种庆祝活动，矿工们载歌载舞，欢庆劳动的成果。

然而，随着矿产资源的枯竭和开采技术的落后，黑蜂洞逐渐衰落。到了20世纪中叶，这里的矿产开采已经基本停止，曾经繁忙的码头也变成了静谧的江畔。黑蜂洞被遗弃在深山之中，成为历史的见证。1989年6月3日，黑蜂洞古铅锌矿遗址被水城县人民政府批准公布为县级文物保护单位。

如今，当人们走进黑蜂洞，依然可以感受到那种古老而神秘的气息。洞内的空气似乎还弥漫着矿石的粉尘，洞壁上的矿痕仿佛在诉说着矿工们的辛勤与汗水。而洞外，北盘江水依旧静静流淌，仿佛在见证着这里的一切变迁。

黑蜂洞古铅锌矿遗址不仅是工业历史的见证，更是人类与自然和谐共生的典范。在这里，我们不仅可以看到人类智慧的结晶，更可以感受到大自然的力量与美丽。

黑蜂洞的矿藏是大自然赐予的宝贵财富，而矿工们则用自己的智慧和汗水将这些财富挖掘出来。在这个过程中，他们不仅创造了经济价值，更在文化交流与融合中促进了社会的进步与发展。

然而，随着矿产资源的逐渐枯竭和开采技术的更新迭代，黑蜂洞逐渐退出了历史舞台。这让我们不禁思考：在追求经济发展的同时，如何更好地保护自然资源和生态环境？如何在工业发展中实现可持续发展？

黑蜂洞古铅锌矿遗址为我们提供了一个宝贵的启示：在开发自然资源的过程中，我们应该尊重自然、顺应自然、保护自然。只有这样，我们才能实现经济、社会与生态环境的协调发展，为子孙后代留下一个更加美好的世界。

　　如今，黑蜂洞已经成为一处重要的历史文化遗产。它吸引着无数游客前来参观，感受那段辉煌而悠久的历史。同时，这里也成为人们反思工业发展与环境保护之间关系的重要场所。希望在未来，我们能够更加珍惜和保护这些历史遗产，让它们继续向我们诉说那些过去的故事，为我们指引前进的方向。

落银厂铅锌厂遗址笔记

☂ 符　号

　　落银厂铅锌厂遗址位于六盘水市钟山区南开乡玉兰村汞山坝，距离市中心城区约50公里。据《水城县（特区）志》（贵州人民出版社，1994年版）"文物名胜篇"记载："落银厂又名珙山坝，距县城东北47公里，地处南开区坞铅乡。水城经南开至纳雍治昆之公路，从遗址中穿过。遗址为一平缓草

❖ 位于六盘水市钟山区南开乡玉兰村汞山坝的"落银厂铅锌厂遗址"　　　　符号/摄

坪，面积约150亩，有昔时开凿之铅锌矿洞20余个，且多为竖井，深度均在200米以上。少数矿洞保存较好，进洞石级仍如故，洞门宽高一般在2米见方左右。东侧一石质小山上，有塌陷或露天开采痕迹，其西南斜坡上亦有些铅锌矿洞。马鬃岭铅厂乃落银厂前身，系矿厂合

❖ 2009年10月10日，水城县文物管理所立的"落银厂铅锌厂遗址"碑 符号／摄

一。马鬃岭为水城北部著名峻岭，其西麓，从今坞铅村至玉兰村，凡5公里一带，均产无烟煤，与落银厂毗邻，因此将铅锌矿就地冶炼，故依马鬃岭命名。"

据《户科史书》载："……原署理贵州巡抚祖秉圭疏称，贵州丁头山、齐家湾、马鬃岭铅矿，自雍正二年（1724年）九月开采起至三年八月终止……"封停时间，《清实录》记："乾隆二年三月二十六日，户部议准贵州总督张广泗疏称，'黔省大定府属之马鬃岭铅厂，洞老山空，炉民日渐稀少，题请封闭'从之。"从清雍正二年至乾隆二年，共计开采13年。实封闭主因，非系"洞老山空"，实为一次特大塌方，死亡矿工很多，血水从山下两口龙井中冒出。此遗址具有矿史研究价值，1989年6月3日被水城县人民政府批准公布为县级文物保护单位。2009年10月10日，水城县文物管理所立下"落银厂铅锌厂遗址"碑。

从《水城县（特区）志》中的记载得知，落银厂前身为马鬃岭铅厂，且以著名峻岭马鬃岭命名。针对"落银厂又名珙山坝"，笔者认为，"珙山坝"应为"汞山坝"较为贴切一些，原因是既然为银厂，汞又称水银，汞矿含有银。落银厂与汞山坝并不是同一个地名，而是紧紧连接着的两个地名。应该是从落银厂挖出矿后，没有及时运走，而是暂时堆放在紧紧连接着落银

文物史话

厂旁边的山间坝子里，即汞山坝。山体挖空塌陷后，汞山坝便与落银厂连成一片。因此，才有"落银厂又名珙山坝"这一说法。

据当地流传下来的说法是，马鬃岭铅厂封停了三四十年后，又有人重新开办。但是何人重新开办，重新开办的厂又叫什么厂，在当地说法不一。有人说，是有一名李姓的羊贩子赶着羊群从此地经过，羊不慎掉进洞里；也有人说，是一名吕姓的当地人在此地放羊，羊不慎掉进洞里。为寻找掉进洞里的羊，便用绳子把人吊进洞里找羊。人在洞里没找到羊，却发现有银矿，于是就组织开办银厂。银矿是因在洞里找羊而发现，故把开办的厂称为"落羊厂"。笔者认为，这种说法有点牵强附会。

有关"落银厂"的故事或传说，不得不提到笔者入黔始祖符继崇的岳父杨嵩。据世代老人口口相传，以及《扶岐符氏族谱》（琅琊郡孝神堂昭寿公派下支系）中笔者父亲符丕贤撰写的入黔始祖小传记载："符继崇，符元台公之次子，字敬若，行胆九，于清乾隆壬申年（1752年）九月十二日生，殁葬水城南开臭水井边正对磨坟后面第二所（双坟），坐北向南。妻杨氏（笔者注：浙江绍兴人杨嵩的女儿）于清乾隆壬午年（1762年）二月初八日生，殁葬与继崇公同穴……"继崇公约于清乾隆年间阔别江西丰城扶岐，适游贵州，落脚水城南开臭水井，入赘杨宅为女婿，协助其岳父兴办银厂。厂址位于臭水井东约5公里地的汞山坝东侧，由于厂地既缺水又无煤，开采出来的矿石只有运到离厂三公里的沙冲南麓（今老厂）冶炼……炼炉设备面积约占2平方公里，建了若干座炉子，那时人们习惯称此地为杨家炉，这个地名一直沿用至今，现居住着上百户人家。

为了便于办矿和管理炉子，杨嵩还修筑了两条石梯子路，一条从居住地臭水井至落银厂，约3公里长（其中石梯子路约1公里）；一条从居住地臭水井至炼矿场杨家炉，约2公里长（其中石梯子路近1公里）。但这两条石梯子路只有约1米宽，没有从落银厂到杨家炉的那条运输矿石的石梯子路宽。

这些石梯子路在1986年前基本上还保持着原貌，一直以来，为人们提供诸多便利，体现了其存在的价值。1986年，修建了南开经坞铅过臭水井、汞山坝、落银厂，分别到纳雍县左鸠戛乡、猪场乡、昆寨乡的公路后，从臭水井至落银厂的石梯子路大部分被覆盖了，现在仅在汞山坝距落银厂遗址约

500米处还留存有一段（300余米），当地人称之为大石阶路。几年前，特别是在脱贫攻坚期间，因修建了通村、通组和串户路，从居住地臭水井至炼矿场杨家炉的石梯子路，终被水泥公路取代。

几年时间，符继崇把银厂办得红红火火。据传，当时周围百里成千上万的人前来落银厂当矿工，每天出入矿井的人员不计其数。当地还有很多人背着新草鞋到矿洞旁做起了"换草鞋"的营生。用一双（也有人说是三双）新草鞋换取矿工一双破草鞋，为什么？因为那些背矿石的矿工，每天要在矿井中来来回回十余次，破损的草鞋里总会嵌入一些矿渣，将这些换回来的破损草鞋放在火炉里烧，便能冶炼出碎银来。

万仞高山因为被挖空而塌陷，形成一个两公里见方、四周悬崖峭壁的大盆地，就是现在的落银厂。"落银厂铅锌厂遗址"碑记载："矿洞创办于清雍正年间。有昔日开凿之铅锌矿洞20余个，且多为竖井，深度均在200米以上。面积约二三百亩，今少数矿洞保存较好，进洞石级如故，东侧一石质小山上，有塌陷或露天开采痕迹。遗址面积约150亩。"

笔者曾经多次去过落银厂铅锌厂遗址，现进洞梯子多有垮塌。在最近的一次采风创作活动中，笔者与几位朋友从落银厂铅锌厂遗址返回玉兰村村委会后，与村党支部原支书曹德林以及在20世纪90年代初为寻找矿石曾经邀约7个人深入落银厂矿洞的当地村民王继余，一起

❖ 凉山臭水井通往落银厂的古驿道　符号／摄

座谈了解落银厂有关具体情况。

据王继余介绍，他们7个人是带着手电筒进入落银厂矿洞的，从进矿洞到出矿洞用了7个小时，更换了两次新电池。有大小不等的几十个矿洞，其中最大最深的一个，洞底低于玉兰坝子，站在洞底用手电筒往上照，居然照不到洞顶。整个洞底如同一个大麻窝，可播种上百斤苞谷种，可见面积的宽大。洞里阴河流水潺潺、叮咚作响。王继余说，在矿洞中，他们还时不时看到烧过火的火塘及煤灰，还有竹制撮箕、筛子的原型。这些撮箕、筛子用手轻轻一接触就化为灰烬。经过近两百年，它们早已经风化了。

在当地，至今还流传着有关落银厂塌陷当天的两个传说故事。第一个传说故事是，在落银厂塌陷的当天，有人在现场看见两匹白色的骡子，其中走在后面的一匹，后脚有点瘸。两匹白色骡子急急慌慌地从落银厂出发，向云南也就是赫章县新发亮岩方向奔跑而去，瞬间就没了踪影。过后，民间有高人说，那远去的两匹白色骡子就是沉睡在两座山（一座山指塌陷的山，另一座山是指现落银厂前约200米处未塌陷的山）下的宝物，即铅锌矿和银矿。落银厂只挖到后面那匹白色骡子的一只后脚。

第二个传说故事是，落银厂塌陷的时候正值冬天，大雪纷纷、寒风萧萧，落银厂周围的大山白雪皑皑。落银厂的矿工们如往常一样，该干吗干吗，挖矿的挖矿，运输的运输。有矿工把矿石运出洞后，便看见矿洞口有一白胡子老者手提一篮鲜桃，沿洞口叫卖："卖鲜桃了，卖鲜桃了。"少部分矿工听说有一白胡子老者在洞口卖鲜桃，觉得稀罕，就想出洞外买鲜桃吃。但绝大多数矿工觉得很好笑，这大冬天的，哪来的鲜桃，就没有理睬。卖鲜桃的白胡子老者发出一声叹息后，便突然消失在众人的视线里。大家正感奇怪，突然眼前山崩地裂，天昏地暗，矿洞一个接一个坍塌。众人吓得目瞪口呆，半天说不出话来。除了走出洞口想买鲜桃的矿工逃生外，在山体里劳作的矿工全部遇难。据说，矿工的鲜血从山下的两个龙井涌出，足足流了七天七夜。

20世纪50至80年代，还有人不断地到落银厂探过矿，但都没有办矿的具体行动。直到20世纪90年代初期，南开街上的李姓人家才具体在落银厂开办过矿。不过，他们不是在落银厂塌陷的遗址处办矿，而是在塌陷后的山脚下，距离两个龙井不远的玉兰坝子开挖矿井。

玉兰村原支书曹德林等人介绍，南开街上的李姓人家在玉兰坝子开挖矿井连通垮塌后的老矿洞，然后将矿石经过新开的矿井从垮塌后老矿洞中运出，并经过洗选后运到别处进行冶炼。南开街上的李姓人家前前后后干了几年，应该多多少少有一些收获吧，要不也不可能坚持这么久。

《水城县（特区）志》记载："马鬃岭铅厂乃落银厂前身。"笔者认为，应该是山体塌陷之后，人们渐渐淡忘了马鬃岭铅厂的名字，就把它叫作落银厂了。另外，现在包括南开乡玉兰村、坞铅村两村范围的诸如坞铅坝（简称坞铅）、汞山坝子（简称汞山坝）、杨家炉、老厂等小地名的由来，也是与落银厂分不开的。

遗憾的是，落银厂的故事依然还在村人中传说，而落银厂的历史就像"落银厂铅锌厂遗址"碑一样，淹没在杂草乱石之中，年深月久，或被遗忘。

海铺互通立交桥

🖋 胡光贤

　　海铺互通立交桥位于贵州省盘州市两河街道海铺村，总投资1.12亿元，有8座大桥、5座中桥、8个通道和16道涵洞，是六盘水市区至盘州高速（水盘高速）与镇胜高速（沪昆高速镇胜段）及盘州至兴义高速（盘兴高速）连接的立交桥。该桥成为连接贵阳、昆明、兴义和水城4座大中城市的立交枢纽，于2016年年底全面建成投入使用。

　　海铺互通立交桥的东西面连接镇胜高速公路，它于2005年开工建设，那时我正在老城盘县二中读高二，当时称作"海坝头"的地方，因水资源丰富，全被用作水田种植水稻，我家就有半亩多的水田在那里，因镇胜高速建设被征用，得到1.2万元的征用补助，后来成为海铺互通立交桥的核心位置。说起海坝头的水田，是我家种植水稻最远的一处田，它呈长方形，有400多平方米的面积。我从12岁时就开始学会插秧，之后每年都要跟我的父亲去海坝头"守田水"，在插秧前，犁田耙田都需要水，那时周边所有的水田都在用水，每家只能轮流着使用沟渠里的水，因此每年我们都会用几个晚上守水，直到把秧插上。

　　海铺互通立交桥的北面连接水盘高速，它于2007年12月26日开工建设，2013年8月16日通车运营，境内设滑石、鸡场坪等4个落地互通立交桥，极大地缩短了盘州到六盘水市区的车程，我曾于2014年到2016年在水城工作，每到周末乘坐大巴回老家海铺，非常便捷，仅需两个小时就到了，而走老路需要七八个小时。

海铺互通立交桥的南面连接盘兴高速，它于2014年9月开工，项目总投资117.6亿元，由贵州公路集团采用"BOT+EPC+政府补助"的融资模式投资建设。2016年12月28日，盘州和兴义两地群众期盼多年的盘兴高速公路正式建成并通车运营，往来两地的时间从原来的3个小时缩短至1个小时，带动了妥乐古银杏、大山七指峰、新民万亩梯田等沿线周边景点快速发展，成功打通了贵州外联云南、四川、广西和广东等方向的出省大通道，同时成为贵州省第一条绿色环保低碳示范路。

海铺互通立交桥旁边穿梭着沪昆高铁，盘州境内设有盘州站、普安县站两个高铁站，于2016年12月28日投用运营，从此盘州迎来高铁时代。同时，还有正在建设中的盘兴高铁，即将与盘兴高速一道通向兴义方向。

海铺已融入城乡统筹发展的大格局，盘州的交通枢纽集中在海铺，除了高铁、高速公路穿越海铺境内外，还有红果新城到双凤老城的快速通道——盘州大道，拉近了新老城之间的距离，开通了第21路公交车，仅需6元就可以从红果坐到老城，让部分住在老城的人每天可以乘坐公交车上下班。之前，G320国道是连接双凤老城区和红果新城区的唯一通道，海铺恰好处于新老城区的中间地带，能够同时享受到两地的发展红利。如今，处于交通枢纽核心的海铺，能够得到交通所带来的更多福利，像我一样住在村里、每天通勤到红果城里上班的海铺人越来越多。

海铺互通立交桥所在地的海铺是我出生、成长的地方，听村里一位耄耋老人说，海铺原来叫海子铺，其中间有一大片水域，大部分村民靠养鱼和放羊维持生计。我曾问过一位地质工作者，他告诉我，海铺原先是一片海滩，由于地壳运动，海水下落，形成了一个小盆地。我曾听爷爷说，我家祖籍在原红果镇纸厂村，清朝时，我的先祖来到海子铺定居，发展到我这一代已是第七代了。我想，我的先祖之所以选择海子铺，大概是因为那里水源足、水质好、水田多。在我小时候，附近其他村寨的人还在吃苞谷饭时，我们家已经吃上香喷喷的白米饭了。正因海铺独特的地形结构和地理位置，成为盘州交通枢纽的重心，便有了海铺互通立交桥的建立。

海铺互通立交桥给海铺带来的发展变化是显而易见的。村寨里水泥路四通八达，民居崭新美观，厕所和垃圾池等公共设施齐备，家乡人的居住环境变美了。如今，有更多的家乡人就在村里上班，因为村里有三特制药厂、农产品交易市场、钢铁厂、物流园等几个大中型企业，许多人家把土地流转给合作社，就近到企业务工，有的还入股海铺钓鱼塘、农家乐等，务工收入、土地流转收入和入股分红让家乡人的腰包越来越鼓了。

文化是一个地方的根和魂。近年来，兰花文化在海铺渐渐兴起，家乡人越来越重视挖掘自己的特色文化。海铺人历来喜欢种养兰花，家家户户都会在门前屋后种些兰花，每年二三月是兰花盛开的时节，村里飘荡着清新淡雅、韵味悠长的兰花香，深吸几口气，顿觉神清气爽。家乡的一些能人大户从中发现了商机，让兰花从个人喜好变成特色产业。如今，盘州市兰花种植基地已在海铺建成并运营，每个星期日为兰花市场交易日，因交通极其便利，外地的兰友纷纷到此赏兰花、"淘宝贝"、吃农家饭，海铺正在文旅休闲产业一体化发展的道路上阔步前行。

有几次回老家，我走到老家背后一座叫营盘的山上，看着海铺互通立交桥上来来往往的车辆，感受到新时代的巨大变化，它把天南海北连接起来，打通了家乡人通往外界的高速通道。同时，也让我想起在立交桥下面的那片热土上，曾经的父老乡亲们犁田耙田、插秧、薅草、割稻时的情景，大家热火朝天地在自家田里干活，相邻水田的种植户彼此聊着家长里短，时不时会响起一段段山歌，为大家干农活增添活力。我们寨子在海坝头的稻田占据最多，距离家3000米路程，虽算不上远，但通往那里的必经之路——河道是纯泥土的，每到夏天插秧的时候，经常下雨，使河埂坍塌，即便平整处也是泥泞满处，我曾在那条河岸上摔过无数跤，尤其是秋天收割稻谷时遇到阴雨天气，背着一背篓稻谷走在泥泞的河岸上，一不小心就会摔跤，尽管乡亲们每次拄着一根木棍背稻谷，也难以避免摔跤。海坝头那一块块稻田，曾经产出一粒粒白米，养活了海铺一代又一代人。海铺互通立交桥承载了我记忆中的乡愁，也成为海铺人心中的稻田记忆。

从海铺互通立交桥，我看到，万桥飞架，"黔"程似锦。"桥"见多彩贵州，"桥"见幸福凉都，"桥"见金彩盘州，"桥"见锦绣海铺。在海铺互通立交桥的牵引下，今天的海铺已不只是好，可以称得上锦绣，家家户户住上了小洋楼，有了小轿车，村里生态环境优美，乡亲们的生活富裕，一个小村庄已经完成了美丽蝶变。

我站在老家茶厅安置点的五层楼房顶上，看着海铺互通立交桥，顿时陷入深深的思索中。我看到盘州的未来必将有更好的发展，盘州将紧紧围绕"四新"主攻"四化"主战略，以实施交通强国战略为契机，抢抓新国发2号文件等政策机遇，谱写盘州交通运输事业发展新篇章。

海铺互通立交桥托举起百姓的幸福生活，它犹如一张交通"大网"，把130万盘州人民紧密地连接起来，让他们手牵手，心连心，团结起来共建共享大美盘州。

乌蒙铁索桥

🐦 胡小柳

　　乌蒙铁索桥是一座历史与传奇交织的桥梁，承载着无数人的梦想与希望。它横跨在乌蒙山间的北盘江大峡谷之上，是1994年2月水柏铁路北盘江大桥开工前建设的，宛如一条巨龙蜿蜒盘旋，诉说着古老的故事。

　　每当晨曦初露，乌蒙铁索桥便沐浴在金色的阳光之中。那铁索在阳光的照耀下闪烁着耀眼的光芒，仿佛是一条通往天堂的道路。桥下的江水湍急而奔腾，发出震耳欲聋的声响，与桥上的宁静形成鲜明的对比。

　　乌蒙铁索桥不仅是一座交通工具，更是一段历史的见证。它见证了乌蒙山区人民的坚韧与毅力，见证了无数勇士为了家园的安宁而英勇奋斗。在水柏铁路建设期间，它曾是连接北盘江铁路大桥两端的生命线，承载着建桥工匠们的热血。如今，它依然屹立不倒，成为一处令人敬仰的纪念地。

　　我漫步在乌蒙铁索桥上，感受着脚下铁索的颤动和桥身的摇晃。那种刺激与兴奋交织的感觉让我仿佛置身于古老的战场之上，与那些英勇的战士并肩作战。我闭上眼睛，聆听着桥下江水的咆哮声，仿佛能够听到历史的回响，感受那些英雄的无畏。

　　乌蒙铁索桥不仅仅是一座桥，更是一种精神的象征。它代表着人类对于自然的挑战与征服，代表着人类对于未知世界的探索与追求。它告诉我们，只要有坚定的信念和勇往直前的勇气，就没有什么能够阻挡我们前进

❖ 乌蒙铁索桥   胡小柳 / 摄

的步伐。

在这座铁索桥上，我感受到了生命的力与美。它让我明白，生活就像这座桥一样，充满了挑战与机遇。我们需要勇敢地面对每一个困难，迎接每一个挑战，才能够走向更加美好的未来。

乌蒙铁索桥，你是我心中的一座丰碑，你的存在让我感受到了历史的厚重与文化的魅力。每一次踏上你，都是一次心灵的洗礼与升华。我会珍惜这份宝贵的经历，将你的精神永远铭记在心。

乌蒙铁索桥，你见证了历史的沧桑与变迁，也见证了人类的智慧与勇气。你是不朽的传奇，永远闪耀着光芒。我相信，在未来的岁月里，你会继续承载着人们的梦想与希望，见证更多的辉煌与荣耀。

每当夜幕降临，乌蒙铁索桥便笼罩在一片神秘而宁静的氛围之中。桥上的灯光闪烁着温暖的光芒，与星空交相辉映，宛如一幅美丽的画卷。我站在桥上，眺望着远方的山峦与江河，心中充满了无限的遐想与感慨。

　　乌蒙铁索桥，你是我心中的一座神圣的殿堂，你的存在让我感受到了生命的意义。你让我明白，只有不断地挑战自我、超越自我，才能够实现自己的梦想与追求。我会将你的精神传承下去，让它成为我人生道路上的一盏明灯，指引我走向更加广阔的天地。

北盘江第一桥

🦅 胡小柳

北盘江大峡谷静静地矗立在中国凉都的西南面，碧绿的江水缓缓流动，千百年以来，人行走在峡谷，不知不觉被感染，令人气定神闲，是个修身养性的世外桃源。"静若处子，动若狡兔"是北盘江大峡谷的写照。北盘江峡谷两岸峰峦叠嶂、奇峰插天，最深处有1000多米。时而宽谷相间，时而悬崖蔽日，极为奇秀。树抱石、藤缠树，奇花异草点缀其间，黑叶猴、猕猴、鸳鸯和野鸭水中嬉戏，充满了生机和灵气。

随着高科技的发展，2012年，在北盘江源头都格段500多米的悬崖处，一声炮响打破了北盘江大峡谷千百年的寂静，杭瑞高速北盘江第一桥正式开工建设。

北盘江第一桥跨越贵州省六盘水市水城县都格镇和云南省宣威市普立乡。大桥跨越云、贵两省交界的北盘江大峡谷，与云南省在建的杭瑞高速普立乡至宣威段相接。

经实地走访了解，大桥由云、贵两省合作共建，总投资10.28亿元，其中云南出资5.37亿元、贵州出资4.91亿元。大桥全长1341.4米，桥面到谷底垂直高度565米，相当于200层楼高，是世界最高的跨江大桥。大桥东、西两岸的主桥墩高度分别为269米和247米，720米的主跨，在同类型桥梁主跨的跨径中排名世界第二。

为什么会有这么高呢？因为这里是喀斯特地貌区，沿北盘江大峡谷都格段10多千米的山体石灰岩密布，硬度极差，为躲避遍布山体的溶洞和裂缝，设计人员不断将桥的位置往高处移，最终将桥面定在这个令人眼晕的高度。

经过建桥工人4年的艰苦努力，大桥于2016年9月10日实现合龙，同年12月29日正式通车。

杭瑞高速北盘江第一桥的建成改变了历史。贵州都格镇和云南普立乡隔江而望，两岸居民历史上互通往来，要翻越3座大山，行走40多千米山路，才能到达对岸，都格镇岔河村、黄泥村、龙井村的村民去对面山头的集市要走3小时的山路。大桥通车后，距离近了，云南宣威市市区至贵州六盘水市区的车程从以前的5个多小时缩短为1个多小时。

经了解，北盘江第一桥作为一座世界级桥梁，建设中面临五大在建桥史上前所未有的难题。一是山区大体积承台混凝土温控；二是超高索塔机制砂高性能混凝土泵运送；三是山区超重钢锚梁整体吊装；四是边跨高墩无水平力的钢桁梁顶推；五是大跨钢桁梁斜拉桥合龙。很显然，这些难题都被中国工程团队的技术顺利克服了。

北盘江是珠江流域西江上源红水河的大支流，源起水城都格拖长江与可

❖ 世界第一高桥——北盘江大桥

胡小柳 / 摄

渡河交汇处，终于与南盘江交汇的双江口而注入红水河。北盘江全长449千米，总落差1985米，平均比降4.42‰，河口多年平均流量390立方米每秒，流域面积26557平方千米。北盘江上源云南境内称革香河，进入水城境内称可渡河，下段又称泥猪河。全流域有大小瀑布165处，以打帮河上源可布河（又称白水河）上的黄果树瀑布最大。中游河段航运便利。主要支流有拖长江、可渡河、六车河（水城段叫乌都河）、格所河（水城段叫毛虫河）、月亮河、麻沙河、打帮河等，以打帮河最大。北盘江属珠江水系。

北盘江于都格至营盘望龙包的12千米为"V"形峡谷，平均深度500米。营盘望龙包至花嘎天门岔河的38千米为"U"形峡谷，平均深度1900米，其中营盘段最深，为2034米。野钟法德大桥至新发12千米的大峡谷是世界少有的谷中谷的地质景观，是整个北盘江大峡谷中最壮观的一段。从花嘎天门至獭猫河的12千米为"V"形峡谷，平均深度210米。从獭猫河至阿郎平段的1千米（一线天）为"U"形峡谷，平均深度688米。从阿郎平至茅口的25千米大多为"V"形峡谷，平均深度700米，茅口段有较大河谷盆地，水面最宽处8千米。茅口至光照大坝的10千米为"V"形峡谷，平均深度850米。河面狭小，两岸坡陡，多悬崖绝壁，人烟稀少，除都格、石灰田、茅口、河塘、发耳、新街、营盘、龙场、顺场、花嘎等处傍河有小台地外，其余河段村寨均在两岸高坡上。龙头寨以上沿岸无通道，渔樵绝迹。上段在都格、望龙包、高家渡、九归、野钟、天门设有码头，下段下以龙、格支、獭猫河、西嘎至茅口等设有较大的码头。其中，野钟段的11千米滩险林立，间有跌差，共有险滩10余处，落差近20米。两岸多为原始森林，植被很好，是国家一级保护动物黑叶猴自然保护区。营盘高家渡铁索桥是省级文物保护单位，野钟虎跳石是1935年4月20日红军第一方面军第九军团2000多人渡过北盘江的地方；望龙包溜索是1935年4月21日红九军团侦查队200多人渡过北盘江的地方。

北盘江从乌蒙山间流过，乌蒙山坐落在中国西南部云贵高原，是著名的喀斯特地貌发育带，沟壑险峻，溶洞丛生。北盘江的一汪江水把滇、黔两地隔绝开来。

北盘江两岸岩质松散程度比坝陵河大桥更严重，这对于架设悬索桥是致命的不足。在悬索桥中，有一个核心部件——锚碇。主缆索的拉力通过锚碇传入地基，这个灵魂部件相当于整座大桥稳固的基石。作为一座大跨径钢桁梁悬索桥，坝陵河大桥的两侧锚碇是超大型的混凝土锚，混凝土浇筑方量达8万多立方米。如果把北盘江第一桥建成一座悬索桥，两岸也要搭起数万立方米混凝土锚碇，这样的重压对坡岸稳定有着极高的要求。硬要做悬索桥，不是不可能，但为了安装巨型锚碇，就得开挖山体，填充溶洞，会极大地破坏山体环境和坡岸稳定，施工成本也会多出近1亿元。

北盘江第一桥一侧边跨的长度只有256米，而中跨是720米。在通常的斜拉桥施工过程中，采用一种类似于搭积木的方式，以索塔为中心，左右对称地拼装节段。也就是说，向边跨拼一块，相应地就要在中跨拼上同样长度的一块，然后用斜拉索拉起，两边保持平衡，这就是斜拉桥平衡施工法。但在边跨长度不足中跨二分之一的情况下，技术人员只能大胆改进工艺。

于是，北盘江第一桥有了辅助墩的设计，并首次在斜拉桥上采用了边跨顶推工艺。施工人员摒弃了传统的平衡施工法，大胆创新，以岸、桥墩为支点，从岸上一点点将拼装好的边跨水平推出，最终架上索塔。

不过，在这样的施工过程中，高度又一次成了绕不开的难题。在边跨的位置，桥面依然离地有近百米的高度，其中贵州岸的一根辅助墩就有84米高。这样一根细长的桥墩要起支撑作用，同时承受钢桁梁水平移动产生的巨大摩擦力，风险极大。

自2012年开工建设以来，为克服沿线重峦叠嶂、沟谷纵横、地质复杂、气候恶劣等重重困难，确保科技含量高、难度大的北盘江特大桥建设得以顺利合龙，大桥设计者采取了"智能"混凝土、云计算等高科技，使得大桥既安全，又保证工程顺利完成。

为大桥研发的"智能"混凝土，学名叫"机制砂自密实混凝土"，具有高流动性和良好的抗离析泌水能力，能够仅依靠自身重力而无须施加振捣就能均匀密实填充成型，能够很好地满足现代结构复杂和配筋密集的工程混凝土成型要求。

毕都高速建成后，也可谓四通八达。东北接遵毕高速达遵义，北接毕生高速达四川泸州，西北接毕威高速达威宁，西接普宣高速达云南曲靖，东接织纳高速达省会贵阳，南接水盘高速达兴义，可将黔、川、滇三省交界区域快速融入全国高速公路网，对实现国家"一带一路"倡议具有重要意义。

毕都高速公路建成通车后，将为拉动毕（节)六（盘水)两地经济社会跨越发展提供现代、优质、高效的交通运输保障，对于继续拓展和深化毕节试验区改革试验内容，推进六盘水统筹城乡综合配套改革试点，完善贵州乃至全国现代公路运输骨架系统，实现贵州"加速发展、加快转型、推动跨越"战略和国家"一带一路"倡议具有重要意义。

北盘江第一桥建成后，成为"世界第一高桥"，许多司机都慕名前往观赏，时常造成交通堵塞。甚至每逢春节，这里都会成为热门景点。

2018年5月，北盘江第一桥荣获第35届国际桥梁大会古斯塔夫斯金奖。

2018年9月，经世界纪录认证机构——吉尼斯世界纪录有限公司认证，北盘江第一桥桥面距江面垂直高度达565米，荣获"世界最高桥"之称，载入世界纪录大全史册。

目前，当地文旅部门在大桥的周围布置了6个观桥台，在桥下的大峡谷里开发漂流旅游。旅游业态的开发，带动了周边乡村振兴的深入，给老百姓的致富打下坚实的基础，对地方经济社会的发展起到很好的作用。

保华双桥漫笔

🕊 符 号

从先秦开始川盐入黔，到明清时期，毕节、纳雍、水城就成了川盐入黔的集散地。大定府员外郎梅百万为满足川盐入黔的需要，改善盐运条件，便在贵州境内的河流上修了大量的石拱桥。民间有一句俗话："梅家千座石拱桥，不如谷家一个歪秤砣。"这充分说明了梅百万修建的石拱桥之多，仅在贵州省六盘水市钟山区保华镇境内就修建了三座。梅百万在保华镇境内修的三座桥，一座是修建在下扒瓦河上的下扒瓦大桥，即扒瓦石桥；另外两座石拱桥，一座是修建在阿勒河上的阿勒河大桥；一座是修建在阿勒河支流（从猫猫洞流向阿勒河的一条河沟）上的小石拱桥，两座石拱桥相距约300米，当地人称之为双桥，双桥这一地名就来源于此。

据当地人流传，梅百万修建大桥用了几年的时间，最初是在距离大桥上游的30米处修建大桥的桥墩，但修建了几次，都被河水冲毁。于是，梅百万只好在河流下游30米处修建。说来也怪，向河流下游前移了30米修建的大桥桥墩居然没被冲毁。整座石拱桥是用糯米面做灰浆，将六面石料密接镶砌而成，不知用了多少斤糯米面，而沿河两岸的人们却资助了一石二斗辣椒面，帮助修桥的匠人改善伙食。修建好的阿勒河大桥，长约30米，宽约8米，高约30米。

大桥建成的当天，梅百万带着工匠们准备前往下扒瓦修建下扒瓦大桥。

❖ 阿勒河大桥　　　　　　　　　　　　　　　　　　　　　李明／摄

他们走到从猫猫洞流向阿勒河的一条河沟处时，看到水流不小，为了盐商和百姓通行，梅百万当机立断，决定用修大桥剩下的石料在小河沟上修建一座小桥。据说，修建小桥时没用糯米面做灰浆，而是直接将六面石料密接镶砌而成，这种建筑方法称为干打垒。修建好的小石拱桥，长约15米，宽约6米，高约7米。

据当地人流传，在没修建大桥时，大桥处沿河两岸各有一头天然生成且相互对望的大石狮子。当地的人们认为，这对大石狮子是上天所赐，是保佑沿河两岸人民安居乐业、幸福安康的象征，是沿河两岸的风水宝物，有"一对双狮把水口"之说。大桥建好后，桥面的底部居然呈现了两个大字的血书，但是什么字看得不是很清楚，其中有一个像"人"字。传说是因30米长的大桥，像一条铁链死死锁住了大石狮子，使大石狮子没有了灵性，破坏了沿河两岸的风水。

20世纪80年代至21世纪初，双桥还成为一处小型的农贸交易市场，每周星期三，当地和周边百姓都要到此来赶场。20世纪80年代，当地政府还曾经拨款购买钢筋水泥，对阿勒河大桥进行了一次维修和加固。1991年7月，一场百年难遇的大洪水冲毁了小石拱桥。

2010年11月29日，六盘水市集中供水项目贵州第二大人工水库——双桥水库开工建设。2011年11月9日，双桥水库奠基开工，大坝就建在阿勒河大桥。2012年年初，据说在北京居住的梅百万后裔还派人到双桥水库看望过大桥。2015年10月30日，双桥水库下闸蓄水验收通过。2016年10月29日，双桥水库实现第二阶段下闸蓄水。

随着双桥水库截流关闸，阿勒河大桥和被洪水冲毁的小石拱桥均被淹没。阿勒河大桥作为一座历经风雨沧桑的古老石拱桥，完成了它的历史使命，成为历史的记忆。如今，建成的双桥水库，是一个风景如画的地方，拥有美丽的自然风景和丰富的人文景观。游客来到这里，可以放下繁忙的工作，感受大自然的宁静和美好！

横跨乌蒙大地缝的溜索

🐦 胡小柳

乌蒙大地雄浑而神秘，自古以来便是无数探险家心中的圣地。在这片广袤的土地上，有一条深不见底的地缝，仿佛是大地裂开的一道伤痕，让人望而生畏。

溜索是乌蒙大地上的一道独特风景。它不像现代的桥梁那样坚固稳定，却以其独特的魅力吸引着无数人的目光。溜索是一根钢索连接乌蒙大地缝两岸，简单而粗糙，却承载着人们对自然的敬畏与挑战的勇气。站在溜索的一端，望着对岸遥远的山峰，心中涌起一股莫名的激动与期待。

横跨乌蒙大地缝的溜索，不仅是一次身体上的挑战，更是一次心灵上的洗礼。当你踏进安放在钢索上滑轮下的小缆车，小心翼翼地向对岸滑去，你会感受到前所未有的刺激与紧张。身下的地缝深不见底，仿佛是一个巨大的黑洞，吞噬着一切胆怯与犹豫。然而，正是这种极端的挑战，激发了人们内心深处的勇气与毅力。

在溜索上，你会感受到大自然的壮美与神奇。地缝两侧的山峰陡峭而险峻，仿佛是大自然的鬼斧神工。而脚下的地缝则像是一条蜿蜒的巨龙，在大地间穿梭。你会听到风吹过山谷的呼啸声，感受到绳索在头顶颤动，这些声音和感觉交织在一起，构成了一幅壮丽的画卷。

横跨乌蒙大地缝的溜索，也是一次对生命的深刻体验。在溜索上，你会

桥见凉都

更加珍惜生命的每一刻。你会意识到，生命是如此脆弱而宝贵，每一次的挑战与冒险都是对生命的尊重和热爱。你会更加感激身边的人和事，更加珍惜每一次与大自然的亲密接触。

横跨乌蒙大地缝的溜索，更是一次对心灵的洗礼与升华。在溜索上，你会感受到自己的渺小与无力，但也会发现自己的潜能与力量。你会明白，只有勇敢面对挑战，才能战胜内心的恐惧与不安。你会学会坚持与毅力，学会在困难面前不屈不挠。

横跨乌蒙大地缝的溜索，不仅是一条连接两岸的通道，更是一条通往心灵深处的道路。它让我们更加深入地了解自己、认识生命、感悟自然。让我们带着勇气和热情，去挑战自我、探索未知、创造美好的未来！

❖ 横跨乌蒙大地缝的溜索　　　　　　　　　　　　　　　　　胡小柳／摄

阿角仲小拱桥散记

施昱　何雁

阿角仲小拱桥，又名阿各仲石拱桥。据《钟山区志》载："阿角仲小拱桥，始建于清康熙十年（1671年），相传为水西宣慰使安坤之子安胜祖所建，位于大河镇周家寨村阿角仲。民国十五年（1926年）毁于洪水，于民国十七年（1928年）周兴国动员附近百姓捐资在原址上照旧恢复重建，桥高3米，宽2米，跨度7米，系精工打造的块石镶嵌而成，为当地群众过往要津。原桥是钟山区境内有据可考最早修建的古桥。"

通达的阿角仲小拱桥是水城通向大定府纳雍的重要驿道和渡津，行船摆渡的盛况，到20世纪90年代初期，方才停了下来。渡津当时的热闹，今人很难想象，与之相关的思考和推测，多少是有点儿滑稽的。安胜祖亲自组织修建阿角仲小拱桥，可见它的重要，更见胜祖之情怀与格局。阿角仲人是记住了桥，才记住了那位不可忘记的人。

有点莫名心疼的是在后来的发展中，那座承载400多年历史风雨的阿角仲小拱桥，于丁酉年的秋天，在挖掘机粗暴的铁嘴下，被轰然捣碎。石拱桥残破的肌体，和那一半孤立在河风中，一半陷在淤泥中的四棱碑，那碑上的文字，以及那碎裂声，那沧桑的历史，一齐被掩埋在泥沼中。

桥头的马蹄声断断续续地由近到远，又由远及近……穿过桥旁的李氏营盘，这可惊动了睡于草丛哺乳两只虎崽的森林之王。桥南张氏（乡人称柏幺爷），窥见草丛中的两只虎崽，看花了眼，也小瞧了"虎王"，以为两只虎崽是"猫"，正想抱回家里喂养，旁边林中猛蹿出一只白额老虎。张氏凭借年轻蛮力，双手紧紧扯住虎之前脚，用头抵住虎喉，与虎扭打成一团，翻滚了好几道坎子，也未敢停止下来。最终张氏力尽滚至蹲草坝，人虎皆累，双方才散。侧面衬出，阿角仲桥在大森林里修建时，不但要克服自然环境的恶劣、条件的艰辛，还要和突发的危险作斗争。虎狼出没，伤人难免。蟒蛇游于阿角仲小拱桥畔，那种冷血动物，吓得民工不敢上工地施工。

据说，阿角仲小拱桥北面的彝族土目咪扎家，因为那样的环境，不得不迁往他乡（又传土目咪扎家毁于一场"麻脚瘟疫"），现仅有咪扎家井和老屋基遗址留存于世，见证了那段特殊的历史。安胜祖修建阿角仲小拱桥，除了巩固疆域，还是打通府城与厅城的联系通道。安胜祖克服了常人难以想象的困难，带着乡人，完成了驿道上阿角仲小拱桥的修建，建得还算顺利，历史也看到了他的功绩。"天将降大任于斯人也，必先苦其心志，劳其筋骨"，安胜祖如是。

胜祖初到时，极目满山遥苍苍的境况，是否让他内心拔凉？可是他去了，并且疏通河浚，整饬民间秩序，课税盈余。建成好几座桥梁，联络了东西南北，阿角仲小拱桥只是其中一座而已。据传，水城厅城北出界碑境的三块田石拱桥、妈陇胯下的王家坝石拱桥、连山河上的连山桥……也是那时兴修的。每一座桥都有一段佳话，当然也不乏血泪的故事。比如，王家坝石拱桥三次建设三次垮塌，不乏伤人流血的事故。但谁又会知晓当时的境况呢？那早已如逝去之桥梁驿道，像烟尘淡出视野。

阿角仲小拱桥的传说，犹如水西宣慰使安坤及安氏的故事，扑朔迷离，神秘莫测。

很久以前，阿角仲小拱桥下的摩俄湖波光粼粼，湖水如绿色的梦境一样，镶嵌在云贵高原的山峦和森林之间，又像一条温婉的青龙，随时普降甘霖，护佑着山乡百姓。阿角仲小拱桥和摩俄湖恋恋相依，成为佳境。

从大定府安坤宣慰使的慕俄格府城到云南的东川，要渡过原阿角仲小拱桥下的双龙井河。双龙井河的水流湍急，两岸都是原始森林，遮天蔽日，毒气氤氲。天然的原始生态环境，充满梦幻神奇的故事。据说，修建阿角仲小拱桥时，白天挖掉的土，夜间又会恢复，如此反复……修建者没有办法，只能一个劲儿地叹息。在无奈的等待中，组织修建者暗中拜访周围的地老乡贤，被大山间一位白须垂足、飘飘欲仙的长者点化，悟出这一奇特现象其间秘密的，就是安坤之子安胜祖。

原来，摩俄湖后面的双龙井住着一青一白的双龙。青龙是西海龙王的七公子，他替父司巡到摩俄湖时，被这一带山清水秀的环境所吸引，停了下来，并与此地护佑百姓的小白龙相恋，共同居住在双龙井。他迷恋这方水土，不愿离开，但又不想伤害百姓，故晚上施以法术，让挖土还原。善良聪慧的安胜祖想到，要感动小青龙，可用咱们彝族同胞的最高祭奠礼仪，即用彝族经书中最上乘的经文来祭奠青龙。到了第二天黎明时分，突然间漫山大雾笼罩，伸手不见五指，摩俄湖如同仙境。在幻境中，有人惊呼："有龙！有龙！"惊疑间，大家都说，好像看到一条青龙从天空中腾云驾雾而过。天亮了，下面的湖突然涨满，桥奇迹般修好。所以，老百姓一传十，十传百，描述着这个神奇的故事，都知道摩俄湖后的小青龙从双龙井中飞出来，在双龙井下的摩俄湖安了家。同时，还知道摩俄湖后的小拱桥，是水西宣慰使安坤之子安胜祖破解难题建成的。

也因小青龙被迫至双龙井下的摩俄湖安家，双龙井里的小白龙被桥上的斩龙法咒阻隔，所以小白龙思念小青龙的泪水，从源头的双龙井汩汩地流至摩俄湖里，形成了湖中的九十九口龙井。后来，有好事者去湖中，认认真真地数过无数遍，确确实实是九十九口龙井。湖中最大的那口龙井，也叫作双龙井。百姓盛传，因为青龙和白龙忠贞不渝的爱情和善行感动了天地，法咒魔力自然解除，他们可以自由来往。春夏时节，他们居住在摩俄湖源头的双龙井；而秋季和冬天，他们又居住在湖中的双龙井中。双龙调节着周边广阔大地上的气候，摩俄湖风调雨顺，百姓安居乐业……

桥梁建成，驿道联通，经贸发展，黎民和顺，安胜祖和桥的声名远播。从厅城而来，逶迤至大定府城，过了第一道大水三岔河上的石拱桥，叩响驿道的石板路。然后，一段又一段地陷落在群山的褶皱里，像一条纽带，呈现时明时暗的影子。又似信息连接的"基站"，把驮运盐粮、疏通人文等从遥远的水城厅城，一程一程地送到政治中心大定府城。

人生不也如此，一点一滴地积淀，一件事一件事地接着完成，方成鸿篇巨制？

古驿清风，明月高悬，人间悲苦，谁知我心？过阿角仲小拱桥后，道路是平缓的。逶迤而来的驿路，遇见石垭口那道屏风般的山梁，褐色的石头像无数坚硬的银锭，散落路中，横亘道途。好在高险的山梁，生出了一道"V"字形口子，切割出一道群山中的风景。尤其是明月皎洁，清风徐来的夜晚，民歌热情地拂过山垭口："赶马哥来赶马哥，赶马驮炭好过冬。一天两趟两头紧，最后还在月亮头。"

"踢——踏——踢——踏——"清脆的马蹄声从石垭口的驿道传来，带来愉悦和相思，带走热烈的渴望。阿角仲小拱桥北面的石垭口，古驿道像一首永不凋谢的情诗，越久越有魅力。自从有人开始行走，到明清，至民国，乃至今天的"快速通道"的畅通，依然还是那条道，但历久弥新，像山间石头上茂密浓绿的青苔，照见未来的路。

乐民石拱桥拾零

    盘州市石桥镇乐民境内的石拱桥主要有西河桥、福惠桥、鲁红大桥、秧芳桥、三岔桥、南冲桥等，见证了地处滇桂黔三省十字路口的乐民，300余年来政治、经济、文化发展的悠久历史。

    西河桥，又叫桥上桥，位于盘州市石桥镇乐民西部欠屯村辖境内，撒底河（今称小黄泥河）上游西口河村前面。据清乾隆《普安州志》记载，该桥是清康熙五十九年（1720年）乐民人丁龙翔设计建造。桥体为灰石结构，料石镶边，拱高约16米、宽4米、长16米，占地面积250平方米。现在桥体完整，桥拱牢固，石基无损，还像一条长虹稳稳地横跨在撒底河上。整体分上、中、下三台，上台是1998年间新修的通村公路，中台是民国时期（1937年）修建的引水沟渠，下台是由料石砌成、一孔排水的石拱桥。因该桥有桥上架桥的奇观，所以叫"桥上桥"。它与洞上洞一起，形成了乐民一道亮丽的风景线，有"水入洞中千古秀，洞上洞迹故人怀"的奇特景观。明洪武十四年（1381），傅友德率兵从乐民进云南时攻打洞上洞守敌，就是从此地搭建木桥。直到清康熙末年，才由丁龙翔出资设计建起石拱桥。

    福惠桥，又叫幸福桥，位于石桥镇政府西南部欠屯村东边撒底河中游，乐民洞镜湖东南乐红公路交会处，是清雍正元年（1723年）吴通侯出资建造的。此桥的建立，正如吴通侯在自己的碑文中记曰："予愁夫，不对不树墓

❖ 乐民西河大桥 　　　　　　　　　　　　　　　　　　　杨书光／摄

志，全无垂百余年……"意思是人世间的事，只能尽力去做，百年后是啥样，谁也说不清楚。桥体为灰石结构，料石镶边，拱高约9米、宽4.6米、长14米，占地面积150平方米，是乐民人通往云南的主要通道。2016年间，因交通发展的需求，原石拱桥已经不能承担重型汽车碾压而被拆除，政府出资在原址上架起一座长14米、宽6米、高8米的钢筋混凝土桥。

秧芳桥位于石桥镇乐民居委会东部鸡场河上，是清雍正三年（1725年）杨瑊（字玉衡）出资建造的。桥体为灰石结构，料石镶边，拱高约7米、宽3米、长10米，占地面积120平方米。1975年间被洪水淹没，河道从它头上经过。2000年后，乐民企业家何成光出资，在原址上建起一座长8米、宽1.3米、高4米的钢筋混凝土桥。

鲁红大桥位于石桥镇威箐村辖境的撒底河下游，建于清雍正八年（1730年），是当地乡绅出资建造的，主建人查无考。桥体全长18米、宽4.6米、高16米，灰石结构，料石镶边，占地面积280平方米。桥北侧岩坎下立有一块石碑，是1964年威箐人民公社在此地修筑拦河坝时留下的，上面阳刻花草和

"水坝""国群"字样，右侧有"1964年建造"的字样。从前建桥时的功德碑，因年代久远损毁。鲁红大桥是当时普彝一带人上云南的主要交通运输通道，是横跨滇黔两省的交通运输枢纽工程。几百年来，鲁红大桥经过无数次风雨洗礼，洪水冲击，至今完好无损。站在鲁红大桥中央，就有一种"脚踩滇黔两省，眼看南北盘江"之感。

三岔桥位于石桥镇三岔村东边三岔河上，始建于清雍正九年（1731年），建桥人查无考。桥体全长14米、宽3.6米、高12米，灰石结构，料石镶边，左右两边分别有七级石坎子上桥，占地面积120平方米。20世纪六七十年代被洪水冲毁。

南冲桥位于石桥镇政府北部，老石桥小城镇东边南冲河上，是清咸丰元年（1851年）南里营目陇涵春、里人吴进侯捐资，吴朝周设计建造的。桥体全长17米、宽4.6米、高14米，灰石结构，料石镶边，占地面积210平方米。现在为盘威通车公路桥。

今天，乐民境内的石拱桥除西河桥、鲁红大桥和南冲桥保持完整，其他几座石拱桥都已被毁。现存的西河桥、鲁红大桥和南冲桥的建筑结构，充分见证了清代乐民人的建桥历史，反映出当时人的智慧。

❖ 乐民鲁红大桥

杨书光／摄

岔河吊桥

🖋 胡小柳

在岁月的长河中，有些记忆如同岸边静默的礁石，历经风雨却依旧屹立不倒。而在我心中，那座横亘于岔河之上的吊桥，便是这样一块永恒的礁石，承载着无尽的思绪与回忆。

岔河吊桥位于都格乡都格村岔河组，坐落于北盘河源头可渡河与拖长江交汇点，是南北跨向的平拉铁索桥。该桥建于20世纪60年代，为都格至云南省的主要通道。现已被列为县级文物保护单位。

岔河，一条平凡而又充满生机的河流，它静静地流淌在群山之间，见证了无数岁月的变迁。而吊桥，便是这条河流上的一道独特风景。它虽没有现代桥梁的宏伟与气派，却以其古朴而坚韧的姿态，成为当地人生活中不可或缺的一部分。

记得初次踏上那座吊桥，是1983年8月的一天。那天，阳光透过稀疏的云层洒落在河面上，波光粼粼，仿佛无数颗璀璨的钻石在跳动。我小心翼翼地踩在摇晃的桥板上，心中充满了对未知的好奇与兴奋。桥下的河水潺潺流过，仿佛在述说着古老的传说，而那微风拂过面颊的温柔，也仿佛是大自然对我的亲切问候。

随着岁月的流逝，那座吊桥成为我与朋友们常去玩耍的地方。我们在桥上追逐打闹，笑声回荡在山谷之间；我们在桥下摸鱼捉虾，享受着大自然的

❖ 岔河吊桥   胡小柳／摄

馈赠。那些无忧无虑的日子，仿佛就在昨天，却又已遥不可及。

　　然而，时间的脚步从未停歇。那座吊桥也在岁月的洗礼下逐渐老去。桥板上的木板变得斑驳陆离，绳索也显得愈发松垮。但即便如此，它依旧坚守在那里，默默地承载着人们的脚步和记忆。

　　每当我在人生的道路上遇到挫折和困难时，我总会想起那座岔河上的吊桥。它告诉我，无论岁月如何变迁，无论生活如何艰难，我们都应该像它一样坚韧不拔、勇往直前。因为只有这样，我们才能在风雨中屹立不倒，在岁月的长河中留下自己的足迹。

　　如今，那座岔河吊桥已经成为我心中一道永恒的风景。它不仅仅是一座桥梁，更是我心中那段纯真岁月的见证者。每当我到都格，我总会来到河边，静静地凝望着那座吊桥。它仿佛在向我诉说着那些过去的故事，让我不禁陷入深深的回忆之中。

　　岔河吊桥，它承载了我的欢笑与泪水，见证了我的成长与变迁。它是一座桥梁，连接着过去与未来；它更是一份记忆，镌刻在我心中永远无法抹去。在未来的日子里，无论我走到哪里，我都会铭记它的模样，将岔河吊桥的精神化作我前进的动力。

站在岔河吊桥上，我仿佛能够感受到岁月的流转和生命的韵律。那些曾经陪伴我度过青春岁月的朋友们，如今已各奔东西，但那份深厚的情谊却如同桥下的河水一般，永不停歇地流淌着。而我自己，也在这座吊桥的见证下，从一个青涩的青少年成长为一个有担当的成年人。

在这座岔河吊桥上，我感受到了生命的厚重与坚韧。它如同一座灵魂的灯塔，照亮了我前行的道路，让我在未来的岁月里更加坚定地走下去。岔河吊桥，你是我心中永恒的风景，也是我人生道路上最宝贵的财富。

北盘江大桥散记

✍ 孙　雪

在云贵高原的群山之间，北盘江如一条银色的丝带，蜿蜒曲折，穿山越岭。而在这片苍茫的大地上，矗立着一座雄伟壮观的桥梁——北盘江大桥。它不仅是中国桥梁建设史上的一座里程碑，更是六盘水现代化发展的璀璨明珠，飞架在两岸的峭壁之上，将天堑变为通途，为这片土地带来了希望与繁荣。

北盘江大桥，横跨云南省和贵州省，北起贵州水城区都格镇，跨越北盘江大峡谷，南至云南省普立县腊龙村，是一座以刚构桥为基础，结合悬索和悬臂结构的高空桥梁。它全长1341.4米，桥面距水面高差达到565.4米，相当于200层楼。因此，北盘江大桥是中国最长的山区桥梁，并因其相对高度超过四渡河特大桥，故刷新世界第一高桥纪录，闻名中外。

走近北盘江大桥，首先映入眼帘的就是那坚实的桥墩。它们深深扎入岩石之中，承受着大桥的重量和江水的冲刷。桥墩上，一根根粗壮的钢管如同巨人的臂膀，紧紧支撑着桥身。这些钢管内部填充着混凝土，既轻巧又坚固，能够承受巨大的压力和震动，使得整个桥梁结构更加稳固。远眺北盘江大桥，桥身由红色和白色的钢结构组成，宛如一条巨龙穿插在云朵之间，向山的青翠处蔓延。可以说，北盘江整座桥梁线条流畅、造型优美，展现了现代建筑艺术的魅力。

❖ 北盘江大桥

胡小柳 / 摄

　　提起北盘江大桥的建造过程，可谓艰险万分，挑战重重。许多曾经参与修建的工人表示，自己"刚上桥检查时，由于高空作业，双腿常常忍不住打战"。但为了面对这种自然带来的挑战，彰显"人定胜天"的主观能动性与意志力，他们都选择了迎难而上，克服地形复杂、气候恶劣等重重困难，日夜奋战在施工现场，与大自然进行了一场场惊心动魄的较量。最终，凭借着坚定的信念和不懈的努力，成功地将这座大桥矗立在北盘江之上。

　　北盘江大桥的建成，不仅极大地改善了六盘水的交通状况，也促进了当地经济的快速发展。就像当地村民说的："大桥修建之前，当地村民要走10多千米山路才能到达对面。有了这座桥，只需要10分钟。"北盘江大桥如同一条纽带，连接了山区与外界，使得六盘水的资源优势得以充分发挥。如今，越来越多的企业入驻六盘水，带动了当地就业，促进了经济的繁荣。同时，北盘江大桥也吸引了无数游客前来观光游览。在桥上仰望远眺，两岸的山川美景和田园风光交相辉映，尽收眼底。

　　对于六盘水人民来说，北盘江大桥不仅是一座桥梁，更是一种精神的象征。它代表着六盘水人民坚韧不拔、勇往直前的精神风貌，也激励着他们不断追求更高的目标和更美好的未来。所以，闲来无事时，我喜欢带着孩子远眺北盘江大桥。在我看来，这座大桥不仅是六盘水的骄傲，更是我们中华民族的骄傲。它见证了中国桥梁建设技术的飞速发展，也展示了中国人民勇于挑战、敢于创新的精神风貌。在我看来，这座大桥不仅改变了六盘水的交通格局，也改变了人们的生活方式。在我看来，这座大桥使六盘水与外面的世界更加紧密地联系在一起，让六盘水人民能够更加方便地走出大山，走向更加广阔的天地！

北盘江大桥是六盘水人民的骄傲与自豪。它用坚实的身躯和磅礴的气势，向世界展示了六盘水的魅力和活力。未来，它将继续见证六盘水的繁荣与发展，成为连接发展与辉煌的永恒之桥，引领六盘水迈向新的高度，书写更多辉煌！

作为现代文明杰作的北盘江大桥，是六盘水飞速发展的见证。它如一道长虹，横跨北盘江，连接着山与水，也连接着过去与未来。在这座大桥的脚下，我们感受到了六盘水人民的勇敢与坚韧，也看到了六盘水这座城市的无限可能。

北盘江拍桥记

🦋 胡小柳

　　我从小生活在北盘江边，对桥有一种天生的执念，总希望有一座桥，能连通山的这边和那边。1982年，我用一个月的工资换来一台"红梅"牌国产相机，把第一张照片定格为家门口的铁索桥。从此再也没有停下来过，用40多年时光，记录了北盘江上一座座桥梁的诞生。这些桥，让高铁开进了山区，让山村迎来了贵客，让土特产走向了城市的餐桌，让沿江两岸的少男少女从山歌对唱寄相思，到牵手共度余生成现实。

　　根据高家渡铁索桥碑记记载，这座铁索桥是清光绪元年（1875年）开工建设的，清光绪三十三年（1907年）才建成，历时33年。高家渡铁索桥是茶马古道上的必经之路，很有历史意义。据说这座桥是光绪皇帝亲自签字批准建的，但是中央财政不给钱，由民间集资建设，经过了好多的风风雨雨，桥碑上还有张三捐了二两白银、李四捐了三两白银的记载。

　　这张黑白照片，我保存至今。当时看着照片洗出来，好兴奋。这张照片特别有意思，大自然和人文的东西融在一起，彰显了人的力量。那么北盘江上其他的桥，到底有什么故事？我都想去走一走、看一看。

　　我的家里，存放着不同款式的照相机和镜头，总的有十来套。但我最喜欢的还是11块3角钱那台，因为是它发掘了我爱拍北盘江、拍桥的兴趣。

　　北盘江是珠江流域西江上游红水河的大支流，流经云南、贵州两省，全长419千米，总落差1985米，全流域有大小瀑布165处。我想，北盘江上到底有多少桥呢？1983年年初，我做了一件疯狂的事——徒步穿越北盘江。那时候我在教书，一年有两段假期，我就徒步穿越了从北盘江的源头到北盘江尾。

当时北盘江两岸没有公路，都是山路，山高谷深，怪石嶙峋，很多地方人迹罕至。这年暑假，我买了一个充气的皮划艇，带一把小气枪，还有几件衣服和照相机，就出发了。有些地方江水比较平缓，我就用打气筒把皮划艇打胀，顺着皮划艇漂流，在北盘江上漂，一个人漂，看见快到险滩了，又拼命地划到岸边，把皮划艇的气放了，背着走。

北盘江风光绚丽，不时还能听到黑叶猴的嬉闹声。可惜当时的相机太差，没有长镜头，拍不到黑叶猴。我享受着这一切，也经历着危险。有一次，在贞丰和安顺交界的地方，突然下起了大暴雨，我只能抓着一棵树，趴在悬崖上。要是大水来了，根本没法躲。周围又没有人家，最后找了一个能够避雨的江边溶洞，蜷缩在里面住了一晚。第二天看着天晴了，又把皮划艇拿出来，继续顺江划着前行。

走到贞丰，就搭个小便车到安顺，坐班车就回水城了。这个暑假，我完成了穿越北盘江计划的一半，也拍摄了北盘江上无数的桥，有溜索桥、铁索桥、石拱桥。我还结识了无数的村民。遇到有兴趣的地方，我就住在寨子里，和老百姓交流，和他们交朋友。他们很热情，直到现在，几十年过去了，有些村寨几代人和我都特别熟，关系特别好。我也写下了北盘江沿岸的很多故事和变化。

有一些人当面说我，你拍的这些都是垃圾，留着干吗？也有人说我纯粹是个疯子。但也有很多人认可我，说我做了件很伟大的事，留下了很多珍贵的影像。40多年来，我坚持拍桥，拍北盘江上的桥。请假是要扣工资的，但我情愿被扣工资，只要有新建的桥梁，我就要去拍。

常年行走在北盘江畔，我把两岸地形地貌装在了心里，行走在险峰深谷间也变得轻车熟路。记得2003年，中央电视台来拍《走遍中国》，要从山头下到北盘江谷底。他们怎么下去呢？他们找来户外运动协会，用安全绳一个一个吊下去，再一个一个拉上来。陪同采访的我却不用全副武装，赤手空拳，徒手攀爬，还显得轻轻松松。

　　摄制组的人说："你简直是个'黑叶猴'啊。"自那以后，我就有了"黑叶猴"这个绰号。我说黑叶猴好啊，那以后你们不能伤害我哦。黑叶猴是国家一级保护野生动物，比大熊猫的数量还少，北盘江大峡谷只有两百多只。原来江水很大，黑叶猴跨不过江，现在可以通过桥梁跨江了。我也拍了很多黑叶猴过江的画面。

　　行走北盘江，我也并不总是幸运的。至今，我的右手小拇指还留着一块伤疤。有一次拍摄的时候，我不小心滑下了山谷，一块很尖锐的石头把右手小拇指削断了，基本上分离成了两截。当时我把削断的那一截接回来，抹点草药，找块布一包，时间一长，就长好了。

　　我从来没有孤独的感觉。一个人行走崇山峻岭间，除了危险，还有孤独，但我却不这样认为。北盘江的风光太美了，看不够，还有很多猴子等动物，它们就是我最好的伙伴。

　　拍摄得最多的还是北盘江铁路大桥。从专家踏勘选址，到打基础，到建成，我用数不尽的照片，记录下这座大桥建设的点点滴滴。北盘江铁路大桥是水柏铁路线上一座结构新颖又复杂、技术要求高、施工难度大的单线铁路

❖ 北盘江特大桥

胡小柳／摄

桥。从轨底到峡谷底深达280米，是国内最高的铁路桥梁；钢管拱采用转体法合龙，单铰转体重量达10400吨，为当时世界之最。荣获2003年度建筑工程鲁班奖和第三届土木工程詹天佑奖。

跨度大，高度高，据说当时在世界上还没有哪个国家，建成这样高难度的铁路大桥。这座大桥的建设历程是令人激动的。

大桥合龙那天，场面特别宏大，两岸起码几万人来见证。2000年12月24日，北盘江铁路大桥成功转体顺利合龙。我看到山头上有好多外国人，他们盯着桥拱慢慢旋转，转到中间一合龙，建桥工人在桥顶上鞭炮一放，那些外国人高高竖起了大拇指。我听不懂他们说的话，但是他们肯定了我们，见证了中国人就是能建造大桥。

小时候经常想，从江这边到江那边，要是有一座桥能走过去多好啊。家住北盘江畔的我，时常幻想着家门口有一座桥，能跑到对岸去玩。当时只是幻想，觉得不可能实现。但现在已经有公路桥、铁路桥，还有高铁桥，以后，比这些更便捷的交通都可能出现。

北盘江上光是公路桥，在六盘水境内就有20座，水城县（今水城区）境内有13座。拍桥40多年，我对北盘江上的桥如数家珍。40多年，跨越五个时

❖ 北盘江铁路大桥

桥见凉都

胡小柳／摄

❖ 水盘高速北盘江特大桥   胡小柳／摄

代。一次，我选了五张照片送给朋友看，第一张是第一次拍的铁索桥，第二张是石拱桥，第三张是钢混结构的公路桥，第四张就是2016年年底刚刚通车的北盘江高速公路大桥，第五张是2018年年初通车的高铁大桥。每张照片都代表了一个时代。

北盘江上的桥是社会发展的见证，是生活变化和富裕的见证。我的电脑硬盘跟多数人一样分为4个盘，除了C盘显示还有存储空间外，D、E、F盘都已经满了，全是新近拍摄还没有归档的照片。从溜索桥、铁索桥，一般的石拱桥、混凝土大桥，再到钢架大桥、斜拉式大桥……桥越来越多，科技也越来越高。如果把这些照片连接起来，就是北盘江流域交通发展的一个历史，就是贵州大山深处交通快速发展的见证，就是时代进步、发展的标志。

北盘江南岸有一个寨子叫格支村，是我记忆最深刻的苗寨。村前就是北盘江，其他三面环山，都是绝壁。绝壁上有根自然的野藤，上面是黔西南州普安县龙吟镇，格支村村民要养牛养猪养马，就顺着这根野藤爬上去，到龙吟镇街上购买。养猪就买小猪，养牛就买小牛，养马就买小马，然后顺着那根野藤用绳子把幼崽吊下来，带回家喂养。格支村民风特别淳朴，进入这个寨子，不分哪一家，鸡呀、鹅呀遍地都是。寨上男男女女都去田里面抓鱼、抓鸭、抓鹅，拿来宰了，然后一个寨子的人一起陪我喝酒。

1988年，六盘水市政府给格支村建了一座小吊桥。1997年的时候，因为下游建水库，水位上升，小吊桥被淹没，后来，又在同一个位置提高100多米，建了一座大的吊桥，使用至今，还可以通摩托车、三轮车。我每年都会去一趟格支村。有了便捷的桥，原来的小瓦房、茅草房，全部改成了小洋房。但民风没有变，如果你提前告诉他们，村子里的男男女女就会到江边来迎接你，唱着山歌，放着鞭炮。你走的时候，也是唱着山歌、放着鞭炮欢送你，女孩子还会送你一双绣花鞋垫做纪念。

北盘江两岸的村民，原来要去别的村子，必须徒步走几天，现在桥通了，几分钟就过去了。桥通了，老百姓种出来的水果呀蔬菜呀，都通过桥运出去了，老百姓收入增加了，就逐渐富裕起来了。

当然，桥通了，也带来了爱情。水城区营盘乡境内，南岸有个寨子叫毛草坪，北岸有个寨子叫毛各堕。两岸住着不少苗族同胞，以歌传情，唱山歌谈对象，自古有之。有时候感情唱出来了，唱得泪流满面，情投意合，但是要见面却不容易，要走上几天几夜。所以，过去两岸通婚的人寥寥无几。现在大桥通了，两岸通婚结合的起码有20对。

拍桥纯粹是一种兴趣，一种爱好。现在我拍北盘江上的桥，更是一种责任。我有一大串和摄影有关的名头——中国老摄影家协会会员、六盘水市摄影家协会理事、水城县摄影家协会副主席兼秘书长。

很多人的照片，不管在哪里用，都是需要钱的，因为有知识产权，有版权。但是我说我的照片可以免费用。因为我拍出来的东西就是要分享给大家的。要让大家都知道，北盘江交通是怎么发展的，人民是怎么富裕的。看我照片的人越多，我的收获就越大，这就是我的报酬。

我依然在拍桥，我要为后人架一座桥，一座了解认识过去的桥。桥有千千万，雄伟的北盘江大桥、溪流上的石拱桥、家门口的便民铁索桥……我认为自己更像铁索桥，不起眼，但见证了岁月、时光和发展。

桥见凉都

发耳大渡口桥

🌂 胡小柳

发耳大渡口桥为公路桥，位于水城区西南部发耳镇和鸡场镇交界的北盘江218省道上。桥长312.4米，桥面净宽8.5米。因为原来没有桥的时候在此处渡船，是北盘江上游最大的一个渡口而得名。发耳大渡口桥于1958年开工，1970年建成通车，系五孔石礅双曲石拱桥，其中最大一孔跨径50米，四孔跨径各10米。

大渡口被称为阴骘渡，在当地还有一个传说故事。据传，清道光十二年（1832年）春，姬官营大土豪姬大官人之妻姬安氏去鸡场走亲戚，路过北盘江（归集黄河），由于天气炎热，途经老高寨，她带着手下弟兄到赵文连家乘凉。赵文连是归集布依族赫赫有名的道士先生、地理先生，姬安氏与赵文连的妻子赵陆氏是特别要好的姊妹。姬安氏趁乘凉之机，请赵文连给她推算一下，她本人今年的时运如何。赵文连询问她的生辰八字之后，拿出经书仔细研究了一番，过了半炷香工夫，才慢条斯理地对她说："她老庚，你今年时运不佳，尤其是这个月的官煞特别重，西行对你不利。你能不能就此打道回府，过完年再去走亲戚？"姬安氏对算命这个东西历来半信半疑，从来不以其左右自己的行为。因此，她神气十足地说："归集黄河两岸都是我家的势力范围，哪个不要命的敢在太岁头上动土？"赵文连诚挚地说："月有阴晴圆缺，人有旦夕祸福。你今天最好听我劝告，不然定有麻烦。"姬安氏冷

❖ 发耳大渡口桥

笑着说："是福不是祸，是祸躲不过。我要挺起腰杆做人，决不夹着尾巴做狗。今天是我亲戚家办喜酒，我响当当的姬安氏难道还胆小怕死，到亲戚家办酒席都不敢去吃的地步？脑壳落地只是碗大个疤，走！"

赵文连急忙拦住她说："她老庚，你性格刚烈，心直口快，乐善好施。我赵文连讲的话管你信或不信，听或不听，我今天就好人做到底，送佛送上天。我画一道符章给你背上，你就能逢凶化吉了。"姬安氏见他说得情真意切，又是老庚之夫，不好推辞，勉强接受了他画的符章。

他们一行人辞别赵文连夫妇，来到归集黄河边，看到黄河两岸皆种有高大的柳树，人们把一根手腕粗的绳索，拴在两岸的柳树上，做成供大家过河用的溜索。溜索下的河水奔流湍急，马儿无法过河，只好寄存在河边人家。那天正好是个赶场天，想过河的人比较多。姬安氏站在黄河东岸的芭蕉树下，观看过往客商一个个吊在溜索下面摇摇晃晃地过河，场面十分惊险，妇幼和老弱病残乘坐溜索尤其危险。

前面之人过完后轮到姬安氏了，她正要将溜索套在身上，忽然一个老妇人慌慌张张地跑到她的面前，向她恳求让她先过。姬安氏见此人累得上气不接下气，觉得她肯定有急事要办，于是也没过问，就让她先乘溜索过河，自己回到芭蕉树下乘凉。没想到，这个老妇人刚溜到河中间，溜索忽然折断，老妇人一头摔进河里，挣扎几下就沉入河底了。姬安氏见了吓得魂不附体，冷汗直冒。她当场许愿要在此地建一个渡口，让河两岸的过往行人免费乘船过河。

姬安氏回到姬官营，立即拿出三百两银子来建渡口，雇工匠造一艘木船，购买大坝子那坝良田送给渡船人家耕种，使其衣食无忧，让其免费为过往行人摆渡。她还请了授承德郎大定府水城通判加三级纪录七次陈维玲，于仲夏时节，在渡口河边立一石碑作为见证，并把这个渡口命名为"阴骘渡"。

阴骘渡免费让两岸群众乘船过河100多年。直到1950年水城解放，姬家全户外逃，1953年，大坝子的田被收归集体所有，负责摆渡的邓家人才收过往行人的船费。1970年，水盘公路上的渡口大桥通车，阴骘渡彻底完成了它的历史使命。大桥的通车，对黔滇区域经济发展有着重要意义。

阿扎屯龙虎头小拱桥

🕊 吴学良

六盘水市水城区阿嘎镇盐井村的阿扎屯，历史上是一个烽烟四起的古战场。1644年3月至5月，吴三桂为剿灭水西，率军与安坤在这里发生激战，至今留下卷洞门、炮眼遗迹，石碾、锈损的戈矛箭羽等不时可见，丰富着这一方土地上的人文历史。

阿嘎镇盐井村屯口的小拱桥，建于清咸同年间。这时，水西一带有"苗贼"时常发生叛乱。为保平民百姓免于战祸，阿扎屯民间出现了三个被称为

❖ 石拱桥龙头　　　　　吴学良 / 摄

❖ 石拱桥虎头　　　　　吴学良 / 摄

桥见凉都

"将军"的人——杜林、王大一、苏逢春，其中以杜林最有名，小拱桥的修建也是他的功绩之一。

民间传说，在杜林率领百姓"防苗"的过程中，因"苗贼"将其诬告到大定府，他被关押起来。其间，他设计买通牢吏潜回屯上，荡平叛乱"苗贼"后，返回大定府继续坐牢，途经距卷洞门二里许的小溪壑时被洪水冲走，在现今小拱桥处被石头卡住，才得以保全性命。他被释放后，为了感谢上天的恩赐，保障百姓行走安全，就在获救之处——也是当年上屯的必经之路上修建了这座石拱桥。该桥呈东西走向，高长近10米、宽2.80米、高4.5米，其特别之处在于桥孔正中南北向分别镶嵌着龙头和虎头。南面向山的龙头整块石料约1米高，龙头部分高80厘米、宽50厘米，口含宝珠，形象威严，面对顺流而下的河水，似镇水之貌。北面面临悬崖之虎头整块石料高80厘米，虎头高约40厘米、宽40厘米，口露舌头，有雄浑之势。两方石雕都处在桥的正中合口处。

龙头石雕在桥梁建筑中多有使用，如四川阆成古驿道上的龙头桥还保留原样；虎头石雕桥，如河北石家庄市平山县城北15千米处建于唐中宗元年（684年）的单孔石拱桥，比赵州桥（建成于605年）只晚79年。然而，以上龙头桥或虎头桥都只单一镶嵌一种动物形态，且造型不够生动，而阿扎屯小拱桥一桥两面分别镶嵌龙头虎头俯视石雕，实属罕见，它寄予了人们洪水到来时能镇水保佑平安的愿望。如今，它与不远处的卷洞门连成一体，成为一道独特的历史文化风景。

木通河铁索桥

🖋 胡小柳

　　木通河铁索桥建于1942年，坐落于贵州省六盘水市水城区坪寨乡容营村阵营组，东北西南向，跨于木通河上，连接云南与贵州。木通河铁索桥不仅连接了云南和贵州，更连接了人们的心，成为这片土地上一道亮丽的风景线。木通河，这条曾经默默无闻的河流，如今因一座铁索桥而名扬四方。

　　铁索桥横跨木通河，宛如一条巨龙腾空而起，气势磅礴。桥身由数根粗大的铁索组成，坚固而又不失美感。站在桥上，可以感受到微微的晃动，仿佛与桥共舞，这种独特的体验让人心潮澎湃。桥下，木通河水潺潺流过，水声与风声交织在一起，奏响了一首美妙的交响曲。

　　木通河铁索桥见证了这片土地的沧桑巨变。它曾是当地人民过河的唯一通道，承载着无数人的希望和梦想。如今，虽然有了更加便捷的交通方式，但铁索桥依然屹立不倒，成为一代又一代人心中的记忆和情感的寄托。

　　每当夜幕降临，铁索桥在两岸农户灯光的映衬下显得格外迷人。桥上人来人往，或步行，或驻足观赏。他们或低声细语，或高声欢笑，或静静地凝望远方。这些不同的声音和画面，共同构成了铁索桥上独特的风景。

　　对于附近的人来说，木通河铁索桥不仅仅是一座桥，更是一种情感的象征。每次走过这座桥，他们都会想起那些曾经陪伴自己走过青春岁月的人和事。那些美好的回忆，如同桥下的河水一般，流淌在他们的心中，永不消逝。

　　木通河铁索桥见证了当地很多人的成长和变化。从最初的胆怯和不安，到如今的从容和自信，这座桥陪伴他们走过了人生的每一个阶段。它让我明白，生活就像这座桥一样，虽然有时会有些摇晃和不稳定，但只要我们坚定信念，勇往直前，就一定能够跨越一切困难，到达彼岸。

　　木通河铁索桥还见证了无数温馨的画面。有情侣手牵手漫步桥上，享受着爱情的甜蜜；有父母带着孩子来感受桥的魅力，传承着亲情的力量；还有朋友们相约在桥上，畅谈着人生的点滴。这些温馨的画面会让人深深感受到，铁索桥不仅连接了两岸，更连接了人们的心。

　　木通河铁索桥，这座充满历史底蕴和情感寄托的桥，已经成为这片土地上一道独特的风景线。它见证了人们的欢笑和泪水，承载了无数人的希望和梦想。我相信，在未来的日子里，这座桥依然会屹立不倒，继续见证这片土地的繁荣和发展。

❖ 木通河铁索桥　　　　　　　　　　　　　　胡小柳 / 摄

每当我想起木通河铁索桥，心中总会涌起一股莫名的情感。它不仅仅是一座桥，更是一种精神的象征。它告诉我，无论生活有多么艰难和不确定，只要我们有勇气和信心去面对它，就一定能够找到属于自己的道路和方向。

　　在未来的日子里，我希望更多的人能够来到这座桥上，感受它的魅力和力量。我相信，每一个走过这座桥的人，都会在这里留下属于自己的故事和回忆。而这些故事和回忆，将会成为木通河铁索桥最宝贵的财富和传承。

　　木通河铁索桥，这座充满热情和生命力的桥，将继续屹立在木通河上，见证着这片土地的发展和变化。它不仅仅是一座连接两岸的桥梁，更是连接人们心灵的纽带。

悠悠龙桥

◆ 付　宴

　　盘山公路蜿蜒而下，车在路上拐过九十九道弯，才到绝壁下的龙桥旁。这里峡谷幽深，平静的河水闪烁着银色的波光，在向过往的人们讲述着桥的今昔。没有桥，这里的群众就一直是与世隔绝的山民；没有桥，这里的群众就没有今天的幸福生活。

　　在贵州省六枝特区新场与牛场的交界，两山峡谷之间有一座桥。别看这只是一座简简单单的桥，它却经历了不同时期的历史风雨。尽管朝代不同，时代各异，但这里群众的过往从未间断，只有桥的位置在不断变化，书写着当地群众为了追求美好生活不停奋斗的史诗。

　　第一座桥历史久远。在现今水泥桥下游300米左右的河岸边，有一块记录着修建第一座桥的摩崖石刻——彝文碑。由于彝文碑没有落款日期，意译后得知此碑刻于唐庚申年（720年），记录了唐开元己未年（719年）修建拦龙桥的情况。据文献记载，这座桥在1905年被一场洪水冲毁，桥墩与筑石或被洪水冲走，或没于泥沙之中。

　　第二座桥修建于民国初期。第一座桥被冲毁，给当地群众出行带来了极大的不便。为了方便过河，1912年，在距离彝文碑上游约300米的地方，开工建设了新的龙桥，为一座典型的石拱桥。为了就地取材，工人返回当初被洪水冲毁的老桥处，搬来了老桥残存的石块。建桥者发现，残存的部分石块上尚存第一座桥的浮雕，虽然风蚀程度较大，但还是有意挑选出来，全部安放于新桥南面顶端拱券上。

第三座桥修建于20世纪70年代。在第二座石拱桥使用了60年之后，由于河水不断上涨，威胁着桥身安全，1972年，六枝特区以拱桥为基础，在桥面上加柱升高1米，铺就成钢筋水泥公路桥。

第四座桥修建于10多年前。由于运载建设物资的力度加大，原先的拱桥因承载力不够被弃用，在其旁边又并排重新修建了一座混凝土大桥。

无论桥的位置怎么变，不变的是桥的初衷，就是为了方便过往群众过河。

据了解，当地群众对这里的桥有两种叫法。一叫拦龙桥，说是很久以前，下游三岔河有条猛龙汹涌而上，所经之处，灾洪遍地。为了把龙拦住，不让其伤害更多的人和损害更多的田地，两地群众积极出物出力，历经数月，建成了石拱桥，硬生生把龙挡在了下游。一叫懒龙桥，说是以前这沟壑中有条巨龙，懒着不动，龙身堵住了河水，使水位上涨。为了安全过河，就另外选点，在离此300来米的悬崖嘴边进行重新修建。因为龙在白天会翻身，晚上才安静，为此，两地群众就白天凿石晚上修建。经过数月的连续奋战，最终把桥身修高跨过龙背，从此，村民们过河不再担惊受怕，所以命名为懒龙桥。

笔者查阅地方县志，记载拦龙桥者有之，记载懒龙桥者也有之。无论是拦龙桥还是懒龙桥，都与龙有关，由此我称之为龙桥。值得一提的是，在第二座桥的拱券上，可见6块古浮雕镶嵌，这6块古浮雕包括鱼、人首、持朝简官、孔钱等，其精细的刻工、逼真的形状至今仍见一斑。据相关文献记载，这几块"宝贝"是1298年至1300年间雕刻而成的，有着丰富的考古学术价值。

在龙桥的北面岸上，一条条灰白的石壁如一缕缕灰白的头发，贴在岩壁的面颊和垂在脑后。石壁上溶洞较多，在距龙桥1000米左右的崖壁上，有一悬挂在山腰的溶洞，外形酷似窗户，故被人们称为窗子洞。进洞发现，洞内有洞，洞洞相连，可容纳数百人，洞内还有一汩汩流淌的水流。在很早的时候，牛场乡上官的地主安克庚就以此洞为据点，以龙桥为交通要道，盘剥百姓。

龙桥历经几个世纪，在世事沧桑中，目睹着这片土地上的一切。

在军阀混战时期，国民党曾用了9个县的民团攻打窗子洞，他们在龙桥两边展开了争夺战、拉锯战。民团攻打了3个月，都没有攻克窗子洞这个堡垒，桥身虽然伤痕累累，但仍安然无恙。

解放战争时期，窗子洞盘踞的土匪想凭借易守难攻的险要地形，对桥进行封锁，妄图阻止解放军的进攻。然而，邪恶终究挡不住正义的脚步。1950年4月下旬至5月初，解放军四十五师一三五团2营、3营和一四六团3营，向盘踞窗子洞的安克庚部进行了围剿。解放军攻桥、占桥、守桥，仅5天时间就攻破了窗子洞，活捉了匪首安克庚。牺牲的7名烈士葬于新场区上官乡洼乌底。1984年迁葬至拦龙桥，并修烈士陵园。

窗子洞被攻破，解除了土匪对龙桥的封锁，牛场乡群众翻身做了主人。他们通过龙桥运送了大量的生产生活物资，同时，也把当地的辣椒、生猪、粮食等产物，运往新场、岩脚等乡镇和县城交易。龙桥为牛场乡的经济社会发展立下了汗马功劳。

2015年4月，黔中水利枢纽工程平寨水库大坝下闸蓄水。龙桥因为桥位低，有被淹没的危险，于是相关部门在龙桥旁重新修建了一座比第四座桥更高的水泥桥。新龙桥的搭建承担了新的使命，它驮负着牛场乡群众走出了贫困，走向了富裕。

2022年，龙桥所在地牛场乡黔中村入选2022年贵州红色美丽村庄建设试点。六枝特区围绕龙桥、窗子洞和黔中村，加强红色美丽村庄建设，让龙桥生生不息的传说和窗子洞可歌可泣的剿匪故事得到传扬。

如今，龙桥稳稳地连着两山峡谷，像两只勤劳的大手牵在一起，将两岸盘山沥青路连成漂亮的腰带。汽车在上面来来往往、涂涂画画，描绘着这里的群众美好生活的幸福图景。

抵母河大桥散记

🕊 胡小柳

在中华大地的大西南，乌蒙山脉的崇山峻岭间，蜿蜒曲折流淌着一条名为抵母河的美丽河流。这条河流见证了岁月的沧桑，也见证了时代的变迁。而今杭州到瑞丽的高速公路横跨这条河流，形成了一座壮丽大桥——抵母河大桥。

抵母河大桥是杭瑞高速公路上的一颗璀璨明珠，它不仅仅是一座桥梁，更是连接两岸人民情感、促进地区经济发展的重要纽带。这座大桥的建成，不仅极大地缩短了人们出行的时空距离，更为抵母河两岸带来了前所未有的发展机遇。

当你站在大桥之上，远眺那碧波荡漾的抵母河，心中不禁涌起一股豪情。阳光下，大桥的钢铁结构熠熠生辉，宛如一条巨龙腾空而起，横跨在河流之上。大桥的每一根钢筋、每一块混凝土，都凝聚着建设者们的心血和汗水。他们用自己的智慧和力量，创造出了这一奇迹，为后人留下了宝贵的财富。

抵母河大桥不仅是一处交通枢纽，更是一幅壮丽的画卷。每当夜幕降临，大桥上车流如织，车灯映照下的大桥璀璨夺目，与天空中的星辰交相辉映，构成了一幅美丽的夜景。而在这美丽的夜景中，人们仿佛能够感受到大桥散发出的热情与活力。

这座大桥的建成，不仅仅改变了人们的出行方式，更改变了人们的生活

❖ 抵母河大桥　　　　　　　　　　　　　　　　　　　　胡小柳 / 摄

方式。它让抵母河两岸的人民更加紧密地联系在一起，共同分享着发展的成果。大桥的通车也带动了周边地区的经济发展，为当地人民带来了更多的就业机会和更好的生活品质。

在杭瑞高速抵母河大桥的建设过程中，无数建设者默默奉献，用他们的辛勤劳动谱写了一曲又一曲感天动地的赞歌。他们不畏艰险，勇攀高峰，用自己的实际行动诠释了什么是真正的奋斗和拼搏。正是这些无私奉献的建设者们，才铸就了这座不朽的丰碑。

同时，抵母河大桥也是科技进步的见证。在设计、施工、材料等多个领域，大桥的建设都运用了先进的技术和创新的理念。这些技术的应用，不仅保证了大桥的安全性和稳定性，也提高了建设效率，降低了对环境的影响。可以说，抵母河大桥是科技与智慧的结晶，是人类文明的瑰宝。

此外，杭瑞高速抵母河大桥还具有深厚的历史文化底蕴。它承载着当地人民对美好生活的向往和追求，也见证了中华民族从站起来、富起来到强起来的伟大历程。在这座大桥上，我们不仅可以感受到现代科技的力量，更能体会到中华民族坚韧不拔、勇往直前的精神风貌。

展望未来，杭瑞高速抵母河大桥将继续发挥它的重要作用。随着社会的不断发展和进步，大桥的通行能力将得到进一步提升，为人们提供更加便捷、高效的出行体验。同时，大桥也将成为地区经济发展的重要引擎，为周边地区带来更多的发展机遇和活力。

总之，杭瑞高速抵母河大桥是一座充满热情和活力的壮丽大桥。它不仅仅是一座桥梁，更是连接两岸人民情感的纽带、促进地区经济发展的重要支撑。

三建便民桥

🕊 李万军

"这座石桥叫什么名字？" "纳苟汇桥。"六枝特区月亮河乡月亮河村村民韦刚说，"纳，是月亮村纳奎组的第一个字。苟，在布依族话里是槽子、片区的意思。"一座小桥，把两个村连在了一起。在月亮河村与中寨乡木则村交界处，纳苟汇桥静静地矗立着。桥上，村民往来穿梭；桥下，流水潺潺而过。

从木则村嫁到月亮河村的村民赵芬站在桥上，指着远处的山回忆道："修通这座桥之前，我们要翻越对面那个大坡去赶集，单程要走两个多小时，背上东西更是累得不行。"在月亮河乡，月亮河两边汩汩而出的山泉归顺而来，汇聚成河，滋养着一代又一代生活在这里的人们。河水到达月亮河村与木则村交界处，把两个村子分隔开来。"虽然这寨能望见那寨，但要走亲访友，得绕一大圈，既费时，又费力。"韦刚说。

"没有路我们就修路，没有桥我们就架桥。不能让子孙后代和我们一样，每次出门都要翻山越岭……"月亮河村七十开外的老人杨廷跃的话惊醒了众人。大家纷纷开始思考：能不能找到一个合适的地方修路架桥呢？说干就干，两地群众有钱的出钱，有力的出力，一路挖到纳苟汇。"这里溪水的截面最窄，在这里架桥是最省时省力的。"杨廷跃说。肩挑背驮没有打败月亮河畔的人们。1996年10月，木桥通了，人们心里的路也通了。木桥带来的便利并没有维持多久。"木桥承重能力差，耐不住日晒雨淋，几年下来，木头就朽了，大家都不敢过了。"杨廷跃说。

怎么办？2000年7月，在月亮河村和木则村两地党支部的带领下，村里的泥瓦工、石匠提供技术支持，党员干部自掏腰包购买石灰和工具，带领群众以木桥为基，搭建石拱桥。在大家的共同努力下，经过近一个月的时间，石拱桥落成。但好景不长，由于修建的石拱桥没有专业技术人员指导，技术含量低，经过多年洪水的冲刷，桥墩朽垮，成了危桥。

为了架通桥梁，两地党支部不断碰头商议，积极组织两村人大代表、党代表拟写议案，争取相关部门的支持。

功夫不负有心人！2020年8月，在月亮河乡党委、政府的关心和支持下，六枝特区交通运输部门对此桥进行实地调研。"我们核实情况后，争取到了上级项目资金。该桥获2021年中央和地方配套资金支持，总投资56万元，采用公路Ⅱ级荷载标准建设，桥梁全长11米，于2021年10月建成投入使用。"六枝特区交通运输局相关负责人表示。

"终于修好了！"落成那天，月亮河村80多岁的老人滕恩龙走上新桥，俯下身一遍遍摸着桥面，不住地感叹："木桥只能过行人和马车，石桥可以过拖拉机、小汽车，以后孩子们回来就方便了。"桥通后，月亮河村和木则村之间来往的汽车越来越多。钢筋、水泥、肥料等生产生活物资通过这座桥，把两地的土墙茅草房换成了水泥平房。

❖ 三建便民桥

李万军／摄

花戛结龙桥

🕊 胡小柳

在悠悠岁月中，结龙桥静静地伫立在花戛乡都匀村都匀组，横跨于小白水河上。结龙桥是用青石块砌成的单孔石拱桥，桥长8.1米，宽1.97米，一般水位时桥面距水面高3米，始高1.15米，桥洞宽2.3米，东南方桥梯为13梯，西北方桥梯为8梯，面积为12平方米。此桥具有研究桥梁建筑、交通、经济发展等方面的历史价值。

结龙桥宛如一位沧桑而又充满活力的老者，诉说着千年的故事与变迁。这座桥不仅仅是一座连接两岸的交通要道，更是一段历史的见证，一种文化的传承，一份情感的寄托。

每当晨曦初露，结龙桥便迎来了它崭新的一天。阳光洒在桥身上，金光闪闪，仿佛给这座古老的桥梁披上了一层金色的外衣。桥下的河水在阳光的映照下波光粼粼，宛如一条银色的丝带在桥下缓缓流淌。桥上的行人络绎不绝，他们或步履匆匆，或悠闲漫步，每个人的脸上都洋溢着对生活的热爱和对未来的憧憬。

结龙桥的历史悠久。据说在很久以前，这里只是一片荒芜的河滩。后来，为了方便两岸居民的往来，人们便在这里修建了一座桥。桥的名字叫作"结龙"，寓意着两岸人民像龙一样团结一心，共同创造美好的未来。随着时间的推移，结龙桥经历了无数的风雨洗礼，但它依然屹立不倒，见证了这

❖ 花戛结龙桥　　　　　　　　　　　　　　　　　胡小柳／摄

片土地的繁荣与变迁。

　　在结龙桥的两侧，树木郁郁葱葱，繁花似锦。春天来临时，桥畔的桃花、杏花竞相开放，争奇斗艳，为这座古老的桥梁增添了一抹生机与活力。夏天，绿树成荫，桥上凉风习习，成为人们避暑纳凉的好去处。秋天，金黄的落叶铺满桥面，踩上去沙沙作响，仿佛在诉说着秋天的故事。冬天，高山上雪花飘落，站在结龙桥上，看着远处高山穿了一层洁白的银装，显得更加庄重而神秘。

　　结龙桥不仅是一座美丽的桥梁，更是一段历史的见证。在桥上，你可以看到岁月的痕迹，感受到历史的厚重。桥身上的每一块石头、每一道裂缝，都仿佛在诉说着过去的故事。那些曾经在这里发生的悲欢离合、喜怒哀乐，都被这座桥梁默默地记录下来，成为后人追寻历史的宝贵线索。

　　同时，结龙桥也是一种文化的传承。在这里，你可以感受到浓厚的文化氛围和独特的民俗风情。每逢节日或庆典，桥上总是热闹非凡。当地的布依族同胞们穿着盛装，敲锣打鼓，载歌载舞，庆祝着丰收和团圆。这些活动不仅丰富了人们的精神生活，也传承了中华民族的优秀文化。

更重要的是，结龙桥还是一份情感的寄托。对于许多人来说，这座桥承载着他们的童年记忆和青春时光。他们或许曾在桥上嬉戏玩耍，或许曾在桥上与心爱的人许下诺言，或许曾在桥上送别亲人，期待着再次重逢。这些情感都被结龙桥一一铭记在心，成为它永恒的灵魂。

在结龙桥上漫步，你会被它的美丽和魅力吸引，会被它的历史和文化感染，会被它的情感打动。这座桥梁已经成为一种象征，一种精神寄托，一种情感归宿。

结龙桥，这座古老的桥梁，用它那坚韧的身躯和独特的魅力，吸引着无数人的目光和心灵。它是一座连接过去与未来的桥梁，是一段历史与文化的传承，更是一份情感与记忆的寄托。在岁月的长河中，结龙桥将继续屹立在河流之上，见证着这片土地的繁荣与昌盛，诉说着属于它的不朽传奇。

猴场龙口石桥传奇

🍵 肖雯積

很久以前，水城猴场乡这里森林植被非常茂盛，由于海拔落差大，温湿度适宜，一年四季水果品种繁多，因此猴子十分喜欢在此聚集，可以说是名副其实的猴子栖息之地。但因猴子掰苞谷有掰一个丢一个的习性，做生意人认为很不吉利。后来，听说六枝郎岱来此地赶集的布帮们，建议做生意人把赶猴场集市改为"赶抓场"，有抓钱之意。从那以后，流传至今。

最为传奇的是猴场龙口石桥的故事。如今，走进猴场街，随便问一位当地居民，都知道猴场乡政府驻地龙口边的石桥在哪里。说起石桥，传说还与明代奢香夫人有关呢。

明代田汝成《炎徼纪闻》中记述："奢香者，贵州宣慰使霭翠之妻也……霭翠仕元四川行省左丞、兼顺元宣慰使。洪武四年（1371年），与其同知宋钦归附，高皇帝嘉之，以霭翠为贵州宣慰使，钦为宣慰同知，

❖ 水城猴场龙口石桥　肖雯積/摄

❖ 水城猴场龙口石桥龙口石雕 肖雯積 / 摄

得各统所部……时都督马烨镇守贵州，以杀戮慑罗夷，夷畏之，号马阎王。霭翠死，奢香代立。烨欲尽灭诸罗，郡县之。会奢香有小罪，当勘。烨械致奢香，裸挞之，欲以激怒诸罗为兵衅。"这是最早记述马烨越权处罚奢香以图挑起战争的资料。在《炎徼纪闻》中，同时记述了这件事情引出宋钦妻刘氏代为上诉到皇帝朱元璋那儿，皇帝召见奢香，问明情况，同意处罚马烨，问奢香以何为报，奢香以"愿为陛下刊山开驿传以供往来"为报答。朱元璋召回马烨询问，马烨"一无所答，第曰：臣自分枭首久矣！太祖怒，立斩之"。随后封奢香为顺德夫人，刘氏为明德夫人。奢香回来时，朝廷"命所过有司，皆陈兵耀之。奢香既归，以威德宣谕罗夷，罗夷皆帖然慑服。奢香乃开赤水、乌撒道以通乌蒙，立龙场九驿，马匹廪饩，世世办也"。

奢香夫人回到贵州后，就率各部落开凿驿道，修建石桥。据说猴场龙口边这座石桥，就是当时水西大地九驿十八桥工程之一，过此桥，渡牂牁江，经普安向西，可直达云南。传说很久以前，猴场这个地方经常出现神龙路过兴风作浪的情况，导致山洪暴发，房屋被毁，田舍淹没，庄稼受损。有一天，一位道僧化缘经过此地，告诉乡绅们，建议在石桥边建一条石雕龙，通过龙头将水导流至寨子顺南流出，同时为了镇住神龙作怪，在龙头侧上方修一座龙窝庙，可保平安。说来也怪，每当汛期，龙鸣三声，桥回六声，庙叫九声。迫于压力，神龙再也不敢从桥上或桥的侧边俯冲翻滚而过，乖乖地从桥下溜走，自此再也没有发生什么大的洪涝灾害。

但好景不长，传说某天有位妇女带小孩在龙口边洗了不干净的衣物后，当天晚上，神龙大怒，雷电火闪，狂风暴雨，发生了严重的山体滑坡，有半边山体倾斜而下，将整个寨子掩埋，20多户人家瞬间被泥石流吞噬。由于形成了堰塞湖，从此以后，山洪水由原来经寨子顺南流出，自然改道向北经落水洞，流至打把河，汇入牂牁江。

2023年4月13日，我跟随《问道—水城古驿道考察笔记》采访组，在猴场乡猴场村三组采访年近八旬的退休教师孙永达老人。据其介绍，大概是2020年，当地筹集资金并组织人员，在原龙口遗址处配置了一个石雕龙头。

据老人们口口相传，石桥上面原有木瓦结构风雨亭建筑，桥两端有石步梯，因年久失修，逐渐破败，如今风雨亭片瓦不存。前些年，为了行人和小型车辆安全通行，桥两边各安装了80厘米高的水泥护栏，桥两端步梯进行填埋，铺设成水泥路面。

2023年7月29日，我与《问道—水城古驿道考察笔记》采访组再次深入猴场采访，并实地测量龙口石桥。经测量，石桥长约9米、宽3.5米、拱高8米、拱厚0.7米，桥两边护墙各0.4米。

尽管龙口石桥经历风风雨雨几百年，但其仍然屹立不动，见证时代之变迁。

仙人修桥，架起乌都河畔幸福路

🖋 夏　勇

　　"山高坡陡石头多，田少地瘦土皮薄。境内虽有大河过，山高水低够不着。风调雨顺勉强过，遇着灾害困难多。"这曾是保基乡发展的真实写照。客观的地理环境加上主观思想的限制，使得保基乡一度成为全省20个极贫乡

❖ 乌都河上游铁索桥

吕文春／摄

镇之一。水则是限制保基发展的一大"拦路虎"，顺口溜里的"大河"，就是流经保基乡格所河峡谷的乌都河。

乌都河是北盘江右岸一级支流，发源于盘州市丹霞镇，流经双凤、英武、羊场、保基，由水城区花嘎乡汇入北盘江。乌都河保基段又称格所河，河段河道雄奇险峻，风光旖旎，岩溶发育形成了暗河、溶洞、石芽等奇特的喀斯特地貌。当地根据这些地貌特征，流传了许多传说故事，为乌都河增添了几分神奇色彩。

相传自从母猪龙开了这条河以来，河水较为凶猛，两岸的人只能隔河相望，难以过河进行交流，要想过河，非得绕许许多多的路。这事让天上的神仙三兄妹得知了，于是三兄妹决定为这里的老百姓做件好事，约定在月黑的夜晚悄悄地下凡来到这条河中，各自选一个好地点为民造桥，鸡叫天明时将桥造好就返回天庭。一天夜里，兄妹仨来到这条河边，各自选点造起了桥。小妹在下游造桥，二哥在中游修桥，大哥在上游建桥。这个淘气的小妹到了下游后，看了看凶猛的河水，又看了看岸边坚硬的大石，觉得造一座桥绝非易事，又要开石、搬运，又要建造，太难了。淘气的小妹左看右看，两岸除了坚硬的岩石，就是一人高的茅草，别无他物，只好低头坐在大石头上想办法，顺手扯了一些茅草玩耍起来。忽然间，小妹灵机一动，站了起来，将两岸的茅草扯到一起，在河中间打了一个结，作起了法，这些茅草就变成了一座铁索桥。小妹造好这座铁索桥后得意非凡，高兴得手舞足蹈，决定去看看两个哥哥是用什么法子造桥的。她主意一定，就悄悄地来到了二哥造桥的地方，躲藏起来一看，只见二哥正满头大汗地忙着修桥，只修好了一边的桥墩，另一边的桥墩还没有修。小妹独自一人等得不耐烦了，想让二哥早点把桥修建好，于是学起了雄鸡的叫声。二哥一听见鸡叫声，以为天就要亮了，心里一急，反手就在悬崖上抓了一把石头往河里一丢，一脚踩上山顶就上了天庭，于是那谷中就留下了这座永远难以完工的石桥和一大堆乱石搭成的矮桥。大哥正左一刀右一枪地在两边悬崖上采石，终于在汹涌的河面上修建了一座宽广的大桥，同时还做了一只大石蛤蟆守在桥上。大哥望着自己修建完工的大桥，终于松了一口气，高兴得重重地在桥边踩了一脚才上天庭。这座桥被人们叫作天桥，当年神仙大哥用刀劈过的山就叫作刀砍山，用枪撬石，在悬崖留下的洞眼就叫作枪打眼，石蛤蟆变成的山就叫蛤蟆山。这就是人们常说的仙人修桥的传说。

如今，隔河相望的盘州普安两地早已通了公路，两地百姓通过天桥寨子至普安兴中、麻乍冲垭口至龙吟的乡村公路互通有无，甚至缔结姻缘。而横亘两地的乌都河，也成了助推当地经济发展的幸福河。2001年建成投产的乌都河电站，自运行以来，多年平均发电量12200万度，年产值3000余万元。既为地方带来经济收入，解决了当地就业，又给周边地区提供清洁能源，以电代燃料，为当地良好的生态环境奠定了坚实基础。2020年年底，保基乡森林覆盖率超过80%。尤其河长制工作推行以来，省及两地三县市区（六盘水市盘州市、水城区，黔西南州普安县）五级河长齐心协力，牢牢守住生态与发展两条底线，共同维护好乌都河畔良好的生态环境。依托良好的生态环境、多姿的地貌风景、多彩的民俗文化造就丰富的旅游资源，促使周边地区大力发展旅游业，将原建设乌都河电站的施工道路升级改造成如今的旅游景观路，让当地群众端上旅游碗、吃上旅游饭，实现经济效益与生态效益的双丰收。

❖ 乌都河下游光照电站移民大桥

吕文春／摄

　　每年深秋，格所河峡谷绵延18千米的枫叶林带层林尽染，明艳如霞，不时有摄影爱好者和游客不远千里来到这里养肺、养心、养眼。昔日闭塞的小山村倏地热闹起来，车辆穿行在保基中学至界牌的柏油路，乌都河电站二期工程洞口拦水坝前的桥两侧时常有人驻足，感叹大自然的鬼斧神工。

　　仙人修桥的传说依然在乌都河畔口口相传，不同的是，如今的交流不再困难。居住在垤腊村下岩脚的邓波，平时在乌都河电站上班，休息时候开着小货车到普安兴中镇、龙吟镇做生意。"以前不通公路的时候只能靠走，一天一个来回人还累。现在公路四通八达，一天可以跑几个来回都不用走一步路。"谈到交通带来的变化，邓波满是幸福地说。老桥（仙人造桥的几座桥：铁索桥、矮桥、天桥）还在，又添新桥，多桥飞架东西，天堑变通途，架起乌都河畔人民的幸福路。沿岸人民迈步在康庄大道上阔步前行，继续讲述着古老故事。

丹霞镇三民桥的故事

🖋 李　丰

　　"古道牌坊何处寻，常闻响水坝前鸣。清流千古跌岩坎，异彩缤纷动壮吟。"这是今人张钊先生为丹霞镇三民桥牌坊写的诗，声情并茂，令人陶醉。朋友，如果你到丹霞镇游玩西南佛教名山丹霞山，那么就一定要到水塘观看一下丹霞镇的"文山锁水"三民桥，它定会让你对这个"田园舒画卷，翰墨透芳馨"的文韵小镇，有更多的无限感慨！

　　历史上的南里，是盘州的下一级治所之一，土地肥沃，风景宜人，因位于盘州南部，故称南里。管辖范围大约是上南里的上坞屯、中坞屯、下坞屯、杨旗屯、郭官屯、吴官屯、顺鸡屯、赵官屯、薛官屯和前所半屯，史称"南里九屯半"以及下南里楼下一带。随着时代的发展，南里之名随着行政区划的变更，逐渐成为远去的历史，先后被水塘区、水塘镇和现在的丹霞镇所代替。而水塘因是盘州南部的政治、文化

❖ 三民桥旧貌

李丰／摄

和经济发展的中心之一，自古有"盘州文风，南里最胜"之名，其悠久的文化发展历史，常常为世人所传颂。其中就有"文山锁水"三民桥的故事流传至今。

相传明朝中晚期，南里文化教育以家庭设馆教学为主，乡人耕读之风日炽，讲学授业为世人称颂。"贫不离猪，富不离书。"刻苦耕读之家十有八九。清嘉庆二十五年（1820年），京师内务府八旗景山官学教习任璇，倡议水塘刘姓、杨旗唐姓、李姓、龚姓，坪川蒋姓，顺居屯陈姓、董姓和任姓等八大姓的十八大家，在丹霞山脚下、乌都河畔白鹤山，依山建文庙，设义学，开教育之先河。在农村建文庙，实属少有。

民国元年（1912年），南里社会名流将文庙改建为南里高等小学，实行现代教育。学生不仅遍及盘南，还有不少相邻县学子到此求学。然而，由于交通不便，特别是水塘村与顺居屯村之间河深谷陡，无桥通行，水声轰鸣，阴风袭人，走到河边，望而止步，故有响水坝之称，大家只能绕道从小石桥经佘家桥通行。若遇洪水季节，波涛汹涌，泛滥成灾，两岸庄稼多遭损害，人行更为困难。特别是在水塘文庙读书的学生，因无桥通行，而绕路延时，时常迟到，影响学业。有一年天降大雨，洪水淹没了通往文庙的小路，家住顺居屯村的陈老先生带着一群学生在河中探路，被湍急的洪水卷走10多米，幸得路过的村民舍命相救，才化险为夷。来往行人怨声载道，民众苦不堪言，许多社会有识之士纷纷倡议修建一座便民桥梁，但都因缺资金和施工难度较大而未能如愿。

1931年，毕业于贵州高等政法学堂、曾任袁祖铭十一军军法处处长、辞袁归乡任水塘区区长的李启薇（字仲香），召集地方贤达龚纯斋、唐越凡、蒋蕴山等有识之士，聚集丹霞山吟诗作对。大家站立山顶，极目远眺，丹霞湖水从小镇蜿蜒

❖ 2017年维修中的三民桥　　　　李丰／摄

❖ 三民桥今貌　　　　　　　　　　　　　　　　　　　　　　　李丰／摄

流过，水塘一坝山环水绕，沃田如书，肥地似画，白鹤展翅，蔚为壮观。大家触景生情，充满了对水塘教育文化发展的向往。在文庙教书的蒋蕴山先生建议："应该在水塘村与顺居屯村交界的峡谷之上，修建一座'文山锁水'桥梁，这样才会更加人才辈出，文化鼎盛。"说者无心，听者有意。龚纯斋、唐越凡等先生随声附和，于是，大家纷纷倡议并决定修建这座"文山锁水"桥梁。

　　经过多方努力，几次奔走，募捐得资金两二千块，不够之数，水塘一带的富户和慈善者纷纷自愿捐赠。历经一年多的建设，终于在水塘与顺居屯交界之间的峡谷上，建成了一座高50米的石拱桥梁。桥东紧邻水塘任氏家族节孝坊外，还有土地庙一座。桥侧还筑起了一条长长的堤坝，蓄起河水，形成人工湖。桥上建有古式亭阁，桥梁中位悬利刀一把，以保平安。工程险要，桥基稳固，形状奇特，一年四季随时水声轰隆，如雷贯耳，造福桑梓，远近闻名。立于桥上，青山簇拥，秀水荡漾。因这座"文山锁水"的石拱桥建于民国时期，故称三民桥，由任宝慈先生题写"三民桥"桥匾。从此，三民桥成为盘州古城通往乐民的必经桥梁。

南里水塘这个山川秀美、地灵人杰、文化底蕴丰厚的小镇，走出了不少杰出的人物，在盘县乃至贵州产生过积极影响。南里高等小学毕业后离开故土，民国十四年（1925年）毕业于北京朝阳大学，荣获法学士学位的蒋丹侠先生，在参加北伐战争后回乡，经过三民桥时，即兴撰联："五百年世运方兴，看农工商贾同游斯路；八千里云程丕绍，喜文物衣冠共踩此桥。"

经过风风雨雨，车来人往，这座"文山锁水"的三民桥已难适应社会发展的需要。1996年3月，由盘县人民政府及有关部门实地勘察设计，水城公路养护总段投资30.4万元，与原石拱的三民桥并排新建钢混结构的新桥梁，于1977年1月16日竣工，跨度长13米，桥面宽8.5米、高10米，为盘县社会和经济的全面发展作出了更大的贡献。2016年，因丹霞镇修建市政大道，在佘家桥新建了钢混结构的新桥梁，而原石拱的三民桥和并排的钢混桥梁，已渐渐退出历史舞台。唯有蒋丹侠先生撰，谭安贵先生题的三民桥联，成为唤起浓浓乡愁的深刻记忆，令人久久难忘！

神州无二景　天生第一桥

　　🖋 李佳凤

　　我对自然风光的兴趣向来超过人文风景，大概是读书时地理比历史学得好的缘故。在搜索引擎里输入"水城天生桥"五个字时，我发现这是个与"最"分不开的名词：最高、最美、最长、最壮观……于是，天生桥的鲜活灵动在我的内心，呼之欲出。

　　有人说，天生桥是地球上的"疤痕"，或许只能是大自然的鬼斧神工，才可以让"疤痕"也如此高傲地美丽着。岁月的沉淀下，一切倾诉与聆听都在山间蔓延。这个深秋，而我亦在找寻和收获中，贪婪地体会到了天生桥极致的美丽。

静静地凝视着天生桥的气韵流淌

　　汽车从市中心城区出发，经过两个小时的颠簸，我们终于来到位于水城区金盆苗族彝族乡天生桥村的天生桥峡谷景区。车窗外，漫山的翠林中，不时有几棵淡黄的小栗树。透着凉薄的山风丝丝吹来，拂去了旅途的疲乏，也消散了秋阳的几许燥热。由于天生桥峡谷风景区地处偏远，旅游设施都很简单，所以风景原始自然，人工修饰的少，这恰好是我喜欢的原生态风景。游人不多，可以静静游览秀丽的峡谷风景。

汽车驶进了天生桥观景台,下车的我抬头一望,只见眼前的天生桥依然静静地沉睡着,在山与山之间横跨着,一桥飞架南北。真可谓"人凿难施鬼斧穷,天心穿出地玲珑。两山壁立龟梁架,巧妙争传造化工"。

什么也别想,什么也别说,只静静地凝视着她的峰秀挺拔。

千百年来,这座天然形成的喀斯特地貌石桥,依然以其雄伟的身姿昂立在蓝天下。这大概是山与山之间迷恋的结晶,或许是上天赐给金盆人民的礼物吧。无论如何,这高135米的石桥以凹凸和平滑点缀着忧伤,记载了历史的每一瞬间。欢快地行走在通往天生桥底幽谷的石板路上,不断抬头仰望横跨在半空中的石桥,我的思绪一如高旋的飞鹰,自由地翱翔。

正值晌午时分,我们沿路而下。路过的每一个岩洞中,千姿百态的造型也应景而生。经过漫长的岁月,岩浆水形成一些石头,看上去像老人、像巨象、像骆驼,奇峰罗列,形态万千。洞愈深,石形愈奇,看得人不禁感叹自然之造化,穷尽洞口之处豁然开朗,真是"山重水复疑无路,柳暗花明又一村"。

从景区的入口,我们向下步行300多级台阶,来到了天生桥的桥底。只见天生桥的左上方有一个很大的洞穴,这就是天生桥峡谷有名的燕子洞,也是峡谷最大的洞穴,里面有成百个燕子窝。听乡政府的工作人员介绍,每到春夏之季,当大雨来临的时候,黑压压的乌云席卷着整个大峡谷,成百上千只燕子就会在洞口上下飞舞,进进出出,时而呢喃细语,时而急促高亢,回荡在幽深的峡谷之中,奏鸣着暴风雨来临前的生命交响曲。

感受人类对大自然的钟爱之情

天生桥是一个长长的故事,一条花纹便是一个情节。数不清的花纹,数不清的情节,交颈前行。

坐于林荫下,村支书给我们讲了天生桥的传说。很久以前,因金盆这地方山清水秀,苗族人家善良,天上的神仙七姊妹决定在金盆的干河大沟和倮布大沟上架两座桥。在一个星光灿烂的夜晚,他们下凡来架桥了。哥哥们架倮布沟大桥,妹妹们架干河沟大桥。然而哥哥们好玩,把石头搬来后就开始打扑克；而妹妹们认真，半夜的工夫，就把干河沟大桥（天生桥）架好。这时天已快亮，他们得赶紧回去怕凡人看到，于是倮布沟大桥就没架成。

如今，倮布大沟旁仍遗留着当时神仙哥哥们所搬来的大石头。这化蝶似的故事充满着古老而神秘的意味，在村支书的描述中，那些仙女的形象栩栩如生，也令人联想到当时金盆苗族人民的勤劳淳朴和善良。

走进金盆天生桥，凝视这石桥的激情，倾听草木的浪漫，感受花草气息的同时，生命的壮观气势所呈现的强力美和宁静所带来的古朴美，可以让你感悟到"神州无二景，天生第一桥"的大自然景观之美，感受到人类对大自然的钟爱之情。

一幅秋水山色共一卷的水墨画

天生桥峡谷两岸悬崖峭壁上，生长着各色天然树木，虽然没有肥沃的泥土滋养，但依然顽强地在岩石的缝隙中扎下了根。岩石上的树木生长很慢，树茎也都不大，但任何一棵树都有上百年甚至上千年的树龄。秋色烂漫在其两边的崖石上，蓝天白云下，蓝得透彻的秋水之上，满山峭壁都是火红的、

❖ 金盆天生桥

胡小柳／摄

焦黄的、翠绿的树叶，两只燕子飞翔在静谧的峡谷中欢唱着，一幅唯美的秋水山色共一卷的水墨画，就这样展现在我们的面前。

桥底幽谷的景致大多集中在绿荫塘一带，涉险而去，抬头仰望，两边的山势更加奇绝。那古老而神秘的神树任凭风吹雨打，仍然没有动摇。对面裸露的大白岩下面，更有那飞流而下的小瀑布，就像一缕缕细白纱，纷纷扬扬，摇摇曳曳，似一组跳动的乐曲；水幕后面隐约可见幽静的水帘洞，下方的崖壁上悬挂着很多石猴，有水中捞月状，有遮目远眺状，有跃跃欲试跳跃状，千姿百态，栩栩如生。

巴浪河上的天生桥

蒋泽红

六盘水市水城区跨越米箩、阿戛两乡的天生桥，是一座由地壳震动，经过漫长岩溶凝固而形成的天然桥梁。桥长50余米、宽20余米、高百余米。桥身靠南依山而起，向北巍然矗立。桥身两侧古藤悬垂，小鸟成群栖息其间；桥下巴浪河水川流而过，每逢雨季，浪拍石壁，犹如钟鸣。枯水时节，桥下有行人、马队常往。桥上有一条从南到北的石级小径，立于河谷间，仰视其上，两岩古木遮天，天谷一线，让人有一种幽深怀古之感。

桥身北端，桥墩位于阿戛境内，桥身与桥墩浑然一体。桥墩两侧有两座小山依桥而立。关于这座天然桥梁，巴浪河两岸还有一段美丽的传说。

相传很久以前，巴浪河两岸居住着两寨布依人家。南岸布依寨中有一位姑娘，名叫珠儿，正值及笄年华，生性聪慧，是位织布能手。北岸有一少年，名叫琢生，正值加冠之年，身手矫健，犁田耙地，样样能干，并且也是一位出色的弓箭手。两寨人日出而作，日落而息，隔河而居，共饮一河之水，建立了深厚的感情。姑娘、少年长期在对岸田中劳动，遥遥相对，山歌互答，日久情深。珠儿常把自己织的不同颜色的布挂在门前树上，表达对自己心上人的爱恋；琢生也用各种各样的羽毛做成箭射过河，带去自己对心爱之人的思念。一水相隔，珠儿、琢生虽然相爱，却难相聚，彼此都忍受着思念的折磨。每逢月明星稀之夜，他们便在河两岸焚香

❖ 巴浪河上的天生桥　　　　　　　　　　　　　　蒋泽红／摄

祈求上苍，让他们早日相聚。

　　日复一日，他们的真诚终于感动了上苍，玉皇大帝差一名仙女夜晚来到
人间，帮助他们修桥。仙女一夜之间担石修桥，直到五更时分，还差两筐石
未填，寨中鸡已鸣叫。仙女怕误了时辰，难返天庭，于是丢下两筐石头返回
了天庭。天亮后，两筐石头变成了两座小山。

　　桥虽然修好了，但有一个缺口，过桥十分困难。琢生为了与心爱的人儿
相见，横下心来，凿石成梯，共凿了七七四十九天，修成了一条石级小径，
终于与珠儿相聚。从此，珠儿与琢生小两口恩恩爱爱，男耕女织，久居巴浪
河畔。至今，这个故事依然在布依山寨中广为流传。

　　这是一个关于男女恋情的故事。但在红军长征过水城期间，桥上也曾留
下了红军的脚印。

仙人桥

李 懿

在北盘江畔，沿都格至发耳的公路而下，行至都格镇与发耳镇交界处的罗家寨，峡谷中有一条穿山越岭的小河，在谷底弯弯曲曲地向外流进北盘江。在这一峡谷中的小河上有一奇观：陡峭的山崖上，有两块巨石对峙矗立，宽约八尺，高有丈余，一块大石板横卧于两块巨石顶端，构成一座天桥，远看险峻无比，被人们称为"仙人桥"。

相传很久以前，每到夜阑人静的时候，仙人桥顶上常有荧光闪动，还隐隐约约能听到有人说话的声音。夜行的人们听到声音和看到这些情景后，一传十，十传百，很快就传遍了周围的村庄，大家都深感疑惑。

有几个胆大好奇的布依族青年想探个究竟，就相约夜晚来到桥下偷听"仙人"说话，可一连在桥下露宿了六个晚上，竟丝毫不见动静。他们开始动摇了，准备回家，但有不死心的，坚持还要看一看，于是大家又决定再守一晚。第七天正好是八月十五日，夜晚月明如水，他们悄悄伏于树下，大约到三更时候，果然看到了一番令人惊喜的景象：桥上荧光闪闪，有两个人相对屈膝盘坐桥头，片刻就听到了桥上人的对话。

原来这是昆仑山瑶池的一对童男童女，情窦初开，因儿女情长而触犯了天条。西王母防患未然，将两人分别贬下凡间。于是他俩结伴来此峡，看这里有山、有水、有洞，土地肥沃，从此过上了深居简出的隐居生活。

❖ 仙人桥　　　　　　　　　　　　　李懿/摄

岁月转换，季节轮回。有一天，他俩成家立业的消息被耳报神报告给了西王母。西王母十分恼怒，说了句"我就不信棒打鸳鸯拆不散"，立即派神仙下凡把仙女抓回天庭，只许他俩每年八月十五日相见一次。

从此，一对青年夫妻，一个在天上，一个在地下，过着相互思念的日子。每当夜深人静时，男青年坐在小河边的石头上，望着天空出神，回忆那恩爱缠绵的好时光，期盼着八月十五日这天的到来。每年的这一天，他们在那座桥上匆匆见面，泪眼凝视，难分难舍。若干年后，男青年忧郁而死。那年八月十五日，仙女如期来到石桥上，见不到夫君，悲痛欲绝，纵身跳下深涧。押送仙女的天神被仙女突如其来的举动吓了一跳，继而被这种忠贞的爱情所感动，使法劈下一块岩石将其掩埋，回天庭复命去了。从此留下了一个荡气回肠的故事，也留下了仙人桥这个引人入胜的地名，为这里又增添了一道神奇的景观。

后来，此桥就被称为"仙人桥"。

营盘"情人桥"传奇

🌂 彭湖海

"石鼓深沟打石鼓，鼓高鼓低鼓声响；情人桥畔说故事，情来情去情谊深。"这副对联说的是水城区营盘境内乌蒙大地缝上发生的故事，石鼓深沟、情人桥都是乌蒙大地缝里面真实存在的地名。乌蒙大地缝流传着很多有趣的民间故事，有的故事纯属传闻逸事，有的故事属于真人真事……

——引 子

壁立千仞，极路之峻，这是乌蒙大地缝的真实写照。不知道是哪位英雄人物，手持锋利的宝剑，用尽移山心力，一剑划开大山的心脏。从此，一条长15千米的乌蒙大地缝，从海拔2800米的贵州第二高峰牛棚梁子蜿蜒到海拔低至200米的北盘江畔。从山峰到河谷，从高原到盆地，蜿蜒曲折的乌蒙大地缝，成为地球上一道美丽的疤痕和画家笔下神奇的风景线。但是，画家笔下这道美丽的风景线，却成为乌蒙大地缝沿岸村民心里的痛，成为阻挡人们飞翔的屏障。乌蒙大地缝沿岸的村民，渴望有一条横跨乌蒙大地缝两岸的桥梁。一天天过去了，一年年过去了……从旧社会盼到新社会，人们渴望修建一座桥梁的梦想终于变成现实。1980年，一座长约10米、高约15米的单行石拱桥，静静地横跨在乌蒙大地缝詹家深沟之上，结束了乌蒙大地缝无法修建

桥见凉都

桥梁的历史。天堑变通途，乌蒙大地缝沿岸村民盼望了无数个日日夜夜的修桥梦变成现实。这座桥地处水城区鸡龙公路（鸡场镇—龙场乡）18千米长、500米深的深沟上，因为深沟靠近营盘方向的村庄名叫詹家寨，该桥又叫"詹家深沟大桥"。但是，当地也有部分老人习惯称其为10米大桥，主要因为该桥的长度大约10米。

詹家深沟大桥的修建，极大地缩短了人们出行的里程，成为乌蒙大地缝沿岸村民最便捷的出行通道。詹家深沟大桥建筑主体材料为石头，中间一座巨大的单行拱桥如一道马蹄横跨两岸，颇为壮观。当人们驾车或者行走在詹家深沟大桥上，犹如驾驭一匹脱缰的野马，穿越险峻的山谷，呼啸声中感受着心里的激情和悲壮。詹家深沟大桥凭借它的坚韧和不拔，孤独地屹立在大山深处，独自泅渡往来的商旅行人。然而，一个凄美的爱情故事，让詹家深沟大桥原来的名字渐渐被人遗忘，有了另外一个浪漫的名字——情人桥。

20世纪90年代，那时候农村孩子跳出农门最好的方式莫过于读书或者参军。鸡场镇有为青年朱德勇退伍归家，服从组织的安排，被分配到营盘乡政府工作。朱德勇怀揣梦想，决心用所学知识改变家乡落后的面貌，造福营盘人民。当时汽车属于"珍稀物种"，人们出行主要靠步行，每天从营盘到县城一趟的中巴，也常常负重前行，在蜿蜒曲折的山路上，如蜗牛般匍匐前进。鸡场到营盘接近30千米路程，为了解决乘车问题，朱德勇只能选择骑摩托车上下班。1999年5月23日，朱德勇驾驶摩托车穿过詹家深沟大桥时，不慎坠落桥底，当场殒命。听闻朱德勇死讯后，朱德勇的未婚妻杨明妮悲痛欲绝，几次哭死过去，欲追随朱德勇而去。朱德勇下葬之后的第三天，即1999年5月26日，杨明妮悄然来到朱德勇坟边。这个来自发耳乡的漂亮"小仙女"，这朵娇羞的玫瑰花，想着心上人的猝然离去，顷刻间哭成了泪人儿，哭得声嘶力竭，哭得肝肠寸断，哭得昏天黑地……恍惚中，杨明妮似乎感觉到心上人朱德勇正在伸出双臂，欲带着她到辽阔的乌蒙大草原骑马，到清澈见底的北盘江畔戏水，到安兴义埋藏宝藏的石鼓深沟聆听咚咚鼓声……杨明妮的嘴角慢慢溢出黑色的鲜血，她面带微笑永远地离开了璀璨的世界，去陪伴自己深爱的朱德勇，去追寻心中的爱情。杨明妮服毒殉情以后，朱杨两家人忍受着内心巨大的悲痛将二人合葬，圆了朱德勇与杨明妮这对恩爱鸳鸯

"生为同室亲，死为同穴尘"的梦想。朱德勇与杨明妮这对当代梁祝的爱情悲剧，不仅仅是朱杨两个家庭心里的痛，更是北盘江畔人民心里的痛。从此，人们为了纪念朱德勇与杨明妮坚贞的爱情，便叫詹家深沟大桥为"情人桥"。

据了解，朱德勇与杨明妮合葬在景色旖旎的鸡场镇鸡场中学后面的旷野之上。眺望朱德勇与杨明妮的合葬墓，但见树荫掩映之下，草丛深处，几株红花莲悄然绽放，艳丽如血，让人不忍心触碰。红花莲身旁，一座石头垒成的坟墓，静静地沉睡在大山深处，坟墓之前立着一块大理石墓碑，墓碑正中镌刻着苍劲有力的大字"朱德勇杨明妮鸳鸯墓"，墓碑顶端"西归良缘"四字透着淡淡忧伤，两旁"红杏逢春遇雨，情深伴侣阴间"的对联，读之不禁让人潸然泪下。盛夏时节，每当黄昏来临，朱德勇与杨明妮鸳鸯墓周围的草垛里，时常有许多不知名的虫儿成双成对地飞来飞去，发出嗡嗡嗡的叫声。

❖ 水城营盘"情人桥"　　　　　彭湖海／摄

桥见凉都

143

芦笙王张文友纪事

🖋 符 号

张文友，苗族，1929年8月8日出生于贵州省六盘水市钟山区青林乡（原贵州省水城县南开区青杠林乡，1955年改为青林乡）海发村二组一个贫苦的苗族农民家庭。张文友从小酷爱芦笙艺术，1936年，年仅7岁的他拜当地远近闻名的芦笙舞蹈表演能手阿卜鲁格为师，学习芦笙舞蹈表演艺术。张文友在阿卜鲁格的严格训练下，苦练芦笙舞蹈表演绝技。经过近10年的刻苦磨炼，张文友终于掌握了一套过硬的芦笙舞蹈表演基本功，特别是矮桩功夫的"轻、快、准"三绝令人钦佩不已。为此，当地人给了他"芦笙王"的美誉。

阿卜鲁格对张文友极为严格。为了让张文友练好步法，阿卜鲁格在固定的桌子桌面正中放上一只装满水的碗，让张文友在桌面上练习转圈子、倒立、翻跟斗等芦笙舞蹈表演技能，并要求张文友每次只能用脚尖轻点水面，且不允许碗里的水有点滴洒到桌面上。为了让张文友训练好轻功，阿卜鲁格自己坐在楼下，要求张文友

❖ 青年时期的张文友　　符号/提供

在楼板上跳芦笙舞，不允许楼板发出任何一点声响。此外，阿卜鲁格还在地上架起一口大铁锅，让张文友赤脚在大铁锅的锅口上跳芦笙舞，并要做到声不断、舞不断、锅不翻、脚不被划伤。

贵州各地苗族芦笙舞各具特色。张文友所用芦笙较小，音调尖细高亢，曲调诙谐欢快。经过长期夜以继日的刻苦磨炼，张文友终于达到了阿卜鲁格的要求。同时，善于创新的张文友，将生产劳动中的搅炒面、点种、捞粪、青蛙爬步、蚯蚓滚沙、山珠滚坡及其他民族艺术精华等，编入芦笙舞蹈表演的动作中。张文友经过长期实践，不断完善芦笙舞蹈表演艺术，矮桩功夫达到了炉火纯青的境界。

张文友从小研习芦笙，功底扎实。他的芦笙舞蹈表演以"矮桩功"著称，功夫主要在脚上，具有与众不同的"轻、快、准"三绝。"轻"，他从小练就的轻功，在平地舞蹈时弹跳近两尺高，落下时竟听不到一点声响，在铺满麻秆的场地上跳芦笙舞，舞蹈中平地弹起一米多高，脚下的麻秆竟没有一根踩断破裂。"快"，他在跳芦笙舞时，旋转的速度惊人，三百六十度的转身一晃而过，蹲在地上打旋时，那长长的花背下摆从不沾地。"准"，一招一式，腾、挪、跳、闪均无半点儿差错，动作十分规范，是黔西北型芦笙舞蹈的典型代表。张文友不但自身技艺高超，还将芦笙舞的特技传授给本民族的年轻人。

1942年，张文友的父亲因操劳过度不幸病故，年仅13岁的张文友就挑起了家庭的重担，但这并没有影响他对芦笙艺术的追求。他在"游方"或赶花会时，结识了许多有名气的芦笙手。为切磋技艺，拜访名师，他的足迹遍布了邻近的威宁、赫章、纳雍、郎岱、普定等县。

随着年龄的增长，张文友的芦笙舞蹈表演艺术日臻成熟。新中国成立前夕，张文友已经是水城临近四县苗族中最有名望的芦笙手了。每逢赶花盛会，他不开场跳，跃跃欲试的小伙子们便不敢轻举妄动。由于他性格开朗、忠厚踏实，乐于助人，获得了乡亲们的信任和敬重，成了乡里公认的正直勇敢、聪明能干之人。

1943—1944年，张文友曾为抗暴组织"齐心会"联络员。水城解放后，正处在人生黄金时代的张文友，碰上了社会变革的大好时代。1950年，张文友被推选为海发生产大队大队长、合作社主任，积极参加清匪反霸、土改分地。在各式各样的大小会议上，大家总爱在未开会之前请张文友来上一段芦笙舞。久而久之，这竟成了青林乡一项不成文的规定。人们都说："会没有张文友，就像睡瞌睡少了个枕头，呷烟杆少了个嘴嘴，总是心欠欠地不是个滋味。"每逢人们一声请，张文友便笑眯眯地就地起舞，把自己精湛的芦笙艺术奉献给广大父老乡亲，给大家带来了无限的欢乐。

1956年，张文友加入中国共产党，成了一名光荣的共产党员。1956年，张文友作为水城县文艺代表队队员参加了毕节地区民间艺术调演后，当年年底，他又参加了在贵阳举行的全省首届工农业余文艺会演，获芦笙舞蹈个人表演一等奖，并被选派参加翌年在北京举行的全国文艺调演。1957年的春天，张文友赴北京参加第二届全国民间音乐舞蹈会演，表演的芦笙舞《花场一角》大获成功。他那古老独特的舞蹈形式，特别是那非凡出色的脚上功夫，让首都的观众耳目一新，令到场的专家和评选组的领导为之倾倒。

张文友在北京参加第二届全国民间音乐舞蹈会演期间，许多北京、上海、大连、广东及歌剧院的专业艺术家纷纷向他求教，可谁也跳不出他那种独特的韵味来。特别值得庆幸的是，张文友还有幸结识了当时的中央民族歌舞团的苗族芦笙舞蹈演员金欧。金欧对张文友的表演十分推崇，称他为"独一无二的芦笙舞艺术大师、苗家最杰出的艺术人才"。

1957年7月，张文友随中国文艺代表团，参加了在莫斯科举办的"第六届世界青年联欢节"，并表演芦笙舞《花场一角》。张文友凭借高超的芦笙舞技艺，受国家选派演出50多场。外国朋友来向他学习，结果一个个都摇头耸肩，难以掌握他的技艺。外国朋友称其为"民间天才的舞蹈大师"。金欧评价好朋友张文友的芦笙舞蹈表演"外国人学不了，中国人学不好"。

张文友从苏联莫斯科载誉归来后，1958年9月至1959年3月，任青林乡支部委员会书记。1959年5月，张文友正式被调入贵州省歌舞团，成为一名专业舞蹈演员兼教练员。从此，他受到了专业理论训练，开阔了眼界，并在自己芦笙舞的旋转和节奏上，吸取了西伯利亚民间舞蹈激烈鲜明的特色，把黔东南苗族芦笙舞"高桩功"中大幅度的蹬跳动作与自己特有的"矮桩功"结合起来，就连京剧武打中的"扫堂腿"，他也巧妙地糅进了自己的芦笙舞

❖ 1956年，芦笙王张文友演出剧照　　符号/提供

中。他把乐与舞融为一体，充分发挥自己耐力好、动作准、自控力强的优点，腾挪蹬跳、飞旋突转、轻捷如燕、急骤如风，即兴中常出现许多奇妙动作，出神入化，形成了自己轻巧灵活、快速多变的艺术特色。并先后到上海、广州等城市巡回演出。

　　1959年9月，张文友和他的队友们在北京人民大会堂参加了"国庆10周年首都迎宾盛大音乐舞蹈晚会"，他表演的芦笙舞节目《欢乐的苗家》，博得毛泽东、朱德等党和国家领导人及各国贵宾的热烈掌声，并被拍入大型舞台纪录片《百凤朝阳》，其本人也参加了上海大型舞台纪录片《百凤朝阳》。1960年5月1日，周恩来总理及夫人邓颖超同志在贵阳八角岩宾馆交际处，观看了张文友单人芦笙舞表演。表演结束后，周恩来总理十分高兴，拉住张文友的手嘘寒问暖。得到了周恩来总理的亲切问候和鼓励，张文友感到无比温暖，学习上更刻苦，工作上更积极。1961年，贵州第一部歌舞神话故事电影《蔓萝花》在上海开拍，张文友出演了剧中芦笙独舞、领舞等部分。此外，张文友还有《夜乐舞曲》《箫筒调》等芦笙舞曲传世。1961年6月，贵州省文化局授予张文友"五好演员"称号。

1962年，接连三年的自然灾害，使张文友家中发生了很大困难，他返家探亲后就再也没有返回省歌舞团，就这样结束了在歌舞团的三年艺术生涯。张文友回到家后，接过弟弟身上的担子，任海发生产队队长，操劳起海发生产队100多家人的衣食生计。为了筹集资金购买种苗抵御自然灾害，他把当年出访苏联时国家制作的呢子服卖掉，带领100多家人渡过了难关。随着农村形势的好转，张文友越来越惦记省歌舞团的舞台生活，惦记他一生钟爱的芦笙舞蹈艺术，希望有朝一日能重返歌舞团。

1973年，张文友接到上面通知，抽调他到特区宣传队排练节目参加全省会演。他兴冲冲地背上芦笙，赶到特区调演小组，投入了紧张的排练。当时极左思潮的影响还很深，有的人把民族民间的传统表演形式斥为"陈旧"，在最后审查节目时，张文友的芦笙舞被取消了，他痛苦地返回家中后便病倒了。1974年11月20日，张文友病情恶化，转为肝癌，一代闻名遐迩的"芦笙王"病故了，年仅45岁，被安葬在海发生产队村幺岩六组，距青林公社北3千米。2009年7月3日，张文友墓经贵州省六盘水市水城县人民政府批准，公布为县级文物保护单位。

贵州著名的芦笙舞蹈家，素有"芦笙王"之称的张文友，以精湛的芦笙舞特技，在中外的演出中为家乡贵州六盘水争得了荣誉。2008年6月，华夏文艺出版社出版了由六盘水市苗学会编，贵州省原省长、贵州省人大常委会原主任、全国人大民族委员会原主任王朝文题名并作序的《芦笙王张文友》一书，对张文友闪光放彩的艺术人生进行了记述。

苗族大筒箫"守艺人"陶春学

吕文春

中国民族乐器文化源远流长，每一个民族都有自己独特的乐器，如蒙古族的马头琴、傣族的葫芦丝、布依族的铜鼓。但你见过需要用脚趾来帮助按孔的吹管乐器吗？这就是盘州市苗族别具一格的大筒箫。

近日，笔者慕名走进神秘的大筒箫发源地——盘州英武镇马场滑石板村，目睹陶春学以纯熟的技艺现场制作大筒箫，并向我们演奏传统曲目，近距离感受了大筒箫的神秘色彩与独特魅力。

大筒箫是民间竹制乐器直箫的一种，因其形粗、大、长，故而被称为大筒箫。现年44岁的陶春学是滑石板村党支部书记，从20世纪90年代开始涉猎大筒箫，在工作之余，研究、探索、传承制作和演奏技艺。只见他选用一根径粗近10厘米的风干后的当地竹子，锯成长约130厘米的一截，利用镰刀、小刀、凿子、锉刀等工具开始创作。按一定距离凿出一般大小的6个音孔，6个孔均不在一条直线上，方向自下而上。还用铁棍和锅丝将筒内残渣清理干净，将竹节打磨光润。然后在竹筒的顶部切口插入簧片，形成"1、2、3、5、6"5个音阶，经反反复复试音，才确定音准。陶春学的双手不停地操作钻孔、锉光、刮平、修饰等各道工序，经过近两个小时的精心雕琢，一件大筒箫作品呈现在我们的面前。他还展示了曾经制作的系列产品，现场演奏了自创代表作《执箫人》，以及《迎亲》《送亲》等传统名曲。箫内发出低沉雄浑厚重又不失婉转的美妙音符，余音袅袅，犹如天籁之音，让人感受到一种古朴的自然美，真是妙不可言。

据陶春学介绍，大筒箫又名"龙箫"，苗语称"姜不独"，是一种苗族传统吹奏乐器，2016年被列为贵州省首批非物质文化遗产保护项目。已故的苗族老人杨连方于20世纪50年代首创和演奏大筒箫，后将制作和演奏技艺传授给王连兴。王连兴为大筒箫第二代传承人，在《中国少数民族乐器志》中有记载，他精通大筒箫的制作与演奏。他的大部分曲目被载入《贵州省民族民间器乐集成》中，其创作和演奏的曲目常常给人一种心旷神怡的感觉，如《孤儿泪》《阴阳蝴蝶泪》等曲目，曾经流传多个省、市、地区。王连兴生前将大筒箫制作和演奏技艺传授给出生于1961年的杨其祥，杨其祥又传授给年轻勤奋的陶春学。陶春学经20年左右的研究、发掘、创新，成为大筒箫制作和演奏的第四代传承人。

大筒箫通过口传、文字、曲谱等方式进行代代传承，因声色低沉浑厚，乐音很小，所以一般在夜深人静时吹奏，适宜民间丧礼等祭祀活动。大筒箫属于重低音竹管乐器，在一定程度上弥补了民乐缺重低音乐器的不足。演奏方式独特，口、手、脚并用，动作和谐统一，成为贵州民间乐器一绝，在中国民族乐器中实属罕见，被誉为民族乐器的"活化石"。

❖ 陶春学制作大筒箫现场
吕文春／摄

❖ 倾注匠心的陶春学
吕文春／摄

❖ 陶春学现场演奏
吕文春／摄

"活化石"的"活"，就在于吹奏此乐器时要将大筒箫置于地面，用左脚大拇指按第一音孔，右脚大拇指按第二音孔，第一音孔与第二音孔均起伴音的作用。左手拇指按第四音孔，无名指按第三音孔，右手无名指按第五音孔，拇指按第六音孔。此乐器发出的音色低、音区沉闷，略带沙哑，中音竖直浑厚，柔和宽广，高音深远，音域为G-bb1。大筒箫既可独奏，也可合奏，还能与其他乐器合奏。

　　当前，大筒箫的制作与演奏技艺正处于濒临失传的危险之中。为了将这一独特罕见的民族乐器瑰宝传承下去，陶春学大力向外宣传推广。他先后赴深圳参加文博会展演、赴俄罗斯索契参加中俄中小企业论坛推介演出等活动，并在工作之余，应邀到马场学校、盘州市职业技术学校为广大师生授课，无私地向前来登门学习的爱好者传授大筒箫制作和演奏技艺，不遗余力地展示大筒箫的制作与演奏，让这种濒临灭绝的民族乐器得以传承和保护，普及和发扬光大。

星火燎原

——红军烈士尹自勇纪略

🐦 符　号

在贵州省六盘水市水城区米箩镇米箩村簸箕寨右侧的一个小山坡上，曾经埋葬过一位红军烈士，他就是化名为杨连长的尹自勇。

尹自勇，原名尹贞全，字界基，化名杨连长，江西省永新县龙门镇灌冲村人，1914年12月18日出生在一个贫苦农民家庭。尹自勇少年时代就担任了儿童团团长，在革命根据地放哨，替红军站岗，打土豪、分田地。1929年1月，15岁的尹自勇加入农民赤卫队，投身革命武装斗争。

1930年1月，尹自勇被分配到新编红六军第三纵队通讯连当通讯员。7月，第三纵队被改编为红三军第九师，尹自勇到师部给师长徐彦刚当勤务员、传令兵。不久，尹自勇加入中国共产主义青年团，并被选送到第九师教导队学习。结业后，到

❖ 尹自勇烈士　　　　符号/提供

红三军军部给军长黄公略当传令兵。经黄公略、徐彦刚介绍，加入中国共产党。年底，又被送到红军大学学习。毕业后，仍回红三军军部，任军部警卫连连长。

1931年9月，在中央苏区第三次反"围剿"方石岭战斗中，尹自勇奉命率领全连，冒着敌人的炮火，冲杀到国民党军五十二师指挥部，捣毁了敌军指挥系统，取得了战斗的胜利，受到红三军政治部和指挥部通令嘉奖。1931年12月，尹自勇被调红五军团警卫营任营长。1933年6月，晋任教导团团长，兼政治委员。

1933年春，在中央苏区第四次反"围剿"时，尹自勇参加草台岗战斗。在战斗中，尹自勇总是身先士卒，勇猛杀敌，深受干部战士的好评。

1934年3月，尹自勇被调红九军团，先后任红九军团青年科科长、青年部部长、军团党委委员。10月，随军从江西会昌出发，踏上万里征途。1935年3月下旬，由于部队缩编减员，尹自勇下基层任红九军团侦察连政治指导员。

1935年4月15日，红九军团长征到达贵州省大定县（今大方县）猫场宿营。次日凌晨，突遭国民党黔军刘鹤鸣部和地方反动武装的袭击。尹自勇与连长龙云贵率领侦察连到街口阻击敌人，将敌人击退。为掩护部队安全通过梯子岩，侦察连攀上岩顶，用轻、重机枪猛烈扫射，压住敌人，使之不敢靠近，掩护红九军团顺利突围，继续长征。

红九军团顺利通过梯子岩后，侦察连伤亡惨重。完成掩护任务后，尹自勇率领战士迅速向纳雍县方向追赶主力部队。在纳雍县治昆境内，不幸遭受土司所胁迫的群众300多人的围攻。为了避免红军战士不必要的牺牲和不伤害群众，尹自勇等决定把枪留下，暂时隐蔽，以求革命转机。

恰在这时，齐心会（一个以苗族为主体的群众性抗暴组织，创建于1924）首领王炳安听说红军打富济贫，便主动邀请尹自勇和他的20多名战友参加齐心会，以扩充力量。尹自勇为利用这个转机开展革命活动，便带领20多名红军战士，前往齐心会聚集地——水城董地。王炳安对尹自勇视如亲人，两人还结拜为兄弟。从此，尹自勇化名杨连长，依靠齐心会开展革命活动。

齐心会毕竟是一个民众组织，组织不严密，纪律松散，加上统治阶级的屡次镇压，组织带头人牺牲，活动处于低潮时期。根据这些情况，尹自勇当机立断，从中协调，力挽危局。1935年8月，召开负责人会议，推选祝兴宏为会长，王炳安为武装大队大队长。武装大队下设3个中队，会员很快发展到千余人。尹自勇和红军战士在齐心会的活动中，起到了骨干核心作用。

齐心会处决了鱼肉乡里、无恶不作的水城民团团副。组织攻打东灵区署和扒瓦、万全、连山乡公所，缴获一批枪支弹药。在南开区马鬃岭消灭了国民党宪兵部队一个连，缴获该连枪支，并将其押送的壮丁全部释放。齐心会还连续出击，在赫章县境攻打了以那、兴发两个乡公所，消灭了两个区保警队，缴获了20多支枪。水城赫章一带国民党当局惊恐万状，大喊"王匪（指王炳安）犷悍奸狡甚于诸匪，各县匪徒……闻声而集者，动以数千计"。

尹自勇整编自卫队，把红军战士编为一个班，卢云清原有的武装力量编为两个班，坚持军事训练，增强战斗能力。尹自勇在米箩卢云清处，经常与董地王炳安联系，共同商讨决策，并协助王指挥水城、赫章、纳雍、六枝等地的齐心会，开展抗暴除恶斗争。齐心会在"团结穷干人，打倒大土司"的口号下，先后杀了欺压群众的董地、中坝的土目，为齐心会的发展扫除了障碍，又将南开一个土目（南开区区长）的粮食财产分给贫苦农民。

1936年11月，水城县米箩乡联保主任卢云清（布依族，王炳安的结拜兄弟）邀请尹自勇到米箩乡任自卫队队长。尹自勇从王炳安处知道卢云清为人正直、开明，在地方上颇有影响，便答应了卢的要求。

尹自勇以自卫队队长的身份接近群众，广交朋友，足迹遍及水城的米箩、杨梅、蟠龙及郎岱县（今六枝特区郎岱镇）部分地方，发展齐心会组织，剪除恶霸，为民除害，深受贫苦人民拥护。并与失散红军李克彧等人联系，商讨革命活动。

尹自勇的革命活动引起了国民党水城县政府的注意，想方设法加害尹自勇。1939年春，国民党水城县县长阮略及威水联防指挥官钱闻达率领保警队到米箩乡，借开会为名，趁尹自勇没有防备将其杀害，并把他的头颅割下，悬挂在县城城门上"示众"。

尹自勇遇害时年仅25岁。卢云清按照布依族风俗习惯，找来一个葫芦当

❖ 六盘水仙水坡烈士陵园中的
尹自勇烈士墓

符号／摄

❖ 六盘水仙水坡烈士陵园   符号／摄

作尹自勇的头颅，将其重殓入棺，看地落土，安埋在米箩乡簸箕寨右侧的小山坡上。当地人为了纪念他，遂将这个山坡墓地称为"杨连长包包"。

尹自勇烈士生前曾说过："革命不怕死，怕死不革命；杀了尹自勇，杀不了革命。"真可谓星星之火，可以燎原。尹自勇烈士播下的革命火种鼓舞、激励着水城人民。在尹自勇烈士革命精神的鼓舞、激励下，水城人民与国民党反动派的斗争一直没间断过，直到1950年12月，水城全境解放。新中国成立后，杀害尹自勇烈士的凶手赵正昌、范鲁章落入法网，赵在管制中死亡，范被枪决。

1959年，水城县人民政府为缅怀烈士，教育后人，将尹自勇烈士的遗骸

人物掌故

从"杨连长包包"迁到水城城关凤凰乡明湖村，重新安葬立碑，以示纪念。2008年，钟山区民政局将尹自勇烈士墓从明湖村迁至钟山区烈士陵园。2011年，钟山区民政局将尹自勇烈士墓从钟山区烈士陵园迁至新建的六盘水仙水坡烈士陵园。如今，每到清明前后和"9·30"烈士纪念日，不少领导干部和群众都要到六盘水仙水坡烈士陵园，瞻仰和凭吊尹自勇烈士。

"水城三美"漫笔

🖋 符　号

水城作为贵州文艺的一块重地，有着丰厚的文化底蕴。这片神奇的土地曾培育出许多令人引以为傲的文艺人才代表。特别是在清道光年间，被誉为字、诗、画之"水城三美"的水城人桂天相、李天极、单辅国，更是被世人津津乐道。可以说，"水城三美"就是水城历史上文艺人才最杰出的代表，享誉当时的贵州文坛。

清道光年间，水城通判袁汝相将城北有90余年历史的万松书院，扩迁至凤翔街，一院三进，正堂两层，厢房两边，取名凤池书院。科举扬名，儒士辈出，"水城三美"之书法家桂天相、诗人李天极、画家单辅国，先后求学于凤池书院，博取功名。

字美的桂天相，字云农，道光年间人，生卒年月无考，祖籍成都，出生于水城厅西街，清道光十年（1830年）岁贡。桂天相自幼喜爱书法，年轻时就小有名气，是清嘉庆、道光年间在贵州有影响的书法家之一。桂家传到桂天相这一代已家道中落，但他并不在意，终日沉湎于书法练习，如痴如醉。桂天相坐着时，常用手指在右膝盖处比画练字，没过多久，裤子右膝盖处便被磨了个窟窿。当时布料贵，加上经常缝补裤子亦非长远之计，家里人只好给他做了条皮裤子套在外面。没过几年，皮套裤的右膝盖处居然同样被磨出了个窟窿。

❖ 桂天相书法作品

符号 / 提供

　　桂天相在凤池书院十年寒窗，春夏秋冬临帖练字。据1987年11月水城特区史志办公室编印的《水城县志稿·乡贤文学类》记载："桂天相，字云农，道光十年岁贡，天资颖异，通经籍，善草书于古人法帖。王、颜、欧、柳无不默会其神，故楷、行各书，俱臻绝妙。城乡及邻邑绅富，争求屏联，应接不暇。尤善擘窠大书。至今，家龛神榜、寺庙额联遗迹尚多见者莫不啧啧称羡而深惜其为地所限，不得大用于世云。"

　　有一年，在贵阳府举办全省书法展览比赛，令各府厅选送作品参展。桂天相得知消息后，欣喜若狂，准备参赛。一天清晨，他从睡梦中醒来，蓦然灵光乍现，构思得一字，还来不及穿衣，便翻身下床，奋笔疾书，把构思的字写出来作为参加展览比赛的作品。待作品送到贵阳参展时，评价颇高，但没料到一老人却摇头说，字确实写得好，可惜属裸体字，故未能入选。这使桂天相十分吃惊，心里想此事只有自己清楚，他人岂能知道？

　　随着岁月的流逝，桂天相的书法进步很大，达到了炉火纯青的高度。清道光十年（1830年），桂天相有幸在大定府应试科举，主考官评其试卷，批了"文章平平，字盖五属"八个字，最终录为贡生，其字一鸣惊人，名扬贵州。从此，求他写字的人就更多了。

水城厅各庙宇的匾额、楹联多出自桂天相之手，邻邑富绅求屏联者也很多。当时谁家能得到他的字，就像得到珍宝一样，引以为傲。水城厅城内的题匾"城隍庙"，城外的题字"石龙潭"，以及坊间题写的对联"古洞诗吟山色里，无弦琴在明月中"等都是桂天相的杰作。相传桂天相写得最好的匾额，当属贵阳大十字附近的"大道观"三字了，据说可与严寅亮写的"颐和园"三字媲美。严寅亮为贵州印江人，他写的"颐和园"三个字大气磅礴，宫廷拔萃，慈禧太后慧眼而选，名震天下。桂天相在水城一带写的匾额中，为荷城"武庙"牌匾题字，堪称书法珍品，此牌匾现收藏于水城古镇的"田君亮故居"，文人墨客无不顶礼膜拜。

桂天相晚年十分贫困潦倒，死后草葬于水城厅西门外凤凰山东麓的董家地。桂天相墓距城西南1.5千米，东北朝向，约建于清道光末年，原为土墓。民国二十年（1931年），邑人廖禄熏等人因仰慕其为水城一代书法家，募捐将土墓改建为石墓，并竖碑记。墓高2.4米，直径3.2米，首尾长5米，呈圆形，带拖尾，地方俗称"磨坟"。该墓周边以质地坚硬的石灰石镶成，做工精细。碑高1.65米、宽0.72米、厚0.18米。碑正中刻"桂公天相之墓"，右上有墓志，碑文全为楷书。

"桂公天相之墓"墓志如下："先生讳天相，邑名贡生，前清嘉道间人。寿终葬此，年深日久，坟为丛葬者侵入，荒烟蔓草，莫辨谁何，见者恻然。因念先生生前书法工妙，名震一时，至今各庙匾对，世家屏联，尚存先生真迹者，视如琪璧。而坟墓无人照料，名士结果如斯，人世沧桑，实增慨感。禄熏等爱募捐修，竖碑封墓，工成略志并言，亦以发潜德幽光，并垂不朽云尔。"

桂天相擅正、草、隶、篆，尤工行草。其书法笔力遒劲，结体奇俊，雄秀端庄，神采奕奕。清嘉庆、道光年间，水城各寺庙匾额和私家收藏楹联、中堂、横幅、课徒稿本等，多出自其手。20世纪50年代，南京博物院专门派员来水城购藏其作品。桂天相善草书，兼明医术，擅长大字，端庄流利。今

❖ 桂天相为荷城"武庙"牌匾题字
符号 / 提供

尚存4张条幅及"武庙"等字迹和有书法对联流传于水城民间。为了纪念桂天相，1987年12月28日，水城特区人民政府已将"桂天相墓"批准公布为县级文物保护单位。

诗美的李天极，字璇堂，清咸丰年间人，生卒年月无考，出生于水城厅西街，清同治四年恩贡。李天极从小在凤池书院苦读，饱读诗书，工诗学，咸丰年间甲科中举，后补州判。据1987年11月水城特区史志办公室编印的《水城县志稿·乡贤文学类》记载："李天极，邑恩贡候，选州判。著有蕉窗回文诗草行（于）世。光绪初，佐蜀綦孝廉危朝英创修厅志。"

李天极尤喜故乡的绿水青山，清风明月，田园风光，堪称古代水城"徐霞客"。诗言志，歌咏言。李天极工诗学，清新脱俗，著有《蕉窗回文诗草》等名篇刊行于民间。据1987年11月水城特区史志办公室编印的《水城县志稿·艺文》中，载有其两首诗作——《吊二塘战场》和《吊烈妇李姚氏》。李天极所著诗中，广为流传的还有《荷城八景诗》，水城故土的锦绣山河、风土人情在笔墨之间恣意流淌。八景之说，诗美若画，永世流芳。尤其是他在清末光绪时所著的《荷城赋》更为有名，实属珍品，但在水城所有的志书中都没看到过具体的作品。幸运的是，2023年9月的一天，笔者在家中翻找书时，无意间翻到一本不到200页、书皮已经发黄、订书针已经朽烂的小书——《水城文史资料（第二辑）》。

《水城文史资料（第二辑）》是1985年9月中国人民政治协商会议贵州省水城特区委员会文史资料委员会编的。笔者随便翻看了一下目录，居然看到曾在民间流传甚广的李天极名作《荷城赋》。按照目录上页码，翻到《荷城赋》一看，原来文中不但写有编者按，对作品有个简短的评价，而且还在文末附有注释。现将原文（除注释外）转载于此，以飨读者。

按：本文系清末光绪时，水城恩贡李天极字璇堂所撰。他擅长诗文，曾著有《蕉窗回文诗草》刊行于民间。本文《荷城赋》是他的另一篇著作，已获得原文抄本，实属珍品。本文系骈俪体裁，连贯彝语地名颇多，但不枯燥，从中可窥水城全貌，足供研究者参考。文义由于受时代的局限性，其中用词大有边鄙小民未服王化意味，且有民族偏见，编校时仅对个别字义有所改动，并加注释于文后，以供阅读参考，是否恰切，尚望读者指正。

荷城赋

（清）李天极

昔谓乌撒、德素，旧名驾勒、则期。其里分于比剌，其营拨于水西。或治出宣慰，或群号土司，或隶于汉阳县，或附纳于霭翠妻。州则呼为汤望，官则长于漕泥；明则降于安慰，元则隶于广溪。二水初分，悉是獐花菟草；筞笼未易，深入金马碧鸡。此荷城之可考，而水邑之可稽也。

试论（一里）之为永顺焉。万笏朝天，平田匝地。岗称玉柱之奇，水涌珍珠之异。麟山耸秀以呈祥，凤峰层峦而献瑞。青蛙底洞，荡漾兴波，紫燕岩头，翩翩比翼。倮公九龙之涎，小屯三家之秘。湖明则万福维新，海碧则观音暗庇。乌鸦之反哺，凤鸾堪师；花鱼井飞腾，龙门可至。帽盒则为聚众之星，天马即是呈材之骥。清溪消夏，还吟濯足之歌；文笔插天，漫写凌云之志。七星伴月以生辉，古木浮山而滴翠。锌铅有厂，道可生财；稼穑如云，民皆乐利。闾阎既著以诗书，党里亦知其礼义。

又论夫（二里）之为常平焉。塘呼夏口，岭号马鬃。白腻宜获素粉，索桥如卧长虹。险僻幽深，汛设喃吡亥仲，崇山峻岭，衢为鸟道蚕丛。沙子坡宁城接壤，犀牛塘毕邑路通。地判以角以勒，河分阿大阿垄。椪杠盘踞其内，苗彝分居其中。无怪乎：俗乐万顽之习，民成矫攘之风。

更有（三里）之时丰里焉。食惟足于米箩，衣独丰于花地，田尽成梯皆拥市。平寨咸称富庶，苗酉逞强而贪谋；驿宜尽属膏腴，杠徒唾涎以放姿。打把以打野同称，阿扎与阿夏并志。九龙洞水涌奇波，仙猴岩石生宝器。黑胯菁虎豹潜踪，归固坪桑麻悉备。巴浪河之瘴气频生，潘家沟之渔民有技。红岩之习俗多顽，磺厂之财源涌进。界分郎岱，群黎好斗以成风；途连省垣，九民杂居而和气。

又有（四里）之岁稔里焉。炎莫炎于把座，暑莫暑于黄河。百党堪栽美稻，红岩尽植嘉禾。营号姬官，萦绕千里雾垒；渡名阴祉，奔腾万顷烟波。绿荫沉沉溢荡，黑山垒垒巍峨。险莫险于岩头寨，危莫危于铜厂坡。妥保大冲，此处之枭鸟不少，岩山把座，其间之鬼蜮实多。博龙底之莫测，高家渡之难过。喜鹊沟悉是虺蛇之路，滑竹菁均为魑魅之窠。九归做麻，无非好勇而斗狠；鸡爪泥著，莫不称干而比戈。既识辨其封疆，必定将来文明。

且宜知（五里）有崇信焉。舟横木底之河，水绕白泥之屯。鲊瓦名场，以船为汛。风不改芦芦济火，蔡家寨仍是奸顽。俗余嶂雾峦烟，猴儿关依然险峻。羊肠路转羊场，雁塘秋排雁阵。大骂仲林密山森，钻天坡云横月印。归宗之厥土皆腴，比德之良田万顷。今政施来，亦是边陲重镇；幸甚归流改土，实为异域边疆。

岁稔、时丰、崇信分由平远；永顺、常平拨自大方。论其地，则山多田少；论其人，则汉弱彝强；论其习，不愧罗国；论其风，不改夜郎。其族甚衍：有民家、龙家、仲家，有支系。其族甚众：有白彝、黑彝、干彝，亦如羌；又有黑苗、白苗、花苗、紫姜苗，犹多灵巧；更有青苗、洞苗、汉苗、红花苗，更肆天骄。僰人则似彝似汉，仡佬则若苍若荒。听其语言，尽是"呴、啁、嘩、啧"；核其性情，还能"恭俭、温良"。德泽覃敷，民族咸沾化导；团结一致，汉蛮撤去沟墙。回首曩日之荷城，自建为厅，五里犹为学校，何幸斯时之水邑，既分为府，万民增设胶庠。

画美的单辅国，号若岩，清代人，生卒年月无考，出生于水城厅西街，厅属廪生。据1987年11月水城特区史志办公室编印的《水城厅采访册·艺术仙释流寓附》记载："单辅国，厅属廪生，号若岩。诗文字皆工。尤善画花卉人物，色色皆精。工笔则冠绝一时。而品行端方，都人士皆尊以为师。"1987年11月水城特区史志办公室编印的《水城县志稿·艺文》中，载有其《重修关帝庙记》。

1981年出版的《贵州古代史》把他们三人列为那时贵州文学艺术上的代表人物。

亦资武庠张绍广

🕊 何　碧

　　据《申家屯和睦堂·张氏家谱》记载，清同治年间（1862—1874年），申家屯贫民百岁寿星张文屏的妻子伊氏生了一个儿子，按字辈取名张绍广。此子呱呱坠地，抓脚舞手，闹吼连天，不同凡响。他半岁会爬，周岁能跑，屋里门外，翻进跳出。随着年岁增长，小小的院坝已不够他玩耍，他便常到村街上游乐，或摸进邻家搞这弄那，既淘气，又可爱。

　　张绍广自幼聪颖，机智敏捷，常与同伴玩侠客游戏，舞枪弄棒，布阵攻守，冲锋突击……邻舍长辈皆夸其能干，赞道："此孩将是块习武行侠的好料！"

　　张绍广生性好动，颇有勇气。其父张文屏为振家声，除自家悉心教导外，还特携之拜下西堡清光绪十九年（1893年）癸巳科武举周文英为师，学习刀枪棍法及拳脚功夫。同时，又送其入私塾，读"四书"，通"五经"，知礼义，明是非，辨善恶。

　　数年后，张绍广学业出众，武艺超群，身强体健，文武双全。他性格豪爽，疾恶如仇，不畏权势，勇于担当，惩强济弱，伸张正义，很受乡人称道。

　　清光绪二十四年（1898年），张绍广经周文英师傅推荐，携盘缠步行赴兴仁府学参加科考。试毕出考堂，见许多同试生招摇过市，沾沾自喜，款天谝地，飘飘若仙。张绍广谦卑，毫无狂言。他回到客栈，自思考场混乱，舞弊成风，自己中榜恐无把握，即草草洗漱，拾好行囊，待天明回家。餐罢，他和衣而睡。一觉醒来，红日东升，暖暖的阳光射进窗子，照在床上，洒在脸上，热乎乎的。他赶忙起床，匆匆梳理，正准备背起行李上路，忽然，门外大街上一阵锣响，紧接着有人高呼："张绍广接榜！"他如梦方醒，欣喜洋洋，双膝跪地，沉稳地接了榜文，举过头顶，起身，细看："钦举考生张绍广高中光绪壬辰科武庠"，千真万确。他将榜文卷起收好，谢过报喜差人，即回店取了包袱，满怀欢悦地踏上回乡之路。

本来，张绍广凭他坚实的学识功夫，继续深造，去省城参加乡试，考个举人拔贡也是有希望的。无奈家境贫寒，路费难筹。加之去省城万水千山，坎坷崎岖，脚力维艰。待考时间又漫长，花销巨大。就算凑得盘缠，也很难维持到底，更莫说拜师求道了。另外，他见世风日下，官场龌龊，心生厌恶。总之，也就是阴差阳错，张绍广与仕途失之交臂，唯有赋闲于家，耕田种地，育李栽桃，研文习武，平时为乡邻或宗族做些舞文弄墨和修桥补路等公益之事。

民国初年，张绍广在华家屯小冲的妹夫章良民与本村土豪刘四发生田地纠纷。缘由是章家前些年因灾荒当了一块地给刘家。之后，章良民要按期赎回，而刘世仁经风水师点化看中了这块地，想占为己有，埋葬祖坟，不但拒绝了章家的要求，反而说地是卖给他的，当契无效，致使双方争执纠缠不休。刘家倚仗财富买通亦资孔分县知事，诬告章良民寻衅闹事，骗他土地。县官贪财枉法，派县警到小冲将章良民抓捕捆绑到亦资孔县衙，并关进大牢治罪。

张绍广胞妹风风火火上门求助，告知实情。张绍广得知真相后，立即赶到分县衙门理论，岂料分县知事非但不主持公道，反责其庇护"刁民"，令手下收监法办。张绍广顿时义愤填膺，怒不可遏，高喊"天理何在""狗官可恶"，疾步冲上前，扬手赏了贪官三掌，官帽遂落地。随即，他又冲到监狱打开牢门，放出其妹夫及所有蒙冤关押的百姓。

此举轰动了亦资孔整个槽坝。贪官恼羞成怒，急忙乘轿去盘县政府告状。其时，张绍广也料到这一着，便骑快马疾奔。一路穿山越岭，手不离鞭，马不停蹄，赶在贪官之前到达盘县，向民国盘县政府据实呈报，并请县知事余润年为民做主。

余知事晓其原委，成竹在胸。待亦资分县贪官摇摇摆摆晃进县政府时，庭审程序早已安排就绪，当即开庭审案。先由双方申辩完毕，经庭审合议后，主持法官当场朗声宣判："张绍广私闯县衙，击打县官，擅开牢门，依法当笞。但起因为亦资分县知事受贿枉法，祸害良民所致。张绍广受污生怒，不畏强权，打开牢门，不唯其亲，放出无辜人众，情有可原。亦资孔分县知事徇私枉法，罪责难恕，撤职查办，以儆后尤……出牢百姓，当遵守法纪，安居乐业，既往不咎。"

…………

官司平息，输赢判定。四乡八里，妇孺称颂。张绍广名扬乡里，誉美流芳。

蒋宗鲁雷霆断窝案

🖋 邹　涛

在《徐霞客游记》关于盘州（原普安州）的文字中，我们都知道这么一段话——"是城文运，为贵筑之首，前有蒋都宪，今有王宫詹，非他卫可比"，对古城文化极尽褒扬，让盘州人民脸上有光。但是，对"游圣"徐霞客提到的两位盘州历史文化名人，知道其生平事迹的人并不多。

蒋都宪即蒋宗鲁，号称"普安州第一进士"。一方面，他是贵州科举开考后普安州考取的第一位进士；另一方面，是因为他公正廉洁，刚直不阿，疾恶如仇。入仕后，他辗转多地任职，历任刑部主事、云南临沅兵备副使、河南按察使、右布政使、副都御史巡抚等职。在云南任职期间，他体恤百姓，冒死直谏《奏罢石屏疏》，阻止了权臣严嵩从云南采运大理石给皇宫做屏风的计划，因此触怒严嵩，便毅然辞官引退，回归故里，留下了一世美名。这里我们根据《四川地方司法档案》记载的一段公案，回顾一下蒋宗鲁先生在满目贪腐中如何铁手判案的一段往事，缅怀这位盘州的一代名人。

一

在明嘉靖年间，成都府彭县发生一桩官场舞弊案，这桩案子很小，案值很低，但涉案人员极多，从主持工作的县官，到中间经手案子的公人，再到牵扯其中的普通百姓，几乎人人枉法，弥漫着无所不在的贪腐之风。

有个叫陶成的吏房书手，主要负责抄写录入，本是个不入流的职位，但彼时文书全靠手写，因此成了可以徇私舞弊甚至权力寻租的位置。另一个叫陈佐的户房算手，负责钱粮税赋的计算。两人都不是体制内职位，但都是很容易弄虚作假、中饱私囊的位置。为了放心搞钱搞事，两人还不约而同地买通投靠了县衙主簿王仲杰。

嘉靖二十五年（1546年），彭县官府决定遴选一批百姓来服徭役。因为没有工钱，正常情况下官府会让人口少、收入低的服轻一点的徭役，人口多、收入好的服重一些的徭役，以示公平。这次由于上批徭役役期已满，因此着令户房和吏房安排，户房负责确定人选，吏房负责登记造册，具体负责的正是陶成和陈佐。陶、陈二人确定了一个叫刘选的做快手，工作主要有两项，一是送公文，二是搞治安抓坏人，经常要长途跋涉走村串寨，比较辛苦。刘选不愿去，但又不敢冒拒服徭役之罪，于是找陶、陈商量，每月出3斗米、3钱白银，找人顶替。有个叫刘本敖的百姓知道，只要勾结陶、陈，就可以去干这个能敲诈勒索、混吃混喝的差事，于是，二刘分别拿出一点钱打点陶、陈二人，都心满意足地达到了各自的目的。

还有一个叫王廷用的皂隶，这次役期已满，却也因为这个职位有油水，求陶、陈留用。在陶、陈二人的操作下，顶替了一个不愿服役的严思安，严也每月向王廷用支付3斗米、3钱白银。这事让王廷用十分佩服陶、陈二人，于是把族人王廷美介绍给二人，希望干个跟他们一样有薪酬的胥吏。陶、陈二人通过涂改候补名册等方式，居然也让王廷美进了户房，成了陈佐的同事。至此，这个县衙形成了一个从主簿到皂隶再到衙役的利益集团。

二

嘉靖二十八年（1549年），到了缴纳粮税的时候，官府一方面向百姓下达了收缴任务，另一方面还要抽人收粮运粮，这也是徭役的一种，没有工钱，名叫解户。全县共62个解户，由于害怕陶、陈二人通过篡改户籍情况、家境情况增加任务、安排偏远路程，这些解户共同凑了4两9钱6分银子给陶、陈二人，得到了一个本应不花钱就该如此的公平任务。本案涉及的5户解户，一个叫杜山，任务是送粮25石，江淮、张冯刚、易本真、龚本舟4户，任务是运粮43石6斗。

杜山负责的区域，有个农户叫方晓，粮税为2斗7升，他嫌粮税重，就跑去找皂隶王廷用想办法。王廷用向方晓索取3升粮，然后带着1斗7升粮找杜山，强迫杜山按2斗7升收，还敲诈了杜山5分银子。如此这般，到来年三月，其他解户都完成了任务，就剩杜山还差2石5斗，江淮等4户差38石3斗7升。彭县粮税不足引起了成都府的注意，为了防备彭县官府上下串通，让垫江县胡知县去调查。彭县也派了一个人配合工作，这个人正是陈佐。胡知县很快查明是解户上解不足，但他不知道是哪些解户差粮，就叫陈佐查找是谁，拘人来审。

陈佐一查账本，知道是杜山等5户的问题，于是就召集5人开始敲诈，叫他们凑2两银子，想办法帮他们遮掩。江淮等4户不愿多事，交了贿银，杜山却因被王廷用凭空弄亏了1斗粮，现在陈佐又来要钱，他心中有火，没有答应。

陈佐从江淮这4个解户名字中各取一字，虚构了一个叫"江张本舟"的解户，向胡知县汇报说，就是杜山和这个"江张本舟"拖欠。胡知县只管欠粮有没有着落，并不在意是谁所欠，就大笔一挥，判二解户追缴欠粮，并由二解户分担上缴72石罪谷。所谓"江张本舟"其实是4户，所以一咬牙也就分摊缴清了36石罪谷。

杜山却负担不起剩下的36石罪谷，走投无路，陷入了绝望。他打听到，那4户过关是因行贿，得到陈佐捏造假户口的帮助，心里更加愤怒，心想如果陶、陈二人不收贿赂，王廷用不来敲诈，自己就可能完成任务，也就不用承担罪责，于是他决定上告。

三

杜山知道在彭县上告没用，单提自己的事也不会引起重视。他直接向成都府刑房控告陈佐，说他明知胡知县是受成都府委派前来查粮，还欺瞒上级，收取贿赂，伪造户籍，替那4户遮掩罪名。甚至还提到，上任杨知县打算革除陈佐、陶成、王廷用、刘本敫等一干刁吏，竟被他们联合陷害致死云云。糊弄上级欺害上司，这是官府绝不能容忍的，于是刑房就派了一个叫刘景高的衙役到彭县，把陶成、陈佐等人提到成都府刑房问话。

刘景高刚赶到彭县，就被陶成安排来的刘本敫、王廷用二人设宴盛情款待，刘本敫还让自己的情妇赵氏陪宿。陶、陈、刘、王等人还凑了近三两银子行贿刘景高。他们一边拖延住刘景高，王廷用一边偷出传票，发现这个名单上没有王廷美的名字，怀疑杜山一介农夫告状直指要害，一定是王廷美出的点子。王廷用立即向陶、陈二人汇报，陶、陈又向县主簿汇报，于是，就栽赃王廷美敲诈百姓，将其重打二十大板后投入了监狱。

但是时间过去了七八天，刘景高得提人交差了。刘本敫这时找到一个在成都府司狱司候补轮值的表弟鄢乾，好吃好喝地招待表弟，并凑了3两7钱银子行贿，让他帮忙继续拖延。鄢乾回到成都，找到户房的黄德，请他帮忙拖延。黄德是个老成持重的人，大吃一惊："本府老爷法度甚严，你不知利害，快莫坏事。"

此时的成都知府正是蒋宗鲁先生。史载蒋宗鲁能文能武，在成都知府任上，每逢初一、十五，总要焚香起誓："贪婪害民，天必谴之；忠君爱民，天必佑之；有利即兴，有弊即革，凡我僚数，相以勉之。"这样的官员，不由得黄德不惧。劝告了鄢乾，黄德就出差走了。鄢乾也被吓着了，寻思把银子还给刘本敫，但因要上班，就耽搁了下来。

十一月初四，因人犯一直不到，成都府又差一个叫杜廷玉的再次来彭县提人。陶、陈、刘几人久知蒋宗鲁大名，鄢乾那边又没有下文，急得像热锅上的蚂蚁，赶紧去找靠山——县主簿王仲杰拿主意。王仲杰先派人把杜山抓进监狱，然后陶、陈二人找杜山，说服他承认诬告，至于2石5斗解粮和36石罪谷，自会替他缴清。杜山在牢里吃了不少苦，权衡之下，接受了这个方案。陶、陈二人又找到三个百姓，分别叫高汝冲、赵伟和段自成，请他们吃了顿饭，然后陶、陈各出粮14石2斗5升，刘本敫、王廷用各出粮5石，凑足38石5斗，请三人出面为杜山交粮赎罪，达到出血免灾的目的。各方疏通了之后，陶、陈先去禀报王仲杰，说杜山自承诬告，自愿销案，高汝冲等三人与杜山关系甚好，自愿为其缴纳钱粮云云。王仲杰收了粮，放了杜山，跟成都府派来的杜廷玉解释说，案子乃一场误会，已经解决，不必提人了。至此，彭县小集团危机似乎已经解除。

四

但是刘景高那边却贪恋赵氏，一直滞留不归。成都府直堂吏发现，十月二十三派出的刘景高到十一月中还未回来，第二次派出的杜廷玉也没回来，人犯也没到案，于是叫推荐刘景高当衙役的保人张万益去找，又派一个叫齐表的衙役，跟张万益一起，到彭县查看刘景高下落，兼提相关人犯。

张万益找到了刘景高，齐表也要带走涉案的陶、陈、刘、王四人。王仲杰赶忙出面，说："案子已销，我让他们去成都府解释一下吧！"于是，陶成让侄子陶田、陈佐让父亲陶春，会同张万益、齐表、刘景高先去成都，陶、陈、刘、王四人承诺晚一天到达。

按约定的那天，刘景高等人在约定的地点等陶、陈、刘、王四人，然而左等右等四人却不见踪影，刘景高只好又返回彭县催促。原来，四人搞定了杜山，缴纳了粮食，只等平了账簿就瞒天过海了，见了刘景高也不着急，继续拖延。

可是刘本敖、王廷用从来只进不出，心疼各自出的5石粮，好死不死地竟然又去敲诈王廷美，讹了他3钱7分银子、12斤茶叶和8斗黄豆。王廷美被怀疑是杜山告状的指使人，坐了几天牢，又被刘王反复敲诈，也是愤怒到了极点，就跑到成都府，把陶、陈强迫杜山承认诬告，找人补缴粮食的事全抖搂出来。接案子的直堂吏见此事重大，不敢自断，赶紧向知府汇报。

五

蒋宗鲁一看，顿时震怒异常，心想钱粮这么大的事，竟然敢肆意篡改，还有什么事是他们不敢干的？他们眼里还有没有大明王法？他马上亲自批示，派出差吏再去彭县拘人，即提即走，不得耽搁！

消息传开，首先吓坏了鄢乾，刘本敖行贿的银子还没还回去，他一时不知如何处理，竟然偷偷把银子扔到黄德的桌子上，准备栽赃。不想刚扔了银子，逃走时帽子被树枝挂掉了。黄德拿到银子和帽子，知道是鄢乾栽赃，就把两样东西都交给了蒋知府。蒋知府马上派人抓了鄢乾，同时再发牌票，两道牌票相继抵达彭县，将陶成、陈佐、刘本敖、王廷用等人拘到了成都府。

成都府调出杜山、王廷美的诉状，很快查清了所有案情，共有陶、陈、刘、王要挟杜山自承诬告之事，刘、王诬告讹诈王廷美之事，刘本敖贿赂鄢乾之事，刘本敖等贿赂刘景高阻挠公务之事，陶、陈将四个解户捏造为一户欺骗胡知县之事，陶、陈敲诈62户解户之事，甚至连陶、陈篡改户籍任用差役之事都查了个一清二楚。

蒋知府得到案情禀报，不由得倒吸一口凉气：案值虽然不大，却关系钱粮国本，且牵涉众多，如无保护伞，应无如此嚣张。他立即发出一道措辞严厉的文书，要彭县主簿王仲杰到成都府回话。这时彭县知县、县丞两个位置一直空缺，主簿就是彭县主管。王仲杰本已心惊胆战，文书一到，竟然夜间翻墙逃跑了。成都府差吏只好将其他相关人员拘押至成都府交差。

又一轮审讯后，陶、陈等人多年来敲诈勒索、巧取豪夺、王仲杰包庇纵容下属等事情全都大白于天下，全案18人被判，除陶、陈、刘、王4名主犯，还有未能完成解粮的4个解户、替杜山缴纳解粮和罪粮的3名百姓、王仲杰手下涉案的其他小吏、成都府派去彭县提人的几个衙役、色诱刘景高的赵氏、刘景高的保人张万益，包括告状的杜山和王廷美，一个解粮未完，一个通过贿赂进入户房，都领了刑责。甚至就连黄德，因鄢乾求他徇私没有及时举报，也被追究。判决陶成、陈佐杖100，先在衙门门口枷号示众1个月，徒3年；刘本敖杖80，徒2年；王廷用杖70，徒1年半。后来，刘、王二人免去了杖刑，改判到附近卫所终身充军。鄢乾杖80，革职除名，终身不得入仕。赵氏、杜山、刘景高、张万益等十几人分别杖80，可用钱粮折抵。王廷美和黄德情节轻微，认错态度良好，得以免罪释放。唯有王仲杰畏罪潜逃，不知所终。

至此，这个案值不大却牵扯极多、影响极坏的窝案全部处理完毕，蒋宗鲁先生在案件处理中，不偏不倚，不错不漏，犯案人员罪责相当，无不服判，一举扭转了彭县乃至成都府的官风民风，树立了一代名臣的高大形象。

盘州历史上的著名保安

唐宗舜

"保安"一词最早见于《汉书·王莽传上》："辅翼汉室，保安孝平皇帝之幼嗣，遂寄托之义，隆治平之化。"

笔者在阅读《盘州人物》时发现，早在19世纪初期，盘州项氏子孙项永馨所从事的行业就是现在所说的保安工作。其影响之大，在盘州历史上堪称"著名"。

盘州项氏一世先祖来自有"古名胜地，人文薮泽"之称的湖北黄州（今湖北黄州区），明末项仕龙首迁于盘，历经10余代，至今已有400余年。今盘州项家祖茔和合山有项公仕龙及妻胡氏墓志文："公讳仕龙，湖广黄州人也。先世不可稽，自幼习武，艺精骑射，入营有功，授左哨千总之职……"

项家世居盘州半边街（今城关环城南路），其祖辈皆以经商为主，主营盐业，祖辈留下的故事多与盐业有关，素有"项盐客"之称。项永馨为项仕龙第五代子孙，出生于19世纪二三十年代（具体年月不详），当时被尊为盐业"至尊保护神"。

项永馨自幼立志，步一世祖项仕龙崇武之路，决心要练出旷世武功，保家乡一方平安，从少年始即从名师习武，练就一身好武艺。他平时脚缚三四十斤铜瓦练轻功，释重后飞身能摘屋檐之燕，赤手插谷箩练指力，竟把谷子插熟。他力大千斤，每遇孩童失足倒地，因指力大怕伤及孩童，不敢用

人物掌故

手扶之，特赏给一文铜钱叫其他人牵衣裤而起。项永馨虽武功了得，但为人谦恭，尊老爱幼，诚实守信，从不惹事，以品德高尚著称乡里。

由于项永馨名声远扬，外地武功高强者（名不详）闻名不服，不远千里来盘拜访，面交比武帖，挑战项永馨。项永馨再三推辞，恭维来者武艺在自己之上，无奈来者气盛，非要决斗。项永馨推托不了，只好经凭官方立下生死状，比武无论谁死谁伤均"不究其责"。

此讯传开，男女老少赶来原校场坝（今双凤商场一带），围观者数以千计。双方按约定时间拉开"生死搏斗之序幕"。项永馨为尽地主之谊，让对方先行出手。骤然间，两人出拳踢腿，你来我往，凌空飞跃，上下翻腾，身轻似燕，敏捷如猴，让人眼花缭乱，一时难分胜负。就在观者喝彩再三之际，项永馨瞄准机会，向上虚晃一招，待对方纵身向上接招时，他则身往下沉，蹬牢马步，双手乘势抓牢对方的双脚，大喝一声。因用力过猛，失手将下落的空中飞人撕成两半……

顿时阴风四起，观众哗然，无不大惊失色！

此惊天地泣鬼神之噩耗不胫而走，有人悲，有人喜，有人叹，有人息。尤其是某某大盐厂，从厂长到员工，无不奔走相告，该厂多年来屡遭外地强人抢掠，损失惨重，报到官府，官府害怕强人，推诿不理，造成该厂倒闭。盐厂老板立即上门聘请项永馨为该厂"至尊保护神"。项永馨习武之目的，上为保国，下为保乡，欣然答应。盐厂老板举行隆重仪式，请项永馨高坐台上，率全体员工于台下场地向其作揖施礼，连呼三声"请至尊神保盐厂平安！"项永馨当场告诫众人，要严密封锁此"受聘消息"，以塞匪耳，方能克敌制胜。

不久，在匪首的率领下，百余匪众又持械而来，匪众由于屡屡得手，毫无顾忌，光天化日之下，大摇大摆进入盐厂，如入无人之境。他们来到盐厂仓库，正要放手抢劫，仓库门内闪出一壮实汉子，一身蓝布开襟短衫，手执一根七八十斤的铁棒拦在门前。众匪惊诧之际，持铁棒汉子已大声喊话："乡亲们，弟兄们，此盐厂已交本人看守，尔等已作恶多时，今日若敢再向前一步，我手中的七尺铁棒可不长眼睛，打死无论！尔等从今只要作恶止步，我就放你们一条生路！"

项永馨声音洪亮，匪众吃了一惊，窃窃私语，自恃人多势众，匪首高声回应道："你是何人，胆敢出此狂言！你若不立马将金银盐财物献出，定将结果你的小命！"

项永馨知"江山易改"，匪性难移，多说无益，遂抡起铁棒飞身凌空落于众匪之中。只见铁棒旋转挥舞，不多时，已有不少匪徒死伤于铁棒之下，伤者哭天喊地，求饶之声不绝于耳。余下匪徒见大事不妙，抱头鼠窜，逃亡他乡。此一浩劫，因祸得福，既猝然而至，又戛然结束。从此盐厂及所在地区长久安宁，杜绝了匪患。

"至尊保护神"项永馨威震四方，百姓喜爱，恶人丧胆，传为后世佳话。

为了八名民工兄弟

——追忆肖兴和烈士

☂ 符 号

　　贵州省六盘水市水城区米箩镇铜厂村的四畜底、干河、扯己、板板房和钢厂五个村民组，当地人都习惯性地称其为兴和。那么"兴和"这个地名是怎么得来的呢？当地人说，这个地名是根据生长在当地的一位烈士的名字取的，这个人叫肖兴和。

　　20世纪60年代初，在省城贵阳及水城山乡，曾广为传颂着一位人民子弟兵舍身救人的感人故事。故事的主人公就是中国人民解放军某部49师步兵147团3连2排上士副排长肖兴和。

　　肖兴和于1938年12月出生在贵州省水城县米箩区铜厂乡（现贵州省六盘水市水城区米箩镇铜厂村）的一个贫苦农民家庭，幼年饱受饥寒，新中国成立后才翻身解放，获得温暖。艰辛贫苦的青少年生活，使他从小养成了吃苦耐劳、爱憎分明的品格。特别是在米箩这个红军战士尹自勇曾战斗过的地方，肖兴和从小就受到革命先辈精神的熏陶。

　　1956年3月，肖兴和怀着立功报国的决心，在新婚未满一月及双亲年迈体弱的状况下毅然应征入伍，成为一名光荣的中国人民解放军战士。在入伍半年后，他所在的连队接受任务，在海拔4000余米的高原上，穿原始森林，越悬崖绝壁，蹚激流深涧，涉沼泽草地。虽是六月天气，高原却是雪地冰天，寒风呼啸，空气稀薄，猛兽出没。

在行军途中，肖兴和背着50多斤行李。经过200多里的急行军，他一只鞋子走掉了，脚上直冒鲜血，泥水刺痛伤口。他忘了伤痛，顽强坚持，紧跟队伍，一步也未落下，并高歌鼓励同伴前进。因路途艰险，气候恶劣，山高路险，三天路程走了五天。由于高原缺氧，给养也一时供应不足，许多新战士感到疲惫不堪，心慌气喘，有的开始掉队。肖兴和克制着疲劳和伤痛，热情地为掉队的新战友扛枪，背背包，最多的时候，他的肩上扛着三支步枪。

第四天，全连的干粮只剩50多斤了。傍晚宿营，他又不顾极度困倦，争着给大伙搭帐篷，帮助炊事员烧水做饭，用热水给战友烫脚。最后一天，粮食没有了。肖兴和偶然拾得前头部队遗留下来的几斤马料豆。他细心地剥掉皮，用罐头盒一盒一盒地煮好，自己不吃，全部分给各班战士。经过五天的长途跋涉，完成了连队交办的任务。

在这次行动中，肖兴和以他强健的体魄和坚定的意志，经受了严峻的部队生活考验。这与他平时认真学习、苦练本领、严格要求自己是分不开的。在部队这座大熔炉里，肖兴和迅速成长起来。在党组织和部队领导的培养关心下，1959年，肖兴和加入了中国共产党。经过四年的兵营生活，肖兴和已经成为一名政治素质和军事素质都过硬的革命军人。

1959年2月，肖兴和服役期满，家中年迈的父母和妻子都在倚门而望，盼着他早日回家团聚，可他却舍不得离开培育他成长的部队。于是，他抛开了亲人的期待，坚决要求超期服役。组织见他态度坚决，言辞恳切，便同意了他的要求。

肖兴和无论当班长还是副排长，训练场上，总是摔打滚爬在前；工地上，总是抢着脏活、重活干。手肿了，用点热水敷一敷；皮破了，用点酒精擦一擦，照样干下去。晚上，战友们呼呼睡着了，他几次爬起来为大伙拉帐盖被，还常常暗地为战友站岗放哨，有时一站就是三四个小时，直到连长查哨发现，下令他回去休息，他才肯离去。星期天，同志们出外娱乐，他却待在营房，为战士洗衣服、缝被子。

肖兴和不抽烟，不喝酒，一分钱也舍不得乱花，本应照顾困难的父母妻儿，可是许多战士用的笔记本、蚌壳油、衬衣和鞋袜、俱乐部用的标语纸，多是他用自己的津贴费给买的。

1960年2月，肖兴和所在部队接到建设贵阳钢铁厂的任务。肖兴和已超期服役，准备退伍，他立即申请继续服役，参加工程建设，承担工地放炮清基工作。

在贵阳钢厂工地上，肖兴和苦钻勤学，很快掌握了爆破技术，还带头组织爆破突击小组，专门负责啃硬骨头，多次胜利完成爆破任务。工地上土箕不够用，他就利用晚上休息的时间，义务编制土箕。在短短的两个月中，肖兴和多次受到首长和组织上的表扬，两次被评为"五好"标兵。他率领的排，也荣获了连里的"标兵排"称号。

1960年4月7日，肖兴和领着小组的五名战士到工地中心的两座小山丘上，对260多个炮眼，装上烈性炸药，安上雷管，接上引线，反复做了检查。当天傍晚，在确信危险区没人后，贵钢工地上响起了"各就各位，准备放炮"的信号命令。肖兴和率领战士们熟练地点燃了大大小小的260多个炮眼的导火索。不一会儿，导火索开始发出"嗞嗞"的叫声，带着红色的火焰向雷管燃去……完成了点火任务的肖兴和及战士们朝着避炮地点飞奔，向安全地带撤去。

肖兴和及五名战士刚到安全区，突然，意外的事发生了。侧面山坡上出现了八名误入危险区的民工，他们丝毫不知身陷险境。在这万分危急的时刻，肖兴和一跃而起，转过身子，奋不顾身地朝民工所在方位奔去，边跑边喊，挥手指引民工赶快跑出险区。待那八名民工按肖兴和的指挥迅速撤到安全区时，炸药接二连三地响了，肖兴和很快被横飞的乱石和硝烟吞没。

八名民工脱险了，肖兴和的左额头却被一块飞石打中，他顽强地向前挣扎几步后便倒下了。当天下午6时10分，由于伤势过重，抢救无效，肖兴和的心脏停止了跳动。

肖兴和牺牲后，昆明军区党委为他追记一等功。1960年4月19日《贵州日报》以《人民战士肖兴和牺牲自己救别人》为题，用整版篇幅报道了他的英雄事迹，并发表题为《共产主义精神万岁》的社论，号召全省军民"学习肖兴和""做共产主义新人"，学习肖兴和舍己救人的共产主义精神。1960年

4月20日，中共水城县委、水城县人民政府召开5000多人的大会，隆重追悼肖兴和烈士，并决定把肖兴和烈士出生地米箩区铜厂公社"新前生产队"命名为"兴和生产大队"，以兹世代垂念。

肖兴和烈士被安葬在贵阳，之后迁到清镇烈士陵园。1992年撤区并乡时，"兴和生产大队"改为米箩乡"兴和村"。2007年并村时，"兴和村"已并为米箩乡"铜厂村"，但直到现在，当地人依然把以前"兴和村"所包括的地方称为兴和。

民间故事

MIN JIAN GU SHI

蛇郎的故事

🕊 符 号

在贵州六盘水市，流传着一个有关蛇郎的故事。传说，从前，在一个小山村里，有一对张姓夫妻，生有三个女儿。这三个女儿长得几乎一模一样，都很漂亮，但是她们的性情、气质却大相径庭。

大姐懒惰，脸上长有几颗麻子，不过，若不留意的话，倒也轻易看不出来。大姐是一个"横草不拈，顺草不提"的人，别人有什么好处，她老是嫉妒；二姐是一个动作迟缓，做什么事都拖拖拉拉、随随便便，没有主见的人；三姐是一个聪明、善良、勤劳且乐于助人的人，爹妈都说三姑娘好。

一天，张老汉赶场回家途中，在路边看见一棵树，开满了特别鲜艳的大红花。张老汉不知道开花的树是什么树，但树上的花很好看。张老汉看到花，就想到家中的三个女儿，想给她们每人各摘一朵花。张老汉走到树脚，正想爬上树摘花时，没想到树干上却盘绕着一条大蛇。

张老汉在树下左看看右看看，心想一定要给三个女儿各摘一朵大红花，便自言自语道："蛇啊，你怎么盘绕在树干上，挡着我上树摘花呢？"蛇一动不动地看着张老汉，居然开口说道："老人家啊，这花是我的，你要摘可以，但你要答应我一个要求。"

张老汉惊奇地看着会说话的蛇说："蛇啊，你有什么要求啊？"

蛇说："老人家啊，你有三个漂亮的女儿，要拿一个女儿许配给我，做我的新娘,这花就作为定情之物。"

张老汉心想:"哪会有蛇娶人做新娘的道理?"他看着美丽的大红花,实在是舍不得离开,便大胆地对蛇说道:"好啊,我答应你提的这个要求。"

张老汉说完,蛇就慢慢地从树干上爬下来离开了。张老汉便爬上树,摘取了三朵鲜艳的大红花。张老汉回到家后,各给三个女儿一朵大红花,也没向她们提起摘花的经过,便忘记了蛇提的要求。

两天后,张家大姐正在房间里绣花,突然从窗外飞来一只蜜蜂。蜜蜂在她耳边飞来飞去,不停叫着:

嗯呢嗡咙,嗯呢嗡咙,
蛇郎官家请我做媒公。
牛驮胭脂马驮粉,
上市绫罗十二捆。
问你张家大姐肯不肯?

张家大姐一边很不耐烦地用绣花针刺向蜜蜂,一边不屑地说道:

不、不、不,
我一世不嫁菜花郎,
绩麻揾线养爹娘。

张家大姐说着,蜜蜂便飞走了。

张家二姐正在院子里扫地,蜜蜂飞到院子里,在她的耳边飞来飞去,不停地叫道:

嗯呢嗡咙,嗯呢嗡咙,
蛇郎官家请我做媒公。
牛驮胭脂马驮粉,

上市绫罗十二捆。

问你张家二姐肯不肯？

张家二姐厌倦了被蜜蜂缠住，一边用扫帚向蜜蜂狠狠地扫去，一边说道：

不、不、不，

我一世不嫁菜花郎，

推磨舂碓养爹娘。

张家二姐说着，蜜蜂被吓得飞走了。

张家三姐正在房间做鞋，蜜蜂飞到她的房间，便在她的耳边飞来飞去，不停地叫道：

嗯呢嗡咙，嗯呢嗡咙，

蛇郎官家请我做媒公。

牛驮胭脂马驮粉，

上市绫罗十二捆。

问你张家三姐肯不肯？

张家三姐忙着做鞋，一开始没注意听，待她仔细认真听了两遍后，就不由自主地轻声说：

肯，肯，肯。

蜜蜂听到了张家三姐的话后，高高兴兴地飞走了。

一天后，一队人马带着聘礼到了张家。他们把聘礼放在张家屋里后，便对张老汉说："蛇郎官家请我们来提亲。"这令张老汉一头雾水，不过，他还是想起了前几天摘大红花的事，便很不情愿地说道："我们张家三个姑娘，没有一个许配给蛇郎官家啊，这亲事从何而提？"

蛇郎官家带队的人说："对不起，是你们张家的三姐！"张家三姐听后，既惊又喜，便把之前蜜蜂来说亲的一切告诉了父母。父母很疼爱三姐，但也没别的办法，只好收了聘礼。

三天后，蛇郎官家便派队伍前来迎亲，长长的迎亲队伍把周围十几里的人家都轰动了。张家二姐看见了，倒不在意，张家大姐心里却不快活，她想："我将来如三姐不如？"又一想三姐是嫁给蛇郎，心里就痛快了，她说："说不定三姐会被蛇吞掉呢！"

三姐舍不得父母和两个姐姐，临上轿的时候说："爹呀，妈呀，你们不用难过。我这里有一碗油菜子，我一路走一路撒在路上，等到明年油菜花开的时候，你们就循着油菜花的踪迹来看我！"三姐说完上了轿，被蛇郎家接走了。

三姐出嫁后，她爹妈天天盼着油菜花开。左盼右盼，到了来年春天，油菜终于开花了。油菜花从门前一直伸向远方，望不到尽头。妈妈高兴极了，老两口商量，留下张老汉看家，二姐做饭，妈妈带着大姐去看三姐。大姐心里想："三姐要是不被蛇吞了，我倒要看看蛇郎长什么样子。"

妈妈和大姐沿着金黄的油菜花一路走着，终于到了一个山腰处，累得筋疲力尽。天色渐暗，她们没有看到油菜花，也没有看到什么人家。她们一心急着要找路，突然一只鸦雀飞了过来，停在一棵树上，并不停地叫着：

喳、喳、喳，
掀开石板是我家。
哇，哇，哇，
掀开石板大瓦房！

听到鸦雀的叫声，妈妈和大姐还真的看到了一块方方正正的大石板。石板虽大，但不重，妈妈和大姐轻而易举地掀开了大石板。

大石板下面有一条石梯子路，她们沿着石梯子往下走，拐个弯，出现在眼前的是一个大院子和一栋大瓦房。她们刚走到大院子的门口，就听大瓦房

民间故事

里有人喊："快开门，快开门，客人来了。"

大门打开后，她们看见了一男一女，都打扮得整整齐齐，女的还抱着一个孩子。女的正是三姐，那个男的就是蛇郎。

母亲扑向女儿，高兴得泪流满面。大姐却在一边愣着，心想："蛇郎啊，你怎么生（长）得这么好看？三姐真是有福气啊！"

妈妈和大姐就在三姐家住了下来。三姐家住的是大瓦房，吃的用的是锦衣玉食、金碗银筷子。妈妈看见三姐整天都是笑嘻嘻的，三姐还像在家的时候一样勤快，把家里收拾得井井有条、干干净净。蛇郎呢，白天出门干活，天黑才回来，和三姐从来没有吵过架，两人在一起相亲相爱，妈妈乐得合不拢嘴。

而大姐呢，看到三姐一家条件好，三姐和蛇郎相亲相爱，还有一个可爱的孩子，心里极为嫉妒，老是在心里嘀咕："三姐倒走运气，她有什么好的，我哪点不如她？"

在三姐家住了几天后，妈妈要回家了，留也留不住。妈妈说："明年菜花开的时候再来吧，你们也要想着回家看看爹呀！"可是，大姐却不想走。大姐说："蛇郎老不在家，三妹闷得慌，我留下来陪陪她。"三姐也舍不得大姐走，就这样，妈妈一个人走了。大姐在三姐家住了半个月后，大姐带着三姐和她的孩子回到了娘家。

三姐在娘家住了一段时间后，每天心中想的都是蛇郎。想到蛇郎一个人在家，既要在外干活，又要回家自己做饭吃，极为不容易，便想要回家了。三姐要动身回家的头天晚上，妈妈给了她一碗菜子，让她撒在回家的路上，以后他们好循着菜花去看望她。大姐知道三姐要回家后，便主动提出自己送三姐回家，并将妈妈给三姐的那碗菜子偷偷地炒熟了。

第二天，大姐送三姐回家。在回家的路上，起初，大姐在前面撒下已经被她偷偷炒熟了的菜子，三姐背着孩子紧跟其后。她们走了一段路后，大姐不怀好意地对背着孩子的三姐说："三妹，你一直背着孩子走，是不是累了？你来撒菜子，让我来背一会儿孩子。"

大姐背着孩子，三姐撒菜子。没走多远，大姐偷偷地在孩子的腿上掐了一把，孩子就哇哇大哭起来了。大姐说："三妹，孩子是不是认人了？我看你把你头上那凤钗给我戴上，他把我当成你，就不哭了。"三姐就把头上那凤钗取下来给了大姐，大姐戴上凤钗后，孩子果然就不哭了。

过了一会儿，大姐又狠狠地在孩子腿上掐了一把，孩子又哇啦哇啦地哭起来了。大姐假意地拍着哄着孩子说道："三妹，孩子还是怕生呢！我看不如把你穿的衣裙和我调换一下，他认不出是我，就不哭了。"三姐就照她说的办了。

大姐接二连三地把三姐的穿戴都换过去了。待她们快到距离蛇郎家不远的地方时，大姐看到路边有一刺蓬，刺蓬下是一个洞，洞边上还长了一棵开满红花的马缨杜鹃。大姐顿时计上心来，突然又狠狠地在孩子腿上掐了一把，孩子又哇哇大哭起来。大姐指着洞边上的那棵马缨杜鹃说："三妹，孩子是不是想要那个红花？你去摘一朵给他，他就不哭了。"

她们向刺蓬边上的马缨杜鹃走去，三姐走在前面，大姐背着孩子紧跟在三姐的后面。走到洞边上的马缨杜鹃旁，三姐刚伸出手去摘花，说时迟那时快，大姐就双手用力一推，可怜的三姐就掉进了刺蓬下的洞里，一只乳房被挂掉在了刺蓬上。

狠心的大姐赶忙背着孩子往蛇郎家跑。大姐到了蛇郎家后，便对着梳妆台洗脸、梳头，整理衣服，装出啥事也没有发生一样，等着蛇郎回来。她在心里得意扬扬地说："看来，这回可该我享福了！"

天黑后，蛇郎回家了。大姐完全学三姐的样子做，蛇郎什么也没看出来。第二天早上，大姐正在梳妆，蛇郎站着看她的脸，忽然问道："你看！你脸上怎么有一些凹下去的小圆点呀？"蛇郎注意到大姐脸上的麻子了。大姐有些慌张，赶紧说："昨天逗孩子玩，把豌豆撒在床上了，我睡觉不小心，把脸压在豌豆上了。"

过了许多天，大姐一直是学着三姐的样子对待蛇郎，可是蛇郎总像有什么心事，不太快活。有一天，蛇郎出门了。大姐在窗前对着梳妆台洗脸、梳妆，忽然听见窗外树上有只小鸟在不停地叫着，声音十分清脆，小鸟叫的内容是：

民间故事

羞羞羞，不害羞。
将我金盆洗狗脸，
将我金梳梳狗头。

羞羞羞，不害羞。
将我金盆洗狗脸，
将我金梳梳狗头。
…………

　　原来这只小鸟，是三姐被大姐推下洞时，挂在刺蓬上的那只乳房变的。大姐听见这只小鸟不停的叫声后，心里很不是滋味，悄悄拿起一根晒衣竿，照着小鸟打去，竟把小鸟打死了。她拾起小鸟，说："正好拿你做菜！"

　　蛇郎回来了，大姐给他端上一碗鸟肉。蛇郎用筷子去夹的时候，碗里全是肉，味道很鲜美；大姐去夹的时候，碗里却全是骨头，吃起来扎嘴。大姐气极了，把筷子一摔，赶快把那碗鸟肉倒在后花园的井里去了。蛇郎很奇怪，他想："她可是从来没有发过这样大的脾气呀！"蛇郎的心里更加不快活了，他觉得三姐变得可怕了。

　　有一天，蛇郎又出门了。大姐抱着孩子在后花园玩耍，忽然听见井里仍然发出那只小鸟不停的叫声：

羞羞羞，不害羞，
将我金盆洗狗脸，
将我金梳梳狗头。

羞羞羞，不害羞。
将我金盆洗狗脸，
将我金梳梳狗头。
…………

大姐听见后，心里特别着急，便捡了石头向井里扔去，那声音反倒大了。她又搬了块大石头扔下去，那声音也更大了。大姐想："要是被蛇郎听见怎么办？"于是，她赶快去找来锄头，挖了许多土将井填得结结实实的。果然，声音听不见了，大姐放心了。

　　有一次，蛇郎到花园里散步，走到井边去一看，发现水井被人填满了，原来的井口处长出了一棵绿色的嫩芽。他想："这是什么树呢？让我来浇一浇它吧！"蛇郎每天都浇那棵嫩苗，从没有间断过。不久，嫩苗长高了，叶子很茂密，叶片绿得发亮。蛇郎很喜欢这棵树，每天都精心呵护。当树长到三四米高时，有一天早上，蛇郎走到树旁，抱着树轻轻一摇，没想到从树上掉下来许多金子。晚上，蛇郎抱着树轻轻一摇，从树上掉下来许多银子。

　　蛇郎把这棵神奇的树告诉大姐后，第二天，大姐就去抱着树摇，奇怪的是，树上掉下来的不是金子、银子，而是一些狗稀屎，并撒了大姐一身，臭烘烘的。大姐一气之下，便拿来斧头，三下两下就把树砍倒了，再砍成几截，作为柴火烧了。

　　原来这棵树是那只小鸟的肉变的，就是人们常说的早落金子晚落银的摇钱树。可惜，摇钱树被大姐砍来烧火了，蛇郎极为心痛。同时，蛇郎对大姐的做法很是不满，但也没什么办法。

　　大姐用簸箕把摇钱树的灰烬收起来，随便丢在后花园里。不久，在后花园放灰烬处，又长出了一株幼苗。蛇郎每天都给幼苗浇水，精心呵护，希望幼苗快快长大。蛇郎在心里想，说不定这棵树也是一棵早落金子晚落银的摇钱树呢！

　　待这棵树长到一人多高时，枝繁叶茂，并在顶端结了个大花苞。花苞一天天越长越大，居然开成了一朵大红花，待花谢了后，还结了果，但不知道这花是什么花，这果是什么果。果子越长越大，并慢慢变红。果子成熟时，圆圆的、大大的、红红的，静静地立在树的顶端。

　　蛇郎很是喜欢，心想，这是什么果子呢？一天，好奇的蛇郎把果子摘下来，剥了皮，掰开一看，果子中心坐着个小人，瞧那模样却像是三姐。蛇郎又惊又喜，不禁叫了一声："三姐！"只见那小人从果子中跳出来，站在蛇郎的面前，瞬间就长大了，与三姐一模一样。三姐站在蛇郎面前，注视着蛇郎，悲喜交加。蛇郎刚要开口问，三姐却一头倒在蛇郎怀里，泪眼婆娑，梨花带雨，并发出悲伤而痛苦的哭泣声。

大姐在屋里听到哭泣声，不知道怎么回事，便循着声音，偷偷地溜到后花园，正好看见蛇郎和三姐在抱头痛哭。眼前的一幕令大姐惊慌失措，拔腿就跑。蛇郎看见慌张逃跑的大姐，立刻追了上去。大姐因慌不择路，一头撞在了后花园的围墙上，顿时气绝身亡。从此，三姐和蛇郎更加相亲相爱，过上更加幸福美满的美好生活。

水城逸事二则

🖋 吴学良

"护客不护主"逸闻

民国年间，云南昭通有一马姓亲堂兄弟两人，是纵横滇黔边界的惯匪。他们时常纠结匪众，在昭通、宣威、威宁、赫章、水城一带肆无忌惮地烧杀抢掠，无恶不作，给地方民众带来极大困扰，贵州尤其深受危害。为了避免尾大不掉，再生祸端，贵州省政府只好对其兄弟俩分别许以团长、副团长之职进行招安。

马氏兄弟两人接受招安后，被勒令转往贵阳。

当此之际，贵州省政府一众官员，深忧这支部队匪性难移，怕给省城带来灾难，议定将其所部安排在花溪驻扎。

两年后，马氏兄弟统领的这支部队粮饷供给逐渐不能满足其所需。焦虑中，两人商量达成共识：与其坐以待毙，不如回老家再谋出路。于是，他们把部队拉出来，准备分成三路返回昭通。计划由当副团长的兄弟和委派的亲信各带一队人马，一路从贵阳经毕节回昭通，另一路从贵阳、安顺、黄果树、盘县往昭通进发；而马团长亲领一队，从贵阳、安顺、水城往昭通返回。马副团长和委派亲信带领的这两队人马，沿途大肆抢劫，弄得民不聊生；马团长带领的这队人马还好，所经之处没有给地方上带来祸害。

马团长带领的这队人马临近水城时，必经城郊教场周家寨。

周家寨乡绅们担心他们会在这个富庶之地抢掠。经商议后决定：与其担心发生事故，不如变被动为主动，前往迎接。他们推选乡绅带人和礼物赶往猴儿关，迎接马团长带领的这支队伍，可等了一天没等到。第二天，他们终于接到了这支队伍，将其引入周家寨驻扎后，杀猪宰羊犒劳了一番。

乡绅们原以为采用这种方法，送点粮饷和礼品后，这支队伍休整结束就会离开，谁知十几天下来，部队并没有开拔之意。为了探听马团长的口吻，一众乡绅就借请他观赏风景为由，带他沿教场、麒麟山一路览胜。在文笔山和麒麟山一带驻足时，一个乡绅指着水城大坝说："马团长你请看，我们水城大坝四周风景还是不错的，地方也富足，不如我们从各位乡绅田地里划一些给你收租做军饷，你们驻扎下来，不用再回昭通了，好吗？"这时，马团长皮笑肉不笑地带着云南口音应声说道："这里确实是一个好地方。刚才，我看县城一带地形，特别留意了屁股朝东的麒麟山，'倒地木朝东'（五行之说），说明水城这地方'护客不护主'（亦为'富客不富主'），就是叫花子来到这里，也会富三代。此地虽好，然非吾乡，我还是要回昭通去的，等凑足了粮饷，我们就开拔。"一众陪行之人听了马团长的话后，暗自出了一口气。

事后，乡绅们准备了足够的钱粮，才好不容易请走了这尊瘟神。

创办水城中学传闻

谢明城做梦也没想到，受邀参加县长阮略举办的宴席，竟会让他出洋相，损失了500块白花花的大洋。

在水城场坝上，谢家是有名的大地主，地广租多，远近闻名。然而，谢明城一生省吃俭用，不但自己亲自种田种地，但凡卖菜等所得微薄钱财，他都会存下来积累成家财。这种生活节俭近乎吝啬。在场坝上生活的老一辈人，对谢明城的过往之事津津乐道：他赤足种地；种田放田水时，他用一根树干搭在河两岸，宁愿怀抱薅刀从独木上爬过去，也不愿意多搭一根供行走；儿媳进家门时给他做的毛底鞋，他舍不得穿，只在晚上洗脚后才用……

可就是这样一个人，在片刻之间被迫捐出500块白花花的大洋，可想而知他在当时的气急败坏之相。

事情缘由是这样的：1938年秋，阮略就任水城县县长之后，为了留下政绩，发展地方教育，他顺应民意，决定在凤池书院旧址创办水城初级中学。此事最大的困难就是资金缺口。为了解决这个问题，阮略颇费了一番心机，于1939年春周密策划了一场募捐"鸿门宴"。

事前，他圈定了县境内能出钱的官吏和大户，要县政府文书按图索骥，将这些人通知来按时参加宴请。临近开席，文书边拿着花名册边说："各位，阮县长为了顺应民意，发展地方教育，意欲在水城创办一所初级中学，现在万事俱备，只差经费没有出处。今天宴请大家，就是想和大家商议一下，如何解决眼前难题。"

此话一出，在场者有的认为这是一件功德无量的好事，有的已弄清楚这是一场"鸿门宴"，因不知接下来会遭遇怎样的宰割而面带惊恐。就在大家低声议论之际，时任都格乡乡长范子岗为了讨好阮略，率先站起来朗声说道："地方发展，离不开教育。我认捐300块大洋。"

"哗啦"一声，宴席场中开始热闹起来。有了范子岗表态，文书在阮略的眼神示意下，拿着花名册从坐在自己身边的场坝大地主谢明城和其儿子谢清仁问起，询问他家打算捐多少块大洋。

听到文书的询问，爱财如命的谢明城内心本已极度忐忑不安，认捐多少他实在没数，急得头上冒出了汗。在文书的再次追问下，战战兢兢的谢明城语无伦次地说："我……捐……20块……大洋。"

文书听到谢明城的回答，面露愠色，说道："20块大洋？你捐的钱付这桌菜钱都不够。你们父子一起来，捐这点钱怎么说得过去？"

文书的抢白像苞谷酒一样打头。谢明城在众目睽睽之下，脸上一阵红，一阵白，头上冒出了亮晶晶的汗，继而改口道："我改捐50块大洋好了。"

文书不依不饶，声色俱厉地说："你家一年要收1000多担租子，范子岗当没有田产、地产的乡长，人家都认捐300块大洋，你不能少于人家。"

在场者都顿时忘掉了轮到自己该捐多少一事，全都把目光汇聚到文书与谢明城的对答上来。眼见不大出血，捐款的事难以罢休，一贯勤俭、吝啬的谢明城像斗败的公鸡，小心翼翼地赔着不是，并在文书的引诱下，心不甘情不愿地认捐了500块大洋，并当场在募捐名册上按下了红指印。

　　眼见这种阵势，其他的人也不敢再节外生枝，纷纷慷慨解囊。其中，玉舍土司钱闻达捐得最多，除了捐款、捐粮、捐木，还承诺不足部分一切由他个人承担。也许是钱闻达所捐占比太大，所以，初级中学建成后，他才被推举委任为该校第一任校长。而该校在后来的岁月里，也的确为地方上培养了不少不可多得的人才。

盘州小断龙的传说

🌂 唐宗舜

　　相传，明朝洪武年间，普安州南里（今盘州市丹霞镇）的秕杂有一户厚道人家，这家的三个儿子长得英俊潇洒，天生神力。一家人勤劳耕种，日子过得有滋有味。

　　一天，突然来了一个神秘的先生，一进门就说肚子饿得慌，这户人家毫不犹豫地把家里好吃的都拿出来，做了四个菜给他吃。这个神秘先生却说，四个菜不够吃，要八菜一汤才吃得饱，有点酒喝就更好了。这户人家的主人见来者面善，便吩咐家人照他的要求做了一桌子好菜款待他。

　　这个神秘先生酒足饭饱后，在他家四周转了一圈说："本人云游四海，身无分文，为了感谢你家的盛情款待，我传给你家一个大富大贵的秘诀，只要你们听我的安排，保证你家这一代都有享受不尽的荣华富贵。"主人半信半疑，点头答应。神秘人就叫他家现做三个长1米2尺、宽1米、高1米的木柜，一个木柜装豆子，一个木柜装麦草，一个柜子装石头雕刻成的叫马（雄马）和三根茅草。

　　这个神秘先生在旁边看着他家按照要求装好三个木柜后，亲自打上封条说："满100天以后才能打开，少一天不行，多一天也不行。把门关上，不管有什么人来叫你家开门都不能开，不管来人如何叫骂都要忍着，千万不能被激怒而把门打开。"

这户人家看神秘先生说得非常严肃，便备足吃食，把门关上，不与外界来往。开始几天什么情况也没有。十多天后，就听见外面有人叫他家开门，再过十多天后，来叫他家开门的人一天就有三四个；一个月后，来叫门的人每天有三四拨，每拨十来个人；两个月后，不但叫门的人越来越多，声音也越来越大。三个月后，那些来叫门的人开始大骂起来。这户人家牢牢记住神秘先生的吩咐，始终置之不理。

到了第99天，来叫骂的人说话声音越来越大，言语越来越恶毒，这家的小儿子终于忍耐不住，心想："都99天了，整天挨人叫骂，到底有什么稀奇的，我得打开看一看。"他趁家里人熟睡未醒之际，早早起床，悄悄地打开装大豆的木柜，只见柜子里面的豆子快要变成士兵了，个个都闪着眼睛；当他打开装麦草的木柜时，只见里面的麦草都变成了长矛，寒光逼人；当他打开装石马和茅草的木柜时，石马仰天叫了三声便飞到木龙潭旁边的山上吊死了，后来，人们把石马吊死那个地方叫作马吊岩。三根茅草则变成三支长箭，朝着皇城方向飞去。其他两支箭飞到半途就落地了，有一支箭一直飞到朱元璋的皇宫。朱元璋正在洗脸，这支箭射到了金盆上，他大吃一惊，立即召集群臣商议，群臣纷纷议论说："这是南方出反王的不祥之兆。"朱元璋心中也是这么想的，便派朱道台回普安州境内"看风水，斩龙脉，以保天下太平"。

这户厚道人家自知闯下弥天大祸，便连夜逃走，过起了隐姓埋名的日子。

朱道台回到故里，拜见母亲后就想开始他的"斩龙行动"。他母亲心想："龙是天生之物，斩多了有违天命。不斩有违皇命，实在是两难呀！"于是，想方设法留住儿子，不让他出门。然而，皇命在身，不得不斩。朱道台辞别母亲时，母亲反复叮嘱道："我的儿呀，你此次奉命斩龙脉，只能斩狂的，不狂的就不要斩了。"母亲话说完了，却不松手。朱道台见母亲这样，便说道："母亲大人，我听你的就是。"母亲依然不松手，朱道台无奈，只得发誓道："母亲，你就放孩儿走吧！如果孩儿不听你的话，就让我过不了铁索桥。"

朱道台一路寻踪到了南里的秕杂，发现此地龙象极凶，四处寻访龙象所罩人家，进门只见三个恶臭的木柜，主人早已不知去向，便下令地方官组织士兵在龙脖子那个位置开挖斩龙。奇怪的是，不管白天怎么开挖，第二天，被挖之处就恢复得和开挖之前一模一样。这样挖了一个多月也毫无效果。

一天晚上，一个参加开挖斩龙的老兵把旱烟袋遗落在龙脖子的工地上，烟瘾上来，便忍不住回去寻找。烟袋找着了，老兵就地一坐，吧嗒吧嗒地吸起旱烟来。正当他准备离开时，便听到地下传出浑厚模糊的声音，就像人们在说梦话一样："千把锄头万把镐，不如我老龙伸伸腰。"停了停，又传出"要得我老龙死，除非铜钉、铁钉钉我的腰"。

一筹莫展的朱道台闻言大喜，立即组织兵力分别打了99颗9尺9寸长的铜钉、铁钉，188颗钉子密密麻麻地从龙腰那个位置钉下去。这一钉真管用，龙脖子的泥土开挖之后就再也不会复原了。

朱道台斩龙成功，心中喜悦，因为他斩了一条狂龙。一天，他登上丹霞山察看四处风水，发现从南里水塘到丹霞山的一条山间小路之间云蒸雾绕，飘忽有致，如龙飞腾游戏，便下山寻找龙脉。他从四面八方仔细观察，发现从水塘到丹霞山的半山腰就是龙脉要害之处，便沿路上行3里多，但见一悬崖凸出，状如龙头，便返回50多米，在朝学庄方向的一条小路上静心观察，确定要害之地，便组织兵力开挖。

朱道台先组织9个士兵向前挖9锄头，向后挖9锄头，一共挖了81锄头，龙象便消失了。士兵们正准备再挖时，忽然，见一对凤凰在空中盘旋鸣叫。朱道台仔细聆听，雄6声，雌6声，一共叫了36声。凤凰飞走后，朱道台心中犹豫道："凤凰飞鸣，说明这条龙并无凶相，但难保它哪天会变得凶恶起来。斩还是不斩呢？"

他迟疑了一阵，指挥8个士兵向左挖8锄头，向右挖8锄头，一共挖了64锄头，便要了这条龙的性命。

开挖过的地方从此寸草不生。因为那里的地貌特殊，又无地名，人们便以小断龙来命名。今水塘村人张钊听说小断龙的传说后，多次上山察看，写下一首《水塘小断龙》的七律诗："朝乘紫气拥丹霞，夜下清溪饮月华。神剑无能平乱世，龙脉溅血染莲花。堆珠泪涌清泉冷，断岭伤横赤带斜。塘水波平开玉镜，千秋功过录沉沙。"

朱道台违背了在母亲面前立下的誓言，逢龙便斩，当他返回皇城达到北盘江上的铁索桥时，突然在江畔抱肚身亡。

这个传说留给后人的启示是做人要以诚信赢天下，惩恶是为了扬善，善恶不分并非王道。

鹦鹉寺无字碑

🖋 周光强

鹦鹉寺水井门口有一块扑倒的无字石碑，高1.24米、宽89厘米、厚16厘米。相传是清康熙辛酉年所立。其间有一则故事：

据传，鹦鹉寺住持乾宇善（俗名洪春生），出生于昆明城郊洪庙村。幼年父母双亡，被其姑父（住渔村姓郭的首富）收养，与表妹郭夏荷青梅竹马。吴三桂修建金殿发动募捐，郭认为是一般的木质结构，便口出狂言："我捐十沟瓦的橡皮檩条！"吴三桂就差人当即让其签字画押。动工后，吴三桂差人上门按紫铜与其计算，整个郭家的家产都不值其数……郭被爪牙逼死，其妻洪氏跳滇池毙命时，恰遇陈圆圆游滇池。见一对年幼儿女哭得凄惨，陈圆圆问清缘由，于心不忍，便将他们认作义子、义女，把二人安顿到洪庙村洪家老宅，派人监护并教二人读书识字，直到吴三桂称帝反清。洪春生受逼随军造反，行军通过贵州省安南境内铁索桥，心中挂念表妹，纵身跳入盘江河里，潜伏待军队过完才露出水面。之后，他到附近乡村一户农家帮闲度日，得知吴三桂败亡的消息后，沿古驿道向昆明方向返回。行到三板桥唐王大田边，他饥渴难耐，仰卧芭蕉林下乘凉而入梦乡。梦中，洪春生见表妹在自己前面边走边哭，他跟到一座桥上，突然不见了她的踪影，惨惨阴风处有声音："十指封喉伤性命，八卦石伴坠深渊……"洪春生梦吃，将此声音重复叨念，被正欲查访疑案的蔡毓荣（云贵总督）派出收集情报的差人路

❖ 鹦鹉寺无字碑　　　　　　周光强／摄

过闻知，向总督大人禀报。蔡毓荣令差人将洪春生传去询问，洪春生将梦境详细陈述，蔡毓荣茅塞顿开。

清康熙辛酉年三月，蔡毓荣的官轿经过三板桥（由三块大木板搭成，故名三板桥），走到桥正中位置时，突然天昏地暗，伸手不见五指。过去的官员也迷信，蔡毓荣向天双手合十默祷："皇天在上，莫非有冤死阴魂在此？老天复明让我通行，我誓不破此案不离此境……"祷告毕，晴朗的天空依旧，蔡毓荣选择了一个叫"官庄"的小寨住下，明察暗访两三个月都查不出周边二三十里地域内有失踪之人……他根据洪春生之梦境"八卦石"而联想到石磨，便下令让三板桥附近的居民每户推半桶豆腐上交。家家都遵令交了，只有一家未交，这家是开旅店的。蔡毓荣将男店家传来审问，他供说没有上扇磨片。通过严刑拷打，他终于招供：一云南女青年投宿其店，他将其谋害致死，又用石磨捆绑死尸抛坠三板桥桥下水里……

吴三桂败亡的消息传到昆明，陈圆圆跳莲花池身亡，郭夏荷无依无靠，怀着一丝侥幸心理，漫无目的地沿滇黔驿道寻找表哥。走到三板桥投宿旅店时，恰遇女店家的后夫正是逼死自己父亲的爪牙……

蔡毓荣雇水手将尸体打捞出来，洪春生看了，确认是表妹郭夏荷。于是凶手被斩首，洪春生将表妹安葬在鹦鹉山上……蔡毓荣欲将洪春生带回昆明，给他个一官半职，他婉言谢绝，选择出家，担任鹦鹉寺住持，法号乾宇善。之后，他给郭夏荷立了一块无字碑……

月亮山的传说

丁　圣

月亮山位于盘州红果镇，从华家屯那个方向看，就像一尊哈哈大笑的佛，因此又叫"佛山"。月亮山的南、西、北三面山势较缓，唯东面山势陡峭，顶部有一绝壁。绝壁下面有一深广数丈的洞穴。山的东面有一个村寨叫蛾螂铺。寨中住有邓姓人家，过去出了不少为官食禄的人。其中，以乾隆年间在翰林院任职的邓再馨最为闻名。相传，邓再馨的祖上有一位老人去世的时候，请风水先生寻找安葬死者的坟地，当地习俗叫作"瞧地"。风水先生瞧好地后回到东家（当地称死者家属为东家）休息。到了深更半夜的时候，风水先生的徒弟问："师父，你说能出贵人的宝地是在哪个位置吗？"风水先生说："在我放马鞍子的地方。"恰巧，东家有一儿媳生孩子不久，这个儿媳在"坐月子"期间喜欢白天睡觉，晚上的睡眠极少。风水先生对徒弟说的话，被她听得一清二楚。

儿媳妇突然问公公："爹，昨天老先生放马鞍子的地方在哪儿？"其公公如实说了。而后，这邓姓儿媳妇对其公公如是这般说，他便要求这风水先生将安葬的位置放在原放马鞍子的地方。风水先生自知无意之中泄露了"天机"，就和东家争辩说："你们不能把死人埋在那里！"东家问："为什么不能？"风水先生说："如果埋在那里的话，我的眼睛会瞎的，除非你们负责养我一辈子，并且要养老送终才行。"东家说："行，我们养你一辈

民间故事

子。"于是，风水先生就对东家坟山的坐向做了调整。说来也奇怪，过了一段时间，在邓家后院里就看到西面山上绝壁中央有个月亮在隐隐发光，而风水先生的眼睛也有些昏花起来。石壁上的月光越来越明，风水先生的眼睛越来越昏花。石壁上的月亮明了，风水先生的眼睛真的就瞎了。

从那以后，一到晚上，石壁上明亮的月光就照着邓家的公子读书写字，照着邓家的小姐织布绣花。而更为奇特的是，石壁上的月光只照射进邓家的后院，别的地方却照不到。后来，邓家果真出了不少做官者，享受荣华富贵的人。如登仕郎邓天鹗、邓为霖、邓履厚，文林郎邓元英、邓渔磻，修职郎邓万瑞、邓受瑄，乾隆己酉科拔贡而官都匀府教谕的邓再高，等等，其中以邓再馨最为学富职显。

话说风水先生师徒被邓家安顿下来后，他的徒弟住了一段时间就到其他地方寻找风水宝地去了。风水先生一直被邓家视为座上宾。开始的时候，风水先生和邓家相处得非常融洽，经常是衣来伸手，饭来张口。久而久之，风水先生开始不习惯那样的生活，总是多多少少地帮助邓家做些力所能及的家务活，而邓家也像对待家人一样安排一些事情给他做。

由于邓家的男人都到外面去做官了，家里的一些粗重活总是缺少人手，邓家人便叫老先生冲碓推磨，甚至叫老先生去守簸箕（一种盘州人晾晒东西的工具）。而邓家的子孙因是达官贵人子弟，调皮的也不少，有一小孩经常戏弄这位耄耋之年的瞎子先生。一次，这个小孩用手在簸篮里学鸡吃食，被老先生用响耙横扫过去，小孩当场被打哭。于是，邓家人对老先生十分不满。总之，此后老先生受尽了虐待。有一天，风水先生的徒弟回来看望师父，见师父竟然在给邓家冲碓，就情不自禁地说："师父，要不是徒弟多嘴，让您泄露了天机，您怎么会落得如此下场！徒弟一定要到外面去拜师学

❖ 盘州红果月亮山　　符号/摄

艺，想办法让您的眼睛重见光明！"

若干年后，风水先生的徒弟回来了。他对邓家说："师父当年瞧的地儿，忽略了另外一个问题，要是在月亮旁边用几摞瓷碗砸成碎片，镶一条路上去，山上的月亮会更亮，邓家会更发迹。"邓家信以为真，就按他说的图案镶嵌了一条路上去。

过了一段时间，风水先生的徒弟发现绝壁上的月光渐渐暗了，而师父的眼睛也能看到些许光亮，就借故带着师父一起离开了。风水先生离开后，月光渐渐变暗，最后竟然一点月光也没有了，只有一个月亮形状的印记。

后来，有个在邓家见过月亮发光的细心人看出：用瓷碗碎片镶成的图案，形状犹如一只在缓缓蠕动着的大蜈蚣。于是，他就嘱咐邓家用石灰把月亮涂亮，把这座山叫作月亮山，以保家运昌盛。

石人坡的传说

🦇 杨明文

　　六盘水市水城双水街道办明硐社区有个龙井组（隶属于明硐村期间又叫
王家寨组），东抵大桥组，西邻石丫口组，南连黄家寨组，北边是一座山，
叫石人坡。龙井组最矮处的沟里冒出一大股泉水，汩汩流淌，长年不息，称
为龙井。龙井的周围叫龙井窝。

　　石人坡上有个石菩萨，在粑粑店隧道西侧百米的山上，离山顶二三十
米。石菩萨的口、鼻、眼、耳齐全，如一人形，栩栩如生，作背水状。

　　很多年以前，石人坡下龙井一带的良田好土为一户王大财主家所有，龙
井在他家的地盘上，也属于他家的私有财产。石人坡上有一户苗民，不知道
从哪儿流徙而来。这家有大娃细崽五六口，户主姓苗，不知其名，王大财主
叫他苗大脚。他们没有土地，常靠在坡下的王大财主家当帮工为生，闲暇在
山上打猎，弄点野味。王大财主记工很苛刻，早上天开河口起到太阳快落
山，才算一个帮工工作日。山顶没有水，吃水要到龙井来背。可是，白天要
帮财主家打工讨生活，连背水的时间也挤不出来；晚上天黑了才能到家。做
家务，要靠挤时间，在上工前把一家人用的水背好。壁陡的坡，背着六七十
斤的水攀爬，是很累的。可有个好处是，在离家只有几十米的地方有个生根
的歇缸石，扁缸（木头制作的，可以背在背上，用于装水背爬坡）蹾上去，
心里踏实，爬完坡，在这儿可以放心地把气歇够，然后一气到家，把扁缸里

的水倒进白黛石和石灰精心砌成的水缸里。每天背完两缸水，放下扁缸，就要赶紧到财主家去上工，这基本成了苗大脚的"规定动作"。

长年累月起早贪黑，栉风沐雨，日子就这样艰难地过着。

又过了很多年，朝廷和安宣尉密约，让其把水西的苗民撵出资源富集的地方，朝廷将给其很多银两。安宣尉既想得到朝廷所给的好处，又不想得罪这些苗民，就和他们商量，叫他们退到规定的区域，不伤害他们的性命。当时的苗民势单力薄，就答应了安的提议。石人坡上，虽然只有嶙峋寡岩，可是这家苗民也在劝撵之内，安宣尉派人通知了他们之后，不知什么时候，他们也搬走了。

这家苗民搬走以后，由于多年少有人经过，从石人坡上到坡脚的路渐渐长满了荒草，可那块歇缸石却越长越大，竟然石化成人。一天，龙井的这家财主去以朵回来，在黄家寨看到山上有个人，心头一惊："那不是给我帮工的苗大脚吗？几年都没有见了，莫非他回来了？"王大财主很贪图苗大脚干活的踏实憨厚。可是看了半天，那人就是不动。回家后，王大财主差人上坡去看个究竟。快一个时辰后，差遣之人回来说："像苗大脚，可是喊不应，拉不动，活像一尊石菩萨！还用一只手支着下巴，思磨心事呢！"从此，龙井一带的人就都称那个石人为"石菩萨"，石人所在的这座山由此名为"石人坡"。

后来，有人把这个故事编成了一首打油诗，诗曰："石菩萨在石人坡，惆怅一生成蹉跎。长忆他年艰辛事，终日难忘龙井窝。"

❖ 石人坡　　蒋先军/摄

民间故事

媳妇背婆婆山

🖛 赵　庆

　　媳妇背婆婆山（也叫王婆山）位于贵州省六盘水市水城区鸡场镇旗帜村
棋盘屯南面。此山俊秀挺拔，像一对恋人和一位老人偎依在棋盘屯旁，形象
逼真，其间故事更加惊险曲折，让人悲喜交集，催人泪下，激人奋进。

　　相传很久以前，天庭王母娘娘有八个女儿，其中一个叫王丽君的仙女下
凡，与归集布依族小伙阿鹏结为夫妻，天庭只剩下她的七个女儿，因此，北
方的夜空只剩下北斗七星了。

　　农历六月初六是布依族风情节，这天天气特别晴朗，周围十里八乡的青
年男女都集中到归集黄河边玩耍。天庭王母娘娘的八个女儿正好也到南天
门游玩，她们看到归集山区山清水秀，景色迷人；穿着节日盛装的青年男女
三五成群地集中在一起吹唢呐、吹箫筒、吹木叶、唱歌跳舞。此时的归集人
山人海，五彩纷呈，热闹非凡，八个仙女见状，便情不自禁地来到这里与人
们一同玩乐。

　　"有缘千里来相会，无缘对面不相逢。"八个如花似玉、美貌绝伦的仙
女刚到归集就吸引了所有人，大家像观看八件艺术珍品似的向她们投来好奇
的目光，没人敢上前与她们搭话。过了一会儿，一个身材高大、玉树临风、
相貌堂堂的小伙子微笑着朝她们走来，彬彬有礼地邀请她们对唱山歌。

　　邀请仙女对歌的布依族小伙名叫阿鹏，他见八个美女犹如八朵色彩奔放

❖ 媳妇背婆婆山　　　　　　　　　　　　　　赵庆／摄

的鲜花——似雍容华贵的牡丹、凌霜傲雪的梅花、清新脱俗的荷花、从容优雅的兰花、富丽堂皇的茶花、凌波玉立的水仙、热情似火的玫瑰，于是，情不自禁地与她们唱起了布依山歌。布依山歌情真意切，感人肺腑。你来我往地对唱了一阵之后，阿鹏对一个名叫王丽君的仙女产生了爱慕之情，他便大胆地向王丽君求婚。八个仙女见阿鹏长得眉清目秀，风度翩翩，且有礼有节，歌也唱得好，认为他与王丽君正是郎才女貌，天地绝配。但是，由于受天规天条的约束，神仙凡人不许婚配，王丽君不好直接拒绝阿鹏的请求，更不便向阿鹏亮明身份，说明原因，于是，提出要与阿鹏比试文才武功，想让他知难而退。他们相互约定：如果阿鹏的文才武功胜过八个仙女，王丽君就嫁给阿鹏为妻；如果阿鹏输给她们，就要接受她们的惩罚。结果，文才和武功的比试，阿鹏皆大获全胜，之后，他就顺理成章地与王丽君结为了夫妻。

民间故事

　　阿鹏和王丽君恩恩爱爱地生活了十余年，生育了一男一女两个孩子，创制了色彩艳丽的布依族服装、色香味俱佳的布依精肉鲊和特色布依腊肉，为提高归集布依族人的生活水平作出了较大的贡献。

　　阿鹏和王丽君神仙凡人结缘的事被玉皇大帝知道之后，恼羞成怒，派遣天兵天将到归集捉拿两人去天庭接受审判。阿鹏和王丽君以恋爱自由、婚姻自主为由慷慨陈词，据理力争，不屈不挠。阿鹏用武力与哪吒三太子斗得天昏地暗，不分输赢。他们又协商用归集三个屯中间的那个屯当棋盘，用屯上的石山当棋子，进行了49天的象棋大赛，最终是棋逢对手，握手言和。

　　棋赛的结果令玉皇大帝的怒火变得更加旺盛，他派托塔李天王率天兵去归集捉拿阿鹏和王丽君。夫妇俩在地仙和凡间仁人志士的帮助之下，与天兵展开了惊天动地的激战，许多天兵命丧归集屯，血染归集河。阿鹏他们最终寡不敌众，王丽君在阿鹏的掩护下背着老婆婆在撤往妥倮大洞的途中遭到天兵袭击，一家三口在烈火的焚烧中变成一座高大、雄伟而又壮丽的石山。

　　后人为了纪念阿鹏夫妇为自主婚姻，为坚持真理而同强权势力做斗争的英雄壮举，也为纪念美丽、贤良、孝顺的仙女王丽君，而将此山叫作媳妇背婆婆山。这座山昂首挺胸地屹立在棋盘屯旁，激励后代子孙集德集贤，发愤图强，建设美好家园。

白龙洞

聂　康

　　鸡场镇安居小学后面有个白龙洞，这条山梁叫白龙洞梁子。

　　相传很久以前的一天，有个老农正在山上割荞子，不料乌云密布，电闪雷鸣，狂风呼啸，眼看要下暴雨，老农忙用草签（用来背草的一种削尖的木棍）系好荞子，背起往家里赶。当他来到一个偏岩洞边时，实在走不动了，就把荞子放在那里休息避雨。这时，老农忽然听到一阵嗡嗡嗡的声音，声音刚停，竟然晴空万里。

　　此时，老农感觉很困，就打了一会儿瞌睡，迷迷糊糊中，他听见有说话的声音："小白龙，你搞哪样啊！叫你往板壁坡去，你偏要往大黑下，我的事做完了，你的任务没有完成哟！可别怪我啊！违规受罚你自己承担，千万别连累到我。"

　　又听到另一个声音回答："这也不能完全怪我啊，是哪位神仙也太不讲理啦！弄一堆沙子堵住了我的通道，我想了很多办法都无法冲出去，害我连气都喘不过来，差点儿送掉这条老命！这次回到天庭没指望活啦！我就住在这里查一查，看是谁坏了我的事，再找个机会好好教训教训他！"

　　老农被惊醒过来，准备背起荞子回家，可怎么也背不起来。他把草签解开一看：天哪！原来自己所背的荞子刚才堵住了偏岩洞口，往里面一看，非常宽敞，有很多柜子那么大的冰雹凝成团，洞口边上还有一只癞蛤蟆在大口

民间故事

❖ 安居白龙洞梁子   聂康 / 摄

大口地喘气。顿时，老农回忆起刚才睡着时听到的一切，心想：难道这只癞蛤蟆就是小白龙？为了求得小白龙的原谅，老农当时就许愿：以后每年的农历三月三，买一只黑山羊宰来祭它。

开始的几年村民还是按照惯例，三月三筹款买一只黑山羊，宰好丢进洞里去祭小白龙，让它保佑大家生产生活万事如意，平平安安。时间长了，就有村民反对说："哪有这么怪的事，这明显就是浪费大家的钱，以后不搞啦！看它会怎么样，我们才不信呢！"这年三月三就没有宰羊祭小白龙。起初，老农们种下的各种农作物生长得很好，有人就开始议论："老人们是乱说的，今年不买羊祭小白龙，我们种的各种庄稼比往年还好呢！"

可是好景不长，等洋芋放大花，苞谷戴红帽时，一天大中午，突然乌云滚滚，电闪雷鸣，一阵狂风暴雨过后，毛家河、小坝姑、大坝姑、龙井一带，到处都是白茫茫一片，所有农作物都被小白龙的冰雹收走了，当年颗粒无收。

后来，人们连着试验了几年，只要农历三月三不买黑山羊祭小白龙，那毛家河、小坝姑、大坝姑、龙井一带就会下冰雹，种的庄稼就损失严重。没有庄稼，人们怎么生活啊？大家只好按照以前的惯例，每年农历三月三继续买黑山羊宰了，丢进洞里祭小白龙。

年年岁岁，岁岁年年，一代一代的人过去了，一只黑山羊的价格涨到上千元。这样又过了一些年，最终又有人提出来："上千元一只羊丢进洞里，大家花了钱连一口肉都没得吃，真是太浪费了，不如换一下，狗价格低，以后每年买一条黑狗杀了丢进洞里去，应该也是一样的嘛！"这个提议得到了部分人的赞同。当年三月三，村民们真的买来一条小黑狗杀了丢进洞里。让人想不到的一幕发生了，刚把小黑狗杀了丢进去，人们就听到洞里面发出一声巨响，有一股巨大的力量从里面冲出来，在场的人无不惊慌失措。突然有人大叫："大家快看，有黑、白的两团云从洞口飘出来了！"只见这两团云一直向远方飘去，从此，那里只留下一个空洞，人们就称它为"白龙洞"。

金盆双塘传说

吕广阳

水有源，木有本，葫芦有把，话有根，金盆乡有个双塘村。双塘村因这个地方有两口塘对坐而得名。

双塘又叫雷家塘，因南开乡雷家在这里住过。双塘为两个大望天麻窝，雷家在里面种麻，据说要休息九次才能把一背麻背上来。两口塘面积在5~10亩，麻窝中间有一石梁相隔，若从高处观之像一双大眼，故又有人称之为"双眼麻窝"。

在未成塘之前，这个地方有一个山寨，叫麻布街。这里有百余户人家，巧于纺织麻布，因街上全是卖麻布的而得名。后来，人们说变了音，称妈姑街。那么，双塘又是怎么形成的呢？

传说清朝年间，癸亥年五月初的傍晚，明月如钩，碧空万里。街上人家正吃晚饭，突然出现一对外地口音的陌生男女，女的貌若天仙，两人满街投宿，结果不知道住哪家。到了半夜，突然电闪雷鸣，下起了倾盆大雨，家家有天摇地动之感，趁着闪电从窗缝观之，则平地起水，一夜之间，地貌全非。待到第二天清晨，人们关心着自己的作物，勤劳的雷永二老来到自己的麻塘一看，惊呆了，果不其然，两个麻窝坐起两口大塘。二老怜惜自己的麻园，沿着塘间石梁走去，观看着被水毁坏的庄稼，突然眼前一亮，发现一张白纸，上面好像有字迹。二老不识字，便将纸条带回家中让街坊帮忙认读。

❖ 金盆双塘中的一口塘现在还有水

尹大恒／摄

　　无奈全街没有一人识字，大家联想到昨晚的一男一女，家家异口同声，都说这两人在找投宿之处，但一了解，他们并没有住到哪家，大家觉得很奇怪。再加上这张纸条上又写着什么字，全街人一合计，决定派一个叫雷敬海的老人，将这张纸条送到威宁盐昌府，请府爷解文字。府爷边看边吃惊，暗自思忖，此非凡人所为，沉思片刻，他将街上送纸条的雷敬海叫到一边，开始念文字给他听。这张纸条上写的原文是：

> 龙王外甥家姑娘，爱上鱼兵结壳郎。
>
> 父母得知万不允，坏了龙宫族规章。
>
> 充军凡间威宁海，我嫌此处不相当。
>
> 多有虾兵不敬我，并加海水不清爽。
>
> 故来此地建家园，天地凑合来相帮。
>
> 将将就就在此时，山神土地赏个光。
>
> 凡人休要打扰我，塘园落叶鸟帮忙。

民间故事

215

取水敬神我高兴，禁在我家洗衣裳。

若有凡人不依劝，定主家中不吉祥。

　　威宁府爷念完后，仔细讲解其中意思，雷敬海回到街上，召集全街人传达要求：不准哪家再往塘里扔脏东西，如死牛烂马等；不准在塘里洗衣物。就这样，年复一年，日久天长，这两口塘里的水清澈见底，里面多有大大小小的结壳鱼。如有树叶落入其间，会有两只小鸟将其衔出。后来，不知是谁来塘里钓鱼，尿入塘中，顿时空中泛起乌云，电闪雷鸣，钓鱼人还未跑到家，就被狂风暴雨弄成了落汤鸡，连钓到的几条小鱼也不知道跑到什么地方去了。

　　后来，过了若干年，这里的人们不守本分，时有人乱扔乱洗妇女小孩衣物，污染此塘。自然生态逐年变坏，双塘逐渐萎缩。现在的双塘只有一口塘还有水，且水是以前的十分之一不到。另外一口塘因水干涸，现变成了养牛场。

鸡场坪镇起古丘的故事

李 丰

　　鸡场坪镇地处云南高原向黔中高原过渡的斜坡地带，是位于盘州市北部的中心地区，距市政府所在地红果新城30余千米，东与淤泥彝族乡、羊场布依族白族苗族乡、旧营白族彝族苗族乡接壤，南与两河街道、盘关镇、刘官街道相连，西抵柏果镇，北临坪地彝族乡、普古彝族苗族乡，平均海拔1775米，交通便利，气候宜人。该镇以得天独厚的优势成为贵州盘北经济开发区所在地，在文化发展史上蕴藏着多姿多彩的民族文化遗产，如海马舞、羊皮鼓舞已走向省级文化舞台，被授予盘北"彝族歌舞之乡"的称号。2018年12月，入选"第六批全国民族团结进步创建示范区（单位）"。鸡场坪曾称鸡

❖ 起古丘村寨

李 丰 / 摄

场营，这段历史与起古丘这个小村庄息息相关。

鸡场营始于明洪武年间，到清康熙四十年（1701年）废置，其营长为彝族陇氏，住营下的起古丘，管辖范围为发泥、吐都、火努都等许多地方，先后有顾、刘、苏、班、张、高、吴和花等八姓军民到此地安居乐业。他们以农耕为主，勤俭持家，尊贤崇德，此地渐渐人丁兴旺。起古丘原名叫取古曲，又叫器鼓曲，位于鸡场坪镇政府东部的1.2千米处，地处该镇中心地带，是由两个村民小组形成的独特自然村落，现属新村居委会管辖。这里山清水秀，土地肥沃，人杰地灵。

据鸡场坪土地脑包陆氏祖母佛堂侧面的碑文记载，传说清朝道光年间，起古丘住了一陇姓土司，娶陆氏（后人称陆氏祖母）为妻，生隆芝、隆贵等兄妹三人，请阴阳先生择宅居于旧屋居，议定只要急发富贵，就奉养阴阳先生一生。没过几年，陇家果然富甲一方，上管滇南胜境，下辖圭集黄河。后因阴阳先生的徒弟回拜师父，见师父双目已经失明，时受下人虐待，心中很是不平，于是便设计祸害主家，谎称"这宅基不错，如烧铁水为浆，将门前砌石桥，更能永久富贵"。陆氏祖母家人依计而为，待石桥竣工时，正值夏季水涨，徒弟背起瞎子师父到河边，用舌头舔其双眼，阴阳先生顿时双眼复明。师徒不辞而别，没过多久，陆氏祖母家果受其害。

陆氏祖母的女儿与龙土司家发生口角，陆氏祖母叫文书写信与龙家择日和好，但文书则改为择日相打，恶语相告。祸从天边起，龙土司含恨夜袭，将陆氏祖母及家丁撵至圭吉黄河边，小儿子隆贵被追兵斩首。陆氏祖

❖ 陆氏祖母佛堂侧面碑文　　　　李丰／摄

218

母含悲在大屯安营扎寨，应对危局。龙土司家兵丁围攻数年未胜，令兵丁设计活提陆氏祖母家的号兵，勒令其吹号，以动摇陆氏祖母家兵丁军心，乘机偷袭其大营。陆氏祖母率兵丁拼命反抗，但寡不敌众，已无回天之力，大败而终。长子隆芝在家丁的保护下，慌忙逃离家乡，亡命云南。

陆氏祖母败回起古丘，将全部产业赠送给当地百姓。起古丘百姓怕龙土司借口入侵，便按照陆氏祖母的嘱托，将鸡场营改名为鸡场坪。

为怀念陆氏祖母的大恩大德，村民们在村子对面的土地脑包上建陆氏祖母佛堂，永远祭祀，代代香火相传，从此鸡场坪起古丘更是人丁兴旺，贤能辈出。

丹霞湖木龙的传说与山榜子渡槽

李　丰

丹霞湖位于丹霞山南麓，地处群山环抱之中的盘县丹霞镇木龙村，是贵州省第一个最高的均质土坝水库，又称木龙水库。

丹霞山的铜钟会飞。传说有一年春天的夜里，丹霞山的铜钟飞入木龙龙潭内，与潭中老龙王打架，双方各显神通，互不相让，斗得天昏地暗，河水枯竭。铜钟借势将老龙王的龙角打断，老龙王的龙角出血不止，痛得翻江倒海。龙角淌出的脓血变成洪水，在龙潭中猛涨。老龙王忍痛用木桩做了一只龙角，替代被铜钟打断的那只龙角，所以称木龙（也有人说，"木"谐音为彝语"天"，彝族称木龙为天龙）。

有一天早上，丹霞山住持寺僧去敲铜钟时，铜钟却无声响。大家仔细一看，只见铜钟全身满是青苔，钟腹有一只断龙角。佛祖托梦给住持，住持方知缘由，于是吩咐寺僧用铁链子将铜钟牢牢地锁住，从此铜钟就再也没有和老龙王格斗了。但到了每年春季，老龙王的木龙角就会疼痛不止，所以春节前后龙潭出不了水，造成干旱。而到了夏季，老龙王的木龙角又要发炎化脓，龙身翻腾，潭水四溢，将木龙潭的水变成洪水，造成龙潭外的莫龙河流域洪水泛滥，水灾不绝。

木龙潭周围是一个依山傍水的小山村，辖木龙、大垭口、潘德箐、刘家湾、杨旗屯、坡顶上、寨上7个自然村12个村民小组，风景秀丽，世居刘姓

❖ 木龙水库大坝

和唐姓等居民。因寨子在木龙潭边，故称木龙村。为了祈求老龙王逢凶化吉，保佑全村家家户户吉祥如意、风调雨顺，村民们会选择春季的黄道吉日，带着祭品和香蜡纸钱，跪在龙潭边祭拜老龙王，称为祭龙神。祭龙神乃在当地流行，相沿成俗。

为了治理水患，新中国成立以来，政府加大了投入，兴建木龙水库。1976年12月，水库大坝竣工，坝高45.2米，坝轴长157米、宽8米，坝顶高程1572.2米，西侧有溢洪道，长168米，正面为百米悬崖；坝外侧为斜坡，水泥塑"木龙水库"4字。木龙水库被"马吊岩"的带状小山自然分隔，形成内外两库。小山下部有洞相通，水即由内库经洞，流入外库，总库容530万立方米，集水面积72平方千米，年均流量1.38立方米/秒。水库主源为木龙村地脉龙潭；另一源为山岚河，河与水库有个落水溶洞，为山岚河流至木龙水库的必经之所，称山岚洞，分"天洞中洞"和"落水洞"3层，层层贯通。1979年以后，先后在水库新建一级发电站和二级发电站，逐步解决群众生产和生活用电问题。1980年，全长（跨度）为132米的木龙库重点配套工程——左干渠三榜子渡槽竣工。该工程浩大雄伟，盘县至兴义公路从槽下穿过，从底到桥面高43米，为钢筋混凝土结构的双曲拱渡槽，桥面净宽2.8米，并设有栏杆。渡槽宛若长虹横跨天堑，槽身书有"长虹雄姿瞰大地，银河飞渡润桑田"字样。因水库位于木龙，故名木龙水库；因木龙水库位于丹霞山南麓，又称丹霞湖。

❖ 丹霞山风光

姚祥林／摄

丹霞山系列故事

🖋 李　丰

　　丹霞山位于盘州市丹霞镇（原盘县水塘镇）东南方，距盘州双凤古城17千米，距新城红果40千米，鹤立于夜郎名源——苗岭山脉中与郎山（老王山）齐名的夜山（莲花山）上，山顶海拔1896米，一峰独秀，高耸入云，形如天柱。

天北丹山传奇

　　相传清乾隆年间，大地瘟疫流行，人间善恶不分，山林着火，洪水泛滥，天昏地暗，惊动了玉皇大帝，派雷公电母到人间普渡众生。清乾隆二十三年（1758年）四月的一天早上，天空中电闪雷鸣，暴风骤雨，只见一道祥光在山上划过，紧接着一声炸雷扫过大殿，在山南侧摩崖石壁上响起，神书"天北丹山"4字。《普安厅志》称为"晴空霹雳，雷轰绝壁"，顿时天空中艳阳高照，一片片像鸾鹤形状的丹霞，盘旋笼罩在山顶，四面八方一片通红，像仙境一般，从此风调雨顺，人民安居乐业。在万道霞光的照耀下，雷击摩崖石壁上的神书"天北丹山"4字，字大如碗，字体呈丹霞色，字迹奇诡难辨，神秘难测，故名丹霞山，也称丹山。

　　也有传说汉代的时候，有一年上巳节，正逢古历三月三这天，鸾鹤形的霞气笼罩在山的上空，呈现片片丹色，天上人间遍地通红，像仙境一般。之后，每年当旭日东升和夕阳西下时，丹霞山经常金霞簇拥。那片片丹霞能让人逢凶化吉，红运高照，故名丹霞山，简称丹山。从此每年三月三"玩丹山"相沿成俗。这一天，"玩丹山"的人们清早就要站在丹霞山山顶上，观

❖ 天北丹山

李丰／摄

民间故事

看旭日东升的奇景，沐浴丹霞的神韵，以求幸福、安康和吉庆。三月三"玩丹山"香火日盛，热闹非凡，年胜一年。

荷花塘往事

荷花塘位于丹霞山南麓桃园村的擦耳岩村民小组，距丹霞山护国寺约500米，因塘内种满荷花，故名荷花塘。

相传丹霞山开山始祖海玉师徒在建庙宇时，用水十分困难，要到水塘河的老鱼塘去背水。远水难解近渴，海玉师徒十分焦急，于是不辞辛苦，翻山越岭，在丹霞山周围四处寻找水源。当到一个山崖时，荷香四溢，只见山崖下有一亩左右的方塘，塘里满是荷花。走近塘边，塘水清澈见底，海玉师徒十分高兴，便在荷花塘四周筑了土埂，并为这个山塘取名荷花塘。因没有路，前面又是千丈高崖，要把塘里的水运到丹霞山十分困难，于是，海玉师徒从千丈山崖下凿通了一条从丹霞山到荷花塘的石阶路。因石阶路比较狭窄，从路上行走时，行人一不小心，岩石就会擦着耳朵，人们就把这个山崖叫作擦耳岩。后人先后将荷花塘四周筑的土埂修建筑成石埂，擦耳岩的石阶路经多次进行维修，如今已是宽大的柏油路。

观日楼由来

为了恢复重建丹霞山观日楼，由盘县政府出资71万元，县供电、煤炭等部门筹资14万元在原藏经楼的地基上修建仿黄鹤楼式样的观日楼，于2000年3月18日竣工。观日楼为七层八角宝塔，高34.2米，建筑面积646.6平方米，每层有1.1米高的围栏，设57根避雷针，翘角挂48个平安铜钟，花栏上雕刻84只和平鸽。第二层安装4盏1000瓦的大功率射灯，每层布红、黄、绿等7色可调彩灯，每当夜至，灯光闪烁，宛若天上星河，美丽绝伦。登上观日楼，方领悟"欲穷千里目，更上一层楼"的诗情画意。举目四望，峰峦叠翠，钟灵毓秀，真正体会到翰林学士陈小圆曾在原观日楼的有趣题联：

脱水灵龟双献瑞、阴九数、阳九数、九九八十一数，数数皆通妙道，道合元始天真一诚有威；

丹山彩凤两吉祥、雄六声、雌六声、六六三十六声，声声叫彻九天，人生当今皇帝万寿无疆。

❖ 丹霞山观日楼大门 　　　　　　　　　　　　李丰/摄

易家大墙（舍身岩）的传说

相传很早以前，进丹霞山山门后，原来是悬崖峭壁，后僧人"凿石宽尺余"，行人才方便上山拜佛。普安州北边一易姓夫妇婚后多年无子，有年正月十五晚上，易夫人梦见家中霞光万丈，只见州南丹霞山的送子娘娘，乘丹霞为她家送来一个孩子。易夫人醒来便将所梦之事告诉丈夫，夫妇俩十分高兴，便决心上丹霞山拜谢送子娘娘。易公细推次日是正月十六，正是黄道吉日，夫妇俩便从家中启程，过了99条河，爬了99座山，走了9天9夜，风餐露宿，终于到了丹霞山，只见祥云环绕，丹霞片片，"头上去天真不远，眼前得地自然宽"门联上方的"第一山"更显得神圣庄严，果然是佛教名山。

次年，易夫人在蒙眬睡眠中又做了一个梦，"梦见夫君气喘吁吁从丹霞山背来一口玉石水缸，缸里盛满了一缸清水，饮之甘甜凉爽可口，用手指敲击玉石缸口，则发出铿锵悦耳之音，当想要问夫君时，梦停，易夫人也就醒了，当地人叫此梦为好兆头"。第二天晚上辰时，易家果然生了一个天庭饱满、地阁方圆的孩子。

转眼又是一年，易公一家三口欢天喜地，又到丹霞山。等快到山门时，小孩哭闹不止，顿时狂风大作，易公一脚踩滑，怀中的小孩已从悬崖峭壁上掉了下去，后人便将此地取名为舍身岩。易公伤心欲绝，不顾夫人苦劝，毅然在丹霞山当了居士。三天后的黄昏时分，易公回到禅房，只见霞光闪耀，小孩皮毛未损，正在禅床上玩耍，他一时激动万分。住持见状，高兴地对易公说："这个孩子大难不死，必有后福。你尘缘未了，带孩子回家吧！"易公抱起孩子，千恩万谢，还许诺如孩子长大成器，定要在舍身岩砌大墙。

光阴易逝，转眼间已过18年，这个小孩已变成青年人，气力超群，独臂能举百斤。他心存报国之志，后光荣从戎，戍守边关，因战功卓著，当了混成旅旅长，成了远近闻名、老少皆知的将军。他在任期间体察民情，清正廉洁，显赫一时。

适逢春节，将军荣归故里，易公言及当年许诺之事，将军听后欣然应诺。正月十六，他带领亲兵，沿着古驿道浩浩荡荡地策马到丹霞山，令兵士打凿五面石，用桐油蒸糯米粑做浆，在舍身岩下砌起了一堵大墙，与原来僧人在悬崖凿的尺余石径连在一起，形成丹霞山山门到寺院的一条大道。为纪念将军功德，人们把舍身岩下砌起来的这一堵大墙称为易家大墙。

丹霞镇里山岚村迷踪

杨兆修

诗曰:

　　无故平端灾祸起，悲哀传给后人怜。

　　南柯一梦何时醒，转眼灰飞一瞬间。

　　相传，现在里山岚村村委会所在的地方，地名叫作"罗罗大地"。这里曾经是一块福地。因为，北方靠近秕杂有一条龙（雌龙）看护，南方靠近石桥镇也有一条龙（雄龙）看护，两条龙共同呵护着这块福地。由于有这两条龙的呵护，这里水资源极为丰富。在"罗罗大地"的东边三四里处有一个地方叫作"大田坝"，每逢金秋时节，这里谷子金黄，瓜果飘香。

　　很久以前，在这里居住的是一个彝族部落，彝家每一年的粮食根本就吃不完，甚至还养起了许多家丁。彝家的势力越来越大，无形中就给当时管理盘县的地方官带来了恐慌。

　　恰逢朱道台大人到盘县来督查工作，地方官便向其报告了这一情况。朱道台大人听后，掐指一算，便明白了彝家的富有和权势，正是有"罗罗大地"南北两条龙呵护的缘故，他也害怕彝家做大，便决定斩杀这两条龙。

　　经过几天的摸索，朱道台大人终于找到了两条龙的藏身之地，便下令在

民间故事

龙的脖子处开展宰杀行动，调动大量的民工在龙脖子处进行挖掘。在挖掘的过程中，怪事总是接连不断，头一天挖断的山脊，第二天又恢复了原来的模样。朱道台大人经过仔细摸排，听到当地人反映，他们多次听到这样的话："任你凡间千把斧，万把刀，还不如我老龙伸伸腰。要得我老龙死，金铜铁钉钉我的腰。"

朱道台大人知道后，就派人到南里水塘蒋家、王家和马家打了一些金铜铁钉，先后钉在了龙脖子的周围。从那以后，老龙就再也不能够动弹了。靠北的龙血淌得满地都是，冒出来的血滴洒在山坡上。慢慢地，淌血多的地方就开出了鲜艳的杜鹃花（当地人称之为映山红），有血滴的地方就零零星星开起一些小型茶花。靠南的龙，听说是一条雄龙，临死时，挣扎得挺厉害，弄得当地天昏地暗了好几天。血液所流过的地方，同样也开起了一片片鲜艳的杜鹃花，血滴大的地方开起了艳丽的大山茶花，小血滴处也出现了小山茶花。随着血液的干涸，有的地方的山茶花渐渐变成了白色或者黄色，也许是对死去的龙的哀悼吧！迄今为止，一到春天，"罗罗大地"的北面是满地鲜艳的红杜鹃、艳丽的红山茶；南面盛开的除了鲜艳的红杜鹃、艳丽的红山茶以外，还有洁白的白山茶、嫩黄的黄山茶及星星般的山茶花。这些花儿竞相开放，好像在美丽的绿毯上镶嵌了许多彩色宝石一样。到这里来游玩的人们无不发出惊叹：这里风景独好！

迄今为止，还有一条山路从北面的龙脖子处经过，这条路是水塘方向去里山岚村的必经之路。由于从南面的龙脖子处经过的人少，至今这里只有被挖断的痕迹了。

两条龙被朱道台大人斩杀后，"罗罗大地"这块福地失去了保护神的庇护，彝家渐渐走向衰败，家庭也发生了变故，不得不搬走了。常言道："瘦死的骆驼比马大。"彝家虽然发生了变故，但是积攒了很多金银珠宝，一时搬不完，又担心官家来收缴，于是，他们就把一些重要的珠宝带走了，带不走的金银财宝就埋在了"罗罗大地"。相传，这里埋了18坛银子和3坛金子，都埋在一方池塘的边上。他们把埋金银的地方告诉了后辈子孙，但由于金银太多，子孙们不敢明目张胆地挖走，这样一拖就是几年、几十年，乃至百年。

后来，他们偷偷地来挖，里山岚村的人们曾看到他们挖走金银时留下的五六个坛子印。20世纪50年代，在这里修通了县级202公路，后来的面貌已经发生了很大的变化，里山岚村的人们不知道金银的藏处，只知道现在村委会所在的地方，可能就是当年彝家来挖走几坛金银的地方。

　　随着里山岚村集市的形成，路边都盖起了商铺，金银财宝的所藏之地就成了一个永久的谜。

"闪谷包"的来历

🦅 汪龙舞

盛夏傍晚，每当晴朗的日子，天边就会出现一种打闪现象，一扯一扯地，没有云雨，没有雷。人们都说那是老天在为即将抽穗的稻谷灌包，都叫它"闪谷包"。其实那是莫支在天上织布，是她梭子划过的闪光哩！

传说，莫支是猎人莫哩的媳妇，她织的布水珠沾不上，火苗燎不着，挑花也夹针脚。她长得很美，白云和她比嫌黑，粉团和她比嫌粗，要多好看就有多好看。

一天，莫哩出门打猎去了，莫支正在家织布，天上大罗神推开门撞进来，一把抓住莫支就飞上天去了。大罗神专门吃人肉，每天都要下凡捉几个人上天做下酒菜，捉来捉去，地上的人越来越稀少。这天也该莫哩倒霉，才出门就被大罗神抓走了媳妇。

大罗神把莫支抓进家，撕开她的衣裳就要吃肉。莫支忙说："我的肉是苦的，谁吃了谁三年吞不下东西。我会织布，会做饭，留下我给你看家吧！"大罗神一看莫支皮白肉嫩生得好，就留下她做了婆娘。

莫哩打猎回来，一看大门敞开，房里没了莫支的身影，晓得事情不对。他找了半天，发现了大罗神的脚印，这才知道媳妇被大罗神抓上天去了。他又急又气，背上弩，带上箭，决心要把莫支夺回来。

莫哩来到天门边，趁大罗神打开天门下凡捉人吃之机，悄悄溜进天门，顺着脚印找到了大罗神家。莫支正在天机上织布，一见莫哩来了，忙打开门把他让进屋，杀鸡焖饭煮芋头，请他好好地吃了一顿。

刚吃完饭，房外吹来一阵大风，莫支说："大罗神要转来了，咋办？"莫哩指着屋里倒放着的背箩说："把我藏进去，找几节泡沫柴烧火给他烤，我自有办法对付他。"莫支点了点头，掀开背箩让莫哩钻进去，把几节泡沫柴丢进火塘，然后才去给大罗神开门。

大罗神走进屋，连声说："洗嘴溅水打湿了衣服，冷得很，冷得很！"说着就一屁股坐在火塘边烤火。泡沫柴一烧就爆，不时在火塘中炸起火星，整得大罗神满头满脸都是灰。莫哩看得清楚，举起弩搭上箭，趁泡沫柴爆炸之际一连向大罗神射了三箭。

三支弩箭齐刷刷地全射进了大罗神的额头，痛得他直喊哎哟，直骂柴不好，要莫支重新换柴。莫支只得抽掉泡沫柴，重新放进了好柴。火塘不爆不炸了，大罗神烤干衣服又飞下凡间吃人去了。

莫哩掀开背箩钻出来，莫支说："你那三箭射的不是地方，大罗神是个豆渣脑壳，不怕箭射，他的致命处是后背心，只要一箭就足够送命了。"莫哩后悔不已，莫支把他带到一个大塘边，指着一蓬箭竹说："你躲进里面，等一会儿大罗神要来这里洗嘴，要射要杀随便你。"莫哩弯腰钻进箭竹林，莫支又回去织布了。

太阳还没有落山，大罗神变成一只大鹞子飞来了。大鹞子落在塘边，抖了抖又宽又大的翅膀，把头伸进塘中就洗起嘴来。大鹞子嘴上糊满了人血，不一会儿，塘水就红了半边。大鹞子不住地弓腰弯背，背心不时暴露出来，莫哩抓住机会，一箭就射穿了大鹞子的背心。

大鹞子现出人形死了，莫哩跑到大罗神家，喊起莫支就要走。莫支说："别慌，我的布还没织完呢！"莫哩不管三七二十一，从天机上一把拉下莫支，扯起她的袖子就跑出了大罗神家。

刚出天门，莫支说："我的梭子忘了拿，回去咋织布？让我回去拿来再走。"莫哩松开手，莫支跑进天门，"呼"的一声把天门关上了。莫哩又喊又叫，莫支流着泪隔着天门说："莫哩呀，世上的女人多得很，你回去另讨个漂亮姑娘坐家吧，我被玷污了身子，不能回去陪你啦！"她说完，不管莫哩答不答应，又转回天机上织布去了。

莫哩撞不开天门，喊破喉咙也听不到莫支的回应。没办法，他只好独自转回凡间，另外找了个姑娘做媳妇。

每到天晴无云的傍晚，莫哩总忘不了仰起脖子看天，希望能看到莫支。这时，天上就会一闪一闪地泛起白光，那就是莫支在织布了。

风

物

凉

都

盘州英武龙脑壳的故事

🖋 任登炎

　　龙脑壳是盘州市英武镇的一处神奇景观，位于英武镇政府所在地革纳铺村南侧的深山河谷中。乌都河从佛教圣地丹霞山护国寺所在地——盘州市丹霞镇丹霞山脚下的木龙洞中发源，沿途接纳了三一溪、猪场河等大小河流，从这里蜿蜒向东，到盘州市与普安县交界处的三板桥，北折从保基乡流出盘州境，汇入北盘江，流入珠江。龙脑壳两岸山高谷深，一条瀑布悬挂于西北面的悬崖——滴水岩上，地势险峻，秀丽雄奇。

　　龙脑壳是此处乌都河平缓河床中突起的一座小土山，外形极像一个龙头，因而得名。在它下游百来米远的河床中间，依次突起十几座更小的土堆，彼此独立，又与龙头连成一线，像是一条被斩断的龙的身子，被附近人叫作龙尾巴。在龙头上方200米左右，一个又大又圆的石头卧在河边，叫作龙宝石。从龙宝石再往上1千米左右，大车田上面陡峭的悬崖顶上，一块平坦的石头上有个巨大的深坑，极像人的脚印，对面的杨家大山也有这样的一个深坑，都被叫作仙人脚。这些神奇的地名，源于附近流传的一个神奇传说。

　　相传很久以前，南海有条孽龙，残暴无比，专干伤天害理之事。一天，孽龙溯珠江北上，在与相遇的同伴打招呼中透露了它的一个恶毒计划——它要趁夏天水大，逆珠江而上，沿北盘江和乌都河，到盘州南板桥去堵住三一

民间故事

溪的出水洞，让盘州城的大水不能从这个唯一的出水口流出，淹掉盘州城。不料，这些话正好被一个从空中飞过的仙人听到。仙人不知孽龙说的话是真是假，就静静地听着，想判断真假再作下一步的行动计划。听着听着，仙人竟然睡着了。等他一觉醒来，也不知过了多久，孽龙已不见影子。想起孽龙说的话，仙人心想：坏了！万一它说的是真的呢，岂不是要有很多人遭殃？想到这里，仙人急了，纵向跃上云头，驾着云，风驰电掣地沿着珠江往上追赶。

仙人追过珠江，追过北盘江，追了很久，终于在乌都河下游看到了孽龙，它正逆流而上，一路兴风作浪，激起几十丈高的波浪。仙人看准了它的行踪，心想，自己一路追来也累了，何不飞到前方去，在孽龙的必经之路上休息，等着它，以逸待劳？于是，仙人飞到了杨家大山对面的悬崖顶上，按下云头，落到一块巨石上休息，等待孽龙到来。

仙人休息够了，恢复了体力，孽龙还没到。他突然想到自己携带的降魔宝剑已多年没用过了，怕斩杀孽龙的时候不够锋利，于是他伸展身体，立刻变得高大无比，一脚跨到对面，踩在杨家大山，一脚踩在刚才休息的巨石上，弯下腰去，从乌都河中抄起水，在黑荫塘的巨石上磨起宝剑来。刚磨好剑，就看到那孽龙已经从马过河游上来了。仙人站在两山之间，挥剑先砍断了龙的尾巴，接着又从后往前，将龙的身体斩成十几段。这孽龙作恶心切，竟然未觉察到自己的身体已被斩断，还靠着头往前游呢！这时，仙人当空大喝一声："孽龙，你一心作恶，还不知自己的死活，你回过头去看看！"孽龙回头一看，见自己的身体被斩断了，才突然感到疼痛无比，它又怒又恨，蹿出水面，往前方吐出口中所含的宝石击打仙人，无奈已经垂死，气力不济，宝石没飞多远便掉落河边，龙头也跌落河中。它不甘心地回头看着自己的身体，一命呜呼。

孽龙死了，它的头变成了乌都河中的一座小土山，还保持着回头望身体的样子，这就是龙脑壳；它被斩断的身体化为河中十几个依次排列的小土丘，成了现在的龙尾巴；它吐出的宝石化为一个又大又圆的石头，就是龙宝石；仙人踩着磨刀的两边巨石上，留下了两个又大又深的脚印，就是仙人脚；他用来磨刀的巨石又方又平，河水小的时候，人们可以踩着跳过去，往来于乌都河两岸，就是现在的跳石步。

仙人举起降魔剑，怒斩孽龙保盘州。孽龙被斩，为人间除了一害，使古老繁华的盘州城免于灭顶之灾。

这个民间传说寄托了人民对正义的崇尚，对邪恶的憎恨，对正义一定战胜邪恶的笃信。英武镇革纳铺、上午取、老王地等村附近的人们，世代口耳相传着这个故事，感念着仙人的功德。

拉莫早斗虎

🕊 汪龙舞

拉莫早和拉莫倮是两姊妹。她们从小在一起长大，吃也在一块儿，住也在一块儿，玩也在一块儿；她们的花背绣一样，麻鞋一样，就连挽的头绳花线也一样。不同的是，大姐拉莫倮粗心好强，小妹拉莫早胆大细心。

这天，两姊妹赶花回家，一路上又饿又累。她们来到嗨戛大山，看见一个小伙子正在犁田，就上前打招呼，想找顿午餐吃。小伙子回过头来，没想到竟是她们多年没见过的表哥子詹饶巨。

"哟，两个表妹稀罕，咋会想到来看我？"

"原来是表哥啊，十几年没见面，看你长得比牛还壮。"

"壮哪样鬼？当孤儿的人，不饿死就算命大了。"

原来，子詹饶巨的妈妈是两姊妹的姑姑，子詹饶巨的爹妈死后，娘舅嫌他穷，再也没去过他家。

"表哥嘞，别说噎人的话啦！我们赶花回来，肚皮饿得巴背。能请我们吃顿午饭吗？"

"饭袋里头有蚂蚁蛋，汤罐头有臭酸菜，不嫌脏就自己拿。"

拉莫倮气得开口就要骂，拉莫早忙劝住姐姐："既然表哥舍得，再脏再臭我们都要尝点儿。"两人走到田坎边，拿起了子詹饶巨的饭袋、汤罐——哪里是蚂蚁蛋、臭酸菜？分明是一口袋白米饭和一满罐肥腊肉！

两姊妹吃完米饭和腊肉，又喊住子詹饶巨："老表嘞，我们走得腰酸背痛，到你家歇歇脚好吗？"

　　"想歇就歇，只是我没闲工夫陪你们。"

　　"你家在哪儿？"

　　"做泥巴靠泥巴，蒿枝棚棚也算家。大箐脚有片烂竹林，周围全是雀子老鸹叫，不怕远就自己去找找看吧！"

　　拉莫倮拉着拉莫早朝大箐脚跑去，子詹饶巨又在背后大声吼："开门时轻点，别吓跑了我家里喂的山耗子！"

　　两姊妹来到大箐脚，穿过一蓬绿得淌油的斑竹林，出现在面前的是一栋又高又好的大瓦房。两人走到瓦房前，只见左边房檐下挂着12笼金嘴画眉，右边房檐下挂着12笼银爪黄豆雀。雀鸟们你唱我接，我接你应，颤巍巍地逗得人心旌摇曳。

　　拉莫倮抢上前，一膀子撞开门——滚落在一边的门杠也是银的。两人正惊奇之际，一头三四百斤重的大肥猪一下子蹿出门来，朝竹林里跑了。

　　太阳落山，子詹饶巨收牛回来，一看猪跑了，生气地说："你们把我的耗子放跑了，赔吧！"拉莫倮和拉莫早你怪我，我怪你，吵得脸红脖子粗。吵了半天，子詹饶巨要出门找猪，拉莫早站起来拦住他："我们闯的祸我们收，要找还是我去。"

　　拉莫早走进竹林，"啊嗡""啊嗡"地一喊，声音又亲切又好听，大肥猪"呼噜呼噜"地哼着就跑回来了。

　　吃过晚饭，子詹饶巨说："我有房屋有田，又有牛羊又有钱，就是差个掌家的。明天犁田我走得早，你们谁先找到水做熟早饭，谁就给我当媳妇。"

　　天刚亮，子詹饶巨做活路去了，拉莫倮忙起来拿起瓢，背起水桶就出门找水。找啊找啊，周围好远都没有水井，拉莫倮没办法，看见路上的牛蹄印坑洼里注满了水，只好蹲下来往桶里舀。

　　拉莫早起来，找桶桶不见，找瓢瓢没有，正着急呢，突然看见一只母鸡湿着脑壳从床下钻出来。拉莫早一看：嗨，原来子詹饶巨的水井就在床下，母鸡刚从里面喝水出来呢！

　　拉莫早烧火淘米，将饭做好了，才见拉莫倮垂头丧气地背着半桶浑水走回来。拉莫倮见妹妹在床下找到了水井，又后悔又生气，赌气把水桶给摔坏了。拉莫早把水桶重新箍好，笑着说："姐姐别生气，我晓得你最喜欢子詹饶巨，饭算你做好的，你就和表哥成亲吧！"拉莫倮又惊又喜又惭愧，连忙谦让，拉莫早说："别推了，你是姐姐，按理也该你先成亲。我年纪小，服侍你三年再离开你，保证子詹饶巨不敢欺负你。"拉莫倮感动得热泪盈眶，连声说行。

　　就这样，拉莫倮和子詹饶巨成了亲。拉莫早闲时陪姐姐画蜡挑花，忙时为子詹饶巨喂猪做饭。不到一年，拉莫倮生了个白白胖胖的儿子，拉莫早又当起了保姆。

　　一天，子詹饶巨借来一把大弩，准备上山打猎，拉莫早劝他："姐夫啊，打猎伤害生命太危险，最好别去了吧！"

　　"人命在天，畜命在人，我的弩箭准头好，只有我杀兽，不得兽杀我！"

　　拉莫倮抱着儿子走上来："妹妹，你太小心了，你姐夫想去打猎就去打嘛，怕哪样鬼哟！再说我猪、羊、鸡、鸭吃腻了，也该有几个野物尝点鲜哪！"

　　子詹饶巨扛着弩箭走出门，拉莫早又追上来："姐夫，弩射着的野物，箐头、箐尾、箐边边的可以拿，箐中间的不要去捡。"

　　"好啦好啦，我按你说的办就是了，回去等着，晚上我请你们吃黄麂肉。"

　　子詹饶巨来到山上，见鸟就射，见兽就打，不到半天，就射杀了好多野物。该收山了，子詹饶巨一看，箐头、箐尾、箐边边的尽是些野鸡雀鸟，一只大些的野物也没有。他觉得奇怪，早就把拉莫早的话丢在了脑后，径自朝呣戛大箐深处走去。

　　子詹饶巨走到箐林中间，只见一棵大树下堆着自己射死的黄麂、毛狗等野物，一只大老虎正卧在旁边吃得津津有味。老虎听见响动，一抬头就发现了子詹饶巨。子詹饶巨刚要开弩，老虎大吼一声就扑了过来。他躲闪不及，一下子被扑倒在地，成了老虎的口中食。

老虎吃掉子詹饶巨后，又变成他的样子，肩上扛只大黄麂，腰上挂两只大箐鸡，摇摇摆摆地朝他家走去。

拉莫倮正在家门口绩麻，看见老虎背着野物从山上下来，就喊拉莫早："妹妹呀，快来看，你姐夫扛着野物回来了。"

拉莫早从窗子里探出头，看见老虎走路摇摇摆摆的样子，心中起了疑心："不对头啰，姐夫走路迈大步，哪像这样散步拖胯？"

"那是野物太重压的，你看那花背和身段，确实是我的子詹饶巨哪！"

两姊妹还没议论完，老虎已经踏进了家门。老虎把野物往地上一摔，大着嗓门就喊："我打来的黄麂好肥呀！快来趁热吃肉喝血吧！"

拉莫早一听，觉得不对劲："姐夫不吃带毛的血肉，你不像我家姐夫。"

老虎一听，连忙三把两把撕开黄麂皮，扯了条大腿递给拉莫早："这回请你吃没毛的肉啦，该像你姐夫了吧？"

"我家姐夫吃肉切成块儿，不像你全腿啃。"

老虎又连忙拿刀把肉切成块儿，边切边把血乎乎的肉块往嘴里送。

"我家姐夫吃肉要煮熟，不像你吃生肉。"

老虎又连忙烧火煮肉，水才开就捞出肉来请拉莫早吃。

"吃肉不放盐，你一点儿也不像我姐夫。"

老虎一听，慌了神，擤了把鼻涕就要往锅里放。拉莫倮忙喊住它："盐巴装在罐罐里嘞，你脑壳昏了不是？"

"打猎累得人颠倒，两个姐姐莫多心。"老虎边说边跑去抱来盐罐，"这回黄麂肉又熟又有盐，大家快来吃完好睡觉呀！"

吃完肉，老虎跟着拉莫倮走进内房睡觉。拉莫早感到不对劲，把自己的铺搬到了高高的顶楼板上。

睡到半夜，老虎一口咬住拉莫倮的颈子，"呼啦呼啦"地喝起血来。

拉莫早听到响声，就大声问楼下："半夜三更的，你们下面'呼啦呼啦'响哪样？"

"老狗进来舔酸汤。"老虎边喝血边回答。

喝完血，老虎又开始吃拉莫倮全身，嚼得骨头咔吧响。

"你们下面'咔吧咔吧'是啥响？"

"老狗闲到无事嚼麻秆。"

不一会儿，楼下传来娃娃的哭声，拉莫早又喊："姐姐！姐姐！娃儿哭，咋不诓诓他？"

老虎忙拍了拍自己的大腿："娃家妈快起，给娃儿喂口奶再睡。"说完，一大巴掌又把娃儿拍死，几大口就吞到了肚子里。

天亮了，拉莫早从楼板缝中往下一看：姐夫的床上睡着只花斑猛虎，拉莫保没有了，小外甥不见了，只有一堆衣服放在床头，上面全是红红的血。

拉莫早晓得老虎还不会罢休，忙把楼梯抽上楼顶，以防老虎爬上来。老虎睡醒了，伸了个懒腰就喊："幺妹，姐夫今天要上山，你拿哪样东西来过早？"

"最好吃的要数红肉了，不晓得你吃过没有？"

"野肉、家肉都吃过，红肉连听都没听说过。"

"想吃就把铧口烧红递上来，我立马整给你吃，保证又酥又香又满口。"

老虎一听好高兴，连忙又拉风箱又扯火，很快就烧红了铧口递到楼上。拉莫早接过铧口，站在楼门口对老虎说："闭上眼睛张大嘴，我整好红肉喂给你。"

老虎一心想吃红肉，真的闭上眼睛张开嘴巴，拉莫早乘机把红铧口"呼"的一下甩进老虎的嘴中。随着一股焦煳烟子冒出，老虎痛得"嗷"的一声大叫，一晃脑壳甩出铧口，转身一溜烟跑回了嗨戛大箐。

拉莫早见老虎跑了，爬上房顶招招手，喊来一只老鸹："老鸹大哥啊，老虎吃掉了拉莫保全家，请你给我爹妈带个信，叫他们来帮忙杀掉老虎。"

老鸹答应了，展开翅膀就飞到了拉莫早爹妈家，站在一棵树的树丫上对着窗户就喊：

哇——哇！
老虎吃了拉莫保，
还有男人和娃娃，

老爹老妈快去救幺妹，
杀死老虎才回家。

老妈正在染裙子，一听老鸹喊就不高兴："大白天光说胡话，乱咒我家姑娘死，老娘叫你烂喉咙！"说罢，她顺手一瓢靛青水泼过去，淋得老鸹全身湿透。从此，老鸹就浑身乌黑，只会哑着喉咙报丧了。

拉莫早左等右等不见爹妈来，又请鸦鹊去报信。鸦鹊飞到拉莫早爹妈家，又站在树丫上对着窗子叫：

喳喳喳！
老虎吃了拉莫俣全家，
幺妹请我送急信，
快去杀虎救救她！

老妈正在点豆腐，听见鸦鹊叫又骂起来："鸦鹊净胡说，乱咒我家姑娘要烂嘴壳！"说着，顺手一瓢豆浆，泼得鸦鹊满身花，至今还是白一块黑一块的呢。

老爹听到骂声，走出来拦住老妈："别乱来，老鸹、鸦鹊一样说，怕真的出乱子了呢！"鸦鹊甩掉脑壳上的豆浆，又叫：

喳喳喳！
鸦鹊说的是真话，
拉莫早困在房顶上，
再不去救就完啦！

鸦鹊连叫了三遍，老爹老妈相信了，忙喊起寨上的人，拿刀扛棒地赶到了子詹饶巨家。

拉莫早从房顶上下来，和大家一起商量好对付老虎的办法，然后提着根木棒走到大铁锅边，敲着铁锅口就喊了起来："大姐夫快回来哟——外家亲戚来啦！快来办招待呀——"

喊声随着大铁锅的"嗡嗡"声一直飘进了咪戛大箐，老虎听到了，"啊呜——"答应一声就窜出了箐林。拉莫早喊第二遍，老虎已经在半路上答应；喊第三遍，老虎就到了子詹饶巨家的敞坝头。

拉莫早迎出门来对老虎说："外家来了这么多人，姐姐又不在家，我们得好好招待人家！快动手吧，我来烧火做饭，你去河边背水回来杀羊子。"说着，不管三七二十一，抱来一个大水缸就放到了老虎背上。

老虎背着水缸摇摇摆摆地刚走，老爹老妈就带着众人跟上来："河边路远难走，大姐夫桶大脚歪，我们一起帮个忙，顺便也洗几件衣服吧！"老虎答应了，带着众人一窝蜂朝河边走去。

来到河边，众人说帮大姐夫舀水，叫老虎背着水缸站好别动，然后舀一瓢水放一块石头，一边故意问老虎："大姐夫，重不重？"老虎好面子，鼓足劲直摇头："我有的是气力，不重不重。"老妈带着几个姑娘媳妇，一边洗衣一边直往路上泼水，并用脚搓得滑溜溜的，然后对老虎说："这路太硬，我们把路搞软和点，大姐夫背起水好走。"

水缸里装满了水和石头，老虎被压得直喘气，好不容易才摇摇晃晃地迈开了步子。老爹对众人一招手："大姐夫脚程不好，快帮忙扶住大姐夫！"几个小伙子答应一声，上前抓住水缸一齐往下压。老虎脚下又滑，背上又重，没走几步便"扑通"一声摔趴在地上。众人一拥而上，按的按，压的压，拔刀的拔刀，举棒的举棒，没等老虎喘过气，就把老虎捶成了肉粑粑。

拉莫早报了仇，跟着爹妈一起回了家。从此，咪嘎大箐就没老虎啦！

苗爹苗妈的传说

🦇 汪龙舞

很久以前，水城这地方是一片黑洋大箐，满坡满地都被大树遮盖，连太阳都难见到。这一带苗族的祖先从河南迁来，是最先来到黑洋大箐的人。

来得最早的是一对苗家夫妻，男的叫姆菲，女的叫姆哩。一进黑洋大箐，山又高，树林又密，雾又大，稍微隔远一点，就看不到人，姆哩和姆菲不注意就走散了。姆菲住在纳雍姑开，姆哩住在水城米罗，两人隔得很远，都没有彼此的音信。姆菲想姆哩想得没办法，就砍了一棵竹子做成直箫，坐在茄儿块山顶上吹；姆哩想姆菲想得心焦，就用铜皮做了个口弦，坐在三锅庄垭口上弹。姆菲的箫声翻过九座山，传到姆哩的耳朵里，姆哩的弦声飞过九条河，传到姆菲的耳朵里。两个人心中都很高兴，就用箫声、口弦声约定了相会的时间和地点。

顺着声音找来，夫妻总算团聚了，他们就在黑洋大箐中的嘎瓦安了家，姆菲开荒种地又打猎，姆哩纺纱织布喂牲口，日子过得很平静。

一天，姆菲想到自己在这里过清静日子，不知留在河南的兄弟生活苦不苦，就请鸦鹊给兄弟带个信儿去。姆菲的兄弟听到哥嫂在黑洋大箐安了家，日子过得很好，就打发鸦鹊先回去报信，说他随后就来。鸦鹊一飞走，他随后就上路。不知走了多少日子，他来到黑洋大箐，三走两不走就找不到路了。

姆菲和姆哩听鸦鹊说兄弟很快就要来了，心中实在欢喜，准备了好多东西等他来吃。左等右等不见兄弟来，他们心里实在着急，就起身去找他。

姆菲和姆哩找了三天三夜，找到毕节花场坪，他们老远看见两只老虎舔口咧嘴地坐在一块大石头上。等老虎走了以后，他们走过去仔细一看，石头上有三滴人血，顿时心慌了。姆哩从头上拔出一根绣花针，在姆菲的中指上刺了一针，挤出血来滴到石头上的血旁边，只见两种血慢慢汇合在一起。姆菲和姆哩知道自己的兄弟被老虎吃了，实在寒心，打定主意杀死老虎，给他报仇。

他们用蒿枝和松枝在老虎经常出入的一个山口搭起一个窝棚，在周围安下弩，挖好陷阱，备好箭，等着老虎出来。

太阳下山了，老虎出来了。姆菲一箭射去，正中老虎心窝。老虎大叫一声，翻个身就死了。半夜的时候，另一只老虎来了。这是一只又高又大的母老虎。它走到松树下，围着那块大石头转。姆哩和姆菲听到响声，悄悄爬起来，姆菲抬出大弩，用脚抵住，双手拉开，姆哩帮忙放好箭。姆菲瞄准一放，这一箭用了很大力气，箭头从母老虎的后颈窝进去，穿透脑瓜骨，从鼻梁上钻出来，飞到大松树上只剩下半截箭尾巴。老虎痛得遍地打滚，翻来覆去直到天亮才死去。

姆菲、姆哩为兄弟报了仇，收拾东西准备回家。谁知他们射死的大老虎和本地的山妖鬼怪是朋友，它们要为老虎报仇，就邀约在赫章大山脚，等着姆菲和姆哩。

姆菲和姆哩来到赫章大山脚，老远看见一大帮山妖鬼怪朝他们围拢来。姆菲有点慌，问姆哩怎么办。姆哩说："你手里拿的弩和箭是做哪样的？"姆菲回答："射野物的。"姆哩大声说："妖怪也是野物，你只管瞄准一个挨一个地射。"姆菲听了姆哩的话，胆子大了起来，他拉开弩，安好箭，瞄准山妖就射。但不知为何，箭就是射不出去。姆哩知道是山妖使了邪法，脱下脚上穿的破草鞋就朝它们的头上甩去。这一下，山妖们的法术被破了。一个两个呆眉呆眼地站着，让姆菲和姆哩随便射杀。山妖鬼怪全部死了，变成一些大大小小的山包睡在赫章的大山脚下。

姆菲和姆哩回到戛瓦，重新整理家园，过着平静自在的日子。他们生了三个儿子，三个姑娘。儿子们跟着姆菲种地打猎，姑娘们跟着姆哩管理家务，学纺纱织布，画蜡挑花。

有一天，老大打猎回来，走到离家不远的地方，一只白额头大老虎突然跳出来，朝他猛扑过去。老大慌忙拿出一支箭，放进弩槽，对准老虎射去，老虎大吼一声，翻个身就倒在地上。老大一步一歪地回到家，姆哩看到他累得不成样子，就问："你怎么累成这个样子？"老大说："刚才不知是哪家一只大恶猫，大得吓人，被我一箭射翻了，不知是死是活。"姆哩说："猫是家养的，样子不吓人，你遇到的猫是像哪样的？"老大说："皮子像我们家床上铺的那个一样，只是大得很。"姆哩说："说不定是只老虎，你带我去看一看。"老大在前，姆哩走后，来到老大刚才射虎的地方，只见一只大老虎仰面躺在地上，身下一大摊血，已经死了。

姆哩很高兴，带着娃娃们把老虎拖回家去，剥掉皮，把肉煮了。姆菲回来后，一家人饱饱地吃了一顿虎肉。老二、老三听到姆菲不住地夸奖大哥，很不服气，要求单独打猎。姆菲笑哈哈地答应了。

第二天，老二背回来一只大豹子，老三背回来一只大狗熊。姆菲看到儿子们都很有出息，很高兴。她把三个儿子叫到跟前，对他们说："你们都长大了，可以独立生活了。为了苗家兴旺发达，你们各走一方成家立业去吧！"三个儿子听了姆菲的话，告别了爹妈，离开家各自谋生去了。

三个儿子离开家以后，老大走到水城住下；老二住在赫章一带；老三落脚在纳雍。三个人在居住的地方忙于开荒、种地、打猎，好几年都没有回老家。

一天，老大突然想到要回家看看爹妈。回到老家，那里已经没人了。老大想到爹妈已经死了，兄弟姐妹都走散了，就到处去找爹妈的坟。他找了三年零六个月，没有找到爹妈的坟，倒是遇见了老二。老大和老二又找了三年零六个月，没有找到爹妈的坟，却碰到了老三。三兄弟又一起找了三年零六个月，没有找到爹妈的坟，先后找着了大妹、二妹。他们一起来到三妹住的地方，三妹带他们找到了爹妈的坟。

来到爹妈的坟前，三兄弟走得太累了，站不住，就跪在坟前哭了起来。三姐妹走的时间短，还站得住，就站在坟前淌眼泪。此后，小花苗家老人死了，女的都是站着哭，男的要先跪下来再哭，这成了小花苗家的传统风俗习惯。

三兄弟和三姐妹在爹妈坟前哭了一顿，回到三妹家住下。当天晚上，他们都做了一个梦：爸妈对他们说，要他们兄弟姐妹成亲，传下苗家子孙后代。三弟兄醒来，望着三姐妹不好开口；三姐妹醒来，望着三弟兄，脸都害羞得红了。最后还是老二开口："爹妈都托梦叫我们成亲，大家都不要害羞了，还是传下子孙后代要紧。大哥和三妹一起过，好照顾她。大妹和老三一起过，也好互相照顾，我和二妹在一起。"大家都同意了，当晚就成了亲。

第二天，他们又到爹妈坟上看了一眼，并在坟前讲定：老大和三妹到水城归集黄河一带原来姆哩的地盘上去住，老二和二妹到赫章一带重新开辟地盘，老三和大姐仍然在纳雍姑开一带住。

从此以后，三弟兄、三姐妹分别到三个地方安家立业，传下了小花苗家的子孙后代。因为我们小花苗全是哂菲和姆哩传下来的，所以就把姆菲叫作苗爹，把姆哩叫作苗妈。直到现在，小花苗的话中，把爹喊作姆菲，把妈喊作姆哩，就是这个原因。

现在把赫章高山的小花苗叫作上方花苗，他们有很多人现在还住着圆石头垒成的房子。他们虽然也开荒种地，但打猎的时间要多一些。他们穿的衣服都要窄一点，小一点，女人的裙子穿得高，下摆也短。这些都是当初老二和二妹长期在开荒打猎的生活中慢慢形成的。老大、老三住在苗爹苗妈的地盘上，靠种庄稼过日子，他们的衣服、花背和裙子都要长一点、大一点，保留苗爹苗妈原来的古老样子。

每年腊月三十，小花苗家都要用木瓢舀饭供老人。这也是祖先传下来的。传说当年老大和三妹在腊月三十的晚上想起爹妈和兄弟姐妹，心里难过，老大就对三妹说："两个兄弟隔得远，父母又死得早，我们没有孝敬好老人，今晚先把年饭舀一点出来敬一下爹妈。"三妹听了，点头同意。两人一边念着苗爹苗妈的名字，一边用木瓢舀饭放在桌子上。在同一天，同一时间，老二家和老三家同样用木瓢舀饭供老人。以后这也成了小花苗家的风俗习惯。

过了年，老大想去看望老二、老三，又不知道他们住的是哪座山，就拿出苗爹留下的直箫边吹边走。大妹、二妹听到箫声，就弹着口弦迎接哥哥，一家人又见面了。

就在老大出去找老二、老三的时候，老二、老三的儿子约着一起去找老大，又不知道大伯家在哪里，他们就拿出直箫来吹。老大家的姑娘们听到箫声，就出来迎接。老爹不在家，她们只好把两个小伙子接到她们的绣花房。

三妹正在做饭，听说两个小伙子来了，就顺手拿个木马匙从墙上拿下簸簸舀饭端来给他们两个吃。

现在，一到正月间，小花苗家的青年人都是男的到处走，用吹箫或吹笙来找亲人。小伙子进姑娘的花房，都是用木马匙舀饭吃，不用汤下饭。

苗爹苗妈传下了小花苗的子孙后代，还传下了好多规矩。

苗寨"雷打岩"

🍂 杨明文

苗寨"雷打岩"有着一段"神仙不懂思凡事"的爱情故事。

六盘水市水城区阿戛镇通寨村苗寨组，南面、西面与勺米镇营田村相连，北面与以朵街道办的雪迷箐接壤。从北边翻过雪迷箐有个苏坡大山，与苏坡大山相邻的东面的山就是雷打岩。据《六盘水市地名录下册》记载，雷打岩（垭口）海拔2120米。

传说，千百年前，雷打岩没有被"雷打"的时候，不叫雷打岩，而叫"神山"。神山很高很高，高到云层里，像一根顶着天的大柱子。山的周围是一片原始森林，荆棘密布，古木参天，走兽成群，飞鸟会聚，荒无人烟。

不知何年何月的某一天，一群身着奇装异服的人，在一个首领的带领下，在山下落脚了。女人们的头上缠着粗线做的帽子，身上衣裙着地；男人们的身上腰缠布带，布带里还别着一把弯刀。原来，朝廷里发生帝位之争，失败的一方带上散兵游勇与平民争抢口粮，到处烧杀抢掠。某部落的人被逼迫从很远很远的地方一路逃荒躲难，来到了神山下。落脚神山，一是因为这座山很高很大很美，山上可以捕鸟猎兽，打柴割草；二是因为山下泉水清清，取水方便；三是为了求得神山保佑，得以长久生存。说来也怪，自从落脚神山之后，这群人便过上了安定的日子。于是，他们便在这里开荒种地，发展生产，生儿育女，延续人间烟火。年深月久，便形成了一大寨子人。早晨，当太阳从神山山巅上冒出来，温和的阳光洒满寨子，简直就是一个金灿灿的世界。

光阴似箭，日月如梭，这里的人们过着祥和安宁的生活，转眼几百年过去了。可是天有不测风云，人有旦夕祸福。一天，首领大儿子的一个偶然之举，给全寨人带来了毁灭性的灾难。

话说首领的大儿子名叫梭嘎，已年满18岁。梭嘎的女友叫朵朵，也到了及笄年华。在一个百花盛开、风和日丽的春天，他俩从神山脚下一路嬉戏，来到了神山之巅。漫山遍野的映山红使得两人心花怒放，梭嘎采摘了一束鲜艳水灵的映山红，牵着朵朵的手，向她跪下，然后郑重地将手中的鲜花献给

❖ 苗寨"雷打岩"

何剑江／摄

民间故事

心爱的女孩，并吻了她的脸颊。朵朵面红耳赤，心跳不已。谁知"神仙不懂思凡事"，山神认为梭嘎和朵朵站在神山头顶"拜堂"，是亵渎神灵的大不敬之举，便将此事呈报玉帝。玉帝一怒之下，责令雷神对梭嘎和朵朵二人从严处罚。顷刻间，风云突变，电光闪闪，随着一声巨响，神山被劈了一半。可怜的梭嘎和朵朵，顿时消失在雷声之中。

从此，山下的这一寨人把神山叫作"雷打岩"，并教育孩子，刮风打雷下雨天，不得爬上山去。如今，雷打岩上依然怪石嶙峋，杂树乱生，人迹罕至。

多少年过去了，雷打岩垭口——被巨雷劈出的神山裂口，至今似乎仍在仰天长哭，那是山神在痛悔："宁拆一座庙，不拆一桩婚。"

五眼洞

🖋 聂　康

在水城县玉舍镇玉源水库的源头处，有五个相隔不远的洞，当地老百姓称之为五眼洞。

过去，五眼洞有四个是水洞，第一个洞不出水，是旱洞，但这个旱洞很神奇。相传，五眼洞的旱洞里居住着一位"赤脚大仙"，非常灵验。具体表现一是穿红着绿、迎娶新娘的人不能经过五眼洞，否则总会不舒服，甚至有的会莫名其妙就晕过去。有一个大户人家迎亲，队伍路过旱洞边时，骑在马背上的新娘突然不见了，大家四处寻找都没有找到人。从此，迎亲和穿红着绿的人都要绕开那里。二是当地村民还能从洞中借到碗筷。如果哪家婚丧嫁娶摆筵席需要碗筷的话，只要带上几张纸钱和几炷香在洞口焚烧，想借多少碗筷，你只要走开一会儿回来，就会如数摆放在洞口。用完后拿回来放在洞口边，对大仙说声"用完啦，请收回去"，离开一会儿再回来，碗筷就不见了。但如有损坏的就仍会留在那里，等主人家买好的碗筷来换。后来，因为有人借碗去装过狗肉，犯了大仙的忌讳，从此旱洞里就再也借不出碗筷了。

故事一代一代流传下来，也不知道是真是假。但村里大胆的孩子进去玩过，旱洞里面很宽，有的石头像菩萨石像一样，地面上还能看到几个巨大的人脚印。

1992年的一个中午，突然间晴天霹雳，乌云滚滚，下起了鸡蛋大小的冰雹。等雨停风住后，大家听到五眼洞那里传来奇怪的吼叫声，跑去一看，干洞已全部被泥土填满，另外四个水洞也突然没了水。

据说，干洞里的吼叫声连续响了三天，然后突然听到一声巨响，从干洞里冒出一股水来。直到今天，以前的四个水洞成了旱洞，以前的旱洞有水后却从未断流。

顾二洞

☂ 聂　康

　　在水城县鸡场镇箐头村安庆组岩头上，有个洞名叫"顾二洞"。洞口宽30米左右，深数百丈。洞壁上经常居住着小燕子、乌鸦等多种鸟类。据说，过去洞口周围还生长着许多高大的杂木。

　　相传很多年前，当地有个神偷叫顾小二，整天游手好闲——白天，大家干活，他睡觉；晚上，人家睡觉，他偷窃。顾小二武艺相当高强，力气很大，还会飞檐走壁，只要他想偷你，哪怕是晚上睡觉穿在身上的衣服都可以给你偷走。年深月久，方圆数里的老百姓非常痛恨他，后来，大家商议，不管想什么办法，一定要把顾小二解决了。

　　最后有人提出："拉一头肥猪拴在洞口边的大树上，把猪放到洞里去，让人和他打赌，如果能把放在洞口下边的大肥猪拿上来就算他的。哄他去取，等他下去时，砍断绳子，让他和猪一起掉到深洞里。"这个办法得到了大家的同意，一切安排妥当，就派人找顾小二打赌。他居然答应了大家的条件，但是他没有料到的是，他这个神偷的老命就此没了。也没人为他收尸，任其葬身洞内，从此人们就把那里叫作"顾二洞"，直到今天。

　　也许是顾小二心有不甘，听老辈人说，顾二洞邪乎得很，不知是哪一代有个老祖宗差点儿就被顾小二抓去吃了。这位老祖宗从鸡场一个亲戚家背起谷子回家，按理说早该到家了，但不知是什么原因，他迷迷糊糊走着走着就跑到顾二洞边上去了，直到听到有鸡叫狗咬的声音，他突然清醒过来，回去生了一场大病。这件事情在村里传开后，只要太阳落山，再没有人敢单独去那里。

现在，当地百姓还会对小孩子说："大人不在时，不准乱跑啊，上面顾二洞会吃人！"

以前，顾二洞周围全是大杂木树，连洞口都看不见，现在全被人们砍来当柴烧了。前些年，寨上吴家养的母狗生下了七只小母狗，那家把这些小母狗全部丢到顾二洞里去了。说来也怪，从那以后，顾二洞就不再邪乎，人们逐渐也就不怕它了。

❖ 顾二洞   聂康／摄

小拱桥传说故事

🖋 符 号

在贵州省六盘水市钟山区南开乡发仲村的发仲河上，有一座小石拱桥。关于这座小石拱桥，当地流传着这么一个民间故事。

相传清朝末年，这里有一家姓杨的大财主，家道特别殷实。有一天，一位王姓阴阳先生撵地撵到这个地方，便到了杨财主家。王姓阴阳先生告诉杨财主："杨大官人，你家居住的这个地方有一棺真龙大地，若在此地葬人，后代必出天子。"杨财主对王姓阴阳先生说："我家世居此地已有百余年，凭借'鲤鱼奔潭'这一风水宝地的庇护，家兴族望，富甲一方。但先生所说的真龙大地我真还不知道，只要你指出这棺地，就给你300两的赏银。"王姓阴阳先生对杨财主说："杨大官人，我指出这棺地后，将变成瞎子。银子就不要了，只要你好好服侍我，对我生养死葬就足够了。"

王姓阴阳先生给杨财主指出这棺真龙大地后，果真变成了瞎子。就这样，王姓阴阳先生在杨财主家住了下来。刚开始七八年，杨财主家对王姓阴阳先生照顾得还好。待杨财主家老父亲去世，就埋葬在这棺真龙大地，并按照王姓阴阳先生的要求用土坟埋葬。之后，杨财主家真是要风得风，要雨得雨，人财两旺。渐渐地，杨财主就对王姓阴阳先生厌恶起来，但又不好赶他走，于是安排王姓阴阳先生天天在院坝中舂粮食，干了活才给他吃的。

因舂碓太重，王姓阴阳先生力气又不大，只好找来一根麻索系在碓杆上，手脚并用，脚往下舂的同时，用手帮助向上拉起系在碓杆上的麻索，这样要省力一些。就这样，王姓阴阳先生日复一日地重复着这既费力，又单调乏味的苦差事。他一边舂粮食，一边不停地念着风水口诀……

有一天，又有一位黄姓阴阳先生从杨财主家院坝前路过，听见里面念风水口诀的声音特别耳熟，很像自己师傅王姓阴阳先生的声音，便情不自禁朝院坝走来。一看，果然是自己的师傅。徒弟问师傅怎么会沦落到这种地步，师傅向徒弟述说了到杨财主家的前前后后。师傅还告诉徒弟，他一边舂粮食，一边不停地念风水口诀，一是为了消磨时间打发光阴，二是好让徒弟找到自己。

相认之后，师徒二人假装互不相识。黄姓阴阳先生询问杨财主："这个老头怎么到你家来的？"杨财主说："我也不知道他是从什么地方来的，只是在以前给我家看了一棺地之后，眼睛就瞎了。当时，我看他可怜，就把他收留下来，让他给我家舂粮食，我管他的饭，他就一直在我家住下来了。"黄姓阴阳先生就对杨财主说："他看的那棺地在什么地方？你带我去看看。"

杨财主带黄姓阴阳先生去看了这棺真龙大地及所葬的土坟后，黄姓阴阳先生赞道："这的确是一棺很好的地，但如果修成石磨坟，再在山脚对面的河上修一座小石拱桥，山腰上修一条石阶路的话，后代子孙就更发。那个老狗的眼睛怎么不瞎？就是他让用土坟埋葬，枉费这么一棺好地，他的眼睛才瞎的。"

回到杨财主家后，徒弟当着杨财主的面对他的师傅大骂一通："你这个老狗，你让财主用土坟埋葬，你眼睛才瞎的。要是用石磨坟你的眼睛就不会瞎，财主会更发。"

之后，杨财主就按照黄姓阴阳先生所说的，把土坟改成石磨坟，在山脚下对面的河上修了一座小石拱桥，在山腰上修了一条石阶路。在后来的一天夜里，趁杨财主家不防，徒弟悄悄地背着师傅离开了。走出杨财主家不远的地方，徒弟把师傅放下，跪在地上用舌头分别舔了师傅的眼皮三下，师傅的眼睛就好了。

杨财主家听从了黄姓阴阳先生的话，把土坟改成石磨坟并修桥修路后，不但没有发，而且一年年衰败下来，最后家破人亡。原来黄姓阴阳先生让杨财主修石磨坟、石拱桥和石阶路，目的是破坏他家"鲤鱼奔潭"的风水，让言而无信的杨财主受到报应。

此后，当地人就把这个地方称为小拱桥，一直沿用至今。如今，石磨坟、小石拱桥和石阶路均在，杨财主家却没有了后人。现在居住在这个地方的人徐姓居多，也被称为徐家寨子。

后 记

　　2022年和2023年，在六盘水市各市（特区、区）政协的大力支持下，六盘水市政协文化文史与学习委员会组织编辑的《风物凉都》第一辑、第二辑公开出版发行后，受到读者诸君的关注和肯定。经编辑委员会研究决定，2024年拟在《风物凉都》第一辑、第二辑的基础上，进一步搜集、挖掘、整理凉都地域特色文化，编辑出版《风物凉都》（第三辑），继续展示凉都文化魅力，弘扬凉都厚重的历史文化，增强文化自信，服务幸福六盘水经济发展，特别是提升文化软实力，服务全市文化旅游产业发展。

　　2024年4月，《风物凉都》（第三辑）征稿通知下发后，在六盘水市4个市（特区、区）政协的积极响应和鼎力支持下，市内广大文化文史工作者、政协工作者、旅游文化工作者、文艺工作者主动撰稿，并提供相关图片。编委会共收到文字稿件30余万字、图片100余张。但因篇幅有限，最终采用了66篇约20万字的文字作品和近百张相关摄影作品。

　　《风物凉都》（第三辑）涉及"文物史话""桥见凉都""人物掌故""民间故事"四辑。其中，"文物史话"主要介绍了凉都境内有代表性的国家级、省级、市级和区（县）级文物保护单位的故事；"桥见凉都"主要介绍了凉都境内有代表性的石拱桥、铁索桥、竹竿桥和现代桥等与桥有关的故事；"人物掌故"主要介绍了凉都境内有代表性历史人物的经历、成就或与他们相关的故事；"民间故事"主要介绍了凉都境内各民族有代表性，且在民间世代广泛流传的民间逸闻趣事。

《风物凉都》（第三辑）的编辑出版工作，得到了领导们的高度重视，政协六盘水市委员会主席王立担任本书的编委会主任，六盘水市政协副主席、民进六盘水市委员会主任委员陈华伟为本书作序，六盘水市文联原主席徐永俊先生为本书题写书名，贵州省青年版画家、六盘水市美术馆馆长、六盘水市美术家协会主席杨智麟为本书设计封面，中国摄影著作权协会会员、中国摄影旅游网贵州六盘水站站长聂康提供了摄影作品"云雾中的世界第一高桥——北盘江大桥"作为封面图片。

历经半年多的时间，《风物凉都》（第三辑）终于脱稿成书。值此书付梓之际，感谢政协六盘水市委员会的领导，感谢每一位作者对编委会工作的支持！感谢黄河出版集团阳光出版社对《风物凉都》（第三辑）的厚爱！因篇幅限制，加之我们编辑水平有限，本书还有很多不足之处，敬请读者批评指正，我们将感激不尽！

编　者

2024年8月

后记